THE LAST GIRL TO DIE

馬爾島謀殺案

HS CHANDLER

HS錢德勒 著　趙丕慧 譯

On an island with so many secrets,
she won't be the last girl to die.

獻給海倫・哈斯韋特
謝謝妳總是帶來陽光

誌謝

感謝購買閱讀這本書的人，我在寫作時心裡想著的就是你們，我在殺掉一個人物，或是讓他們戀愛，或是讓他們背叛時想像的就是你們的臉孔。我看著你們的臉，努力捕捉我想要你們感受到鑲嵌在文字中的情緒。感謝你們在一個熱衷於追劇和社群媒體的世界裡持續閱讀，感謝你們跟我一樣喜愛沉浸在一本書裡的經驗。沒有你們，我只能在想像力的黑暗森林中一個人把我的故事大聲嘶吼出來。

也感謝書商挑選了這本書，無論是大連鎖店或是獨立書店，超市或是二手書店。賣書的人都是熱情洋溢的人。圖書館員和教育工作者，部落客和書評家，讀書會和網站也一樣。

書把我們結合在一起，讓我們手牽手、心連心，不管是在世界上的哪個角落。書激勵鼓舞我們，而且不會像盯著螢幕幾小時那樣容易遺忘。因為在看書時，你會在心裡創造自己的影像，你化身為演員，場景設計人，服化道部門。導演。讀者有琳瑯滿目的綜合技能，令人驚豔。讀下一本書時別忘了這一點。浸淫在紙頁上的文字時，你的大腦的創作是極其神奇的。

我在這裡施放的小小魔咒是得到許多人的幫助的。哈波柯林斯及亞文圖書公司裡全都是富有創造力、技術高超的天才，我在這裡很榮幸能提到一些人，但是我知道還有許許多多的人我無法表達感謝於萬一。

菲碧・摩根率先編輯這本書，海倫・哈斯韋特接棒，然後索恩・萊恩收尾。三位都是絕頂聰明的編輯。我要感謝奧利佛・麥孔姆、貝琪・曼塞爾、露西、弗瑞德瑞克、愛莉・皮爾徹、愛莉夏・朗丁以及愛蓮娜・斯雷特。我知道你們有很多人喜歡有聲書，我要大大地感謝夏珞特・布朗製作了有聲書，以及羅賓・賴恩——他是這些書所有人物的代言人，也是他讓盧克・卡拉納變得有血有肉——我到現在仍因為有那麼多人喜愛有聲書而屢屢驚訝不已。

一本書上市還有太多的過程。販售和行銷團隊的工作艱難辛苦，我感謝團隊中的每一個人。還有封面設計和排版，外部編輯和校對，印刷廠和經銷商，謝謝你們。

感謝我可愛的經紀人卡若琳・哈爾德曼以及她在哈爾德曼暨史雲生公司的同事，他們每天都有出色的表現——喬安娜・史雲生、泰芮絲・柯恩以及妮可・艾瑟林頓——妳們有天使的耐性和聖人的慈善。

最後是所有的讀者，為了你們喜歡我的書，我向各位敬禮。但願我們在熄燈之前都會再多讀一章……

HS・錢德勒

二〇二一年十一月

1

找到亞德莉安娜．克拉克的屍體怵目驚心，卻並不意外，畢竟我一直在尋找她。這個女生已經失蹤十一個日夜了。我特別提到夜是因為以我的經驗，夜晚比白天更難熬，相較之下白天的煎熬倒變得不值一提了。家屬等待著失蹤的家人回來，白天容易打發，他們可以打電話，可以貼尋人海報，可以接受媒體採訪，可以烤麵包，可以上教堂。每個人、每個地方都有某種聖壇——家裡的、職業上的，或是宗教的——讓他們在發生危機時可以屈膝祈禱。可是我第一次和亞德莉安娜的家人見面時，我就看出了在等待著電話響起、等待著時間流逝的無盡黑夜中，他們飽受了多少的煎熬。夜晚不僅僅是沒有光線而已，更是在我們失去希望時每一個人的內心中存在的黑暗。

案子一開始並沒有出奇的地方。一名青少年失蹤，十七歲，家人住在蘇格蘭本土以西的馬爾島上。這件案子不尋常的地方只有兩點，其中之一就是這是一家美國人。如果他們是來島上觀光的旅客，那還沒什麼，可是南加州的一個家庭卻選擇在這裡定居就是怪事一樁了。不說別的，就說天氣吧，除了短暫美麗的夏季之外，每年出太陽的時間極少，更何況還缺少商場、連鎖咖啡店、貨運服務。不過我還是覺得他們選得對。我個人在小一點的社區比較開心，接近大自然，自給自足，而不是缺氧的大城市，不過我是個在加拿大班夫小鎮出生的人。班夫和馬爾島很像，對於每年的觀光客一半人忍受、一半人歡迎。我如果需要清靜，冬天總是逃進山裡，夏天就坐在湖邊。到溫哥華或是多倫多去調查案子就是我所說的長途跋涉，我從沒想到會大老遠跑到蘇格蘭來。

好，回頭說亞德莉安娜。九月下旬的一個週六早晨她的父母一覺醒來，以為女兒還在睡覺，直到午餐時她還沒出現他們才擔心起來。她父親探頭到她的房間裡，發現床鋪是空的。屋子裡到處都找不到她。她的腳踏車仍在車庫裡，皮夾不見了，不過亞德莉安娜的護照仍在她母親的床頭櫃裡。她的手機不見蹤影。

五天之後我在格拉斯哥機場降落，準備去搭渡輪。

你在納悶我是不是警察？我不是。我也不是病理學家或是什麼鑑識專家。我只是一個私家偵探——我不怎麼熱衷這個職銜——不過它有證照，而有時候在你請別人分享資訊時一張紙還怪有用的。我尤其擅長追查失蹤的青少年。我開業之時心目中的工作可不是這個，不過我是女性，又體型嬌小——顯然不具什麼威懾力——而且不止一次有人說我的「態度正面、個性活潑」。另外，我還有酒渦。可惜的是，這些都不能把亞德莉安娜帶回家，或是稍微減輕一點她的父母的哀傷。

他們請我進家裡，把他們認為跟女兒亞德莉安娜有關的一切訊息都告訴了我。亞德莉安娜註冊了網上教育課程，以便完成她的美國高中學歷。她暑期在附近的托本莫瑞鎮的一家酒吧打工，他們在整修定居下來的房屋期間，在鎮上租了房子。她是好學生，不吸毒，沒有男朋友，非常活潑外向。想念她在美國的朋友，但不會到因而逃家的程度。沒有任何危險徵兆。她有個雙胞胎兄弟，布蘭登，眼神兇惡；無妨，我無法想像雙胞胎手足失蹤是什麼感覺。他在傷心難過。最後是一個小妹妹露娜，四歲大，這對夫妻相信會不會懷孕是天意，不必刻意避孕，所以就老蚌生珠。孩子很可愛，活蹦亂跳，黑色鬈髮，是她的拉丁裔母親伊莎貝拉的翻版。他們的父親羅伯是典型的美國人——曬黑的皮膚，熱愛棒球，酷嗜烤肉。他們看著我的樣子彷彿我既是毒藥也是解藥：我早習慣了。誰也不想要遇上需要我協助的情況。

我八年前從刑事司法課畢業之後就開始當私家偵探了，而亞德莉安娜的屍體是在我的職涯中最讓人不忍卒睹的，尤其是我還找到過被山獅撕咬過的殘骸，還目擊過被熊攻擊的過程。

我會尋到麥金儂洞不僅僅是憑直覺而已，坦白說，啟動我的直覺的是一本旅遊指南和對青少年足夠的了解。倒不是說我有把握亞德莉安娜一定在洞裡，島上隨便的一處洞穴都有可能。麥金儂洞距離托本莫瑞鎮有二十二哩路，可能就是因為如此警方之前才沒有過來調查，可是亞德莉安娜的朋友已經到了開車的年齡，而在這個年紀，到離家越遠的地方開趴就越不會被發現。

麥金儂洞在島的西邊，是一處十億年的裂口，深入陸塊約莫五百呎。九月的海象較平靜，到十月初潮水就變得較不可測，那天早晨暴風雨又帶來了高潮，麥金儂洞只能在退潮之後才能安全進入，否則的話就得要游泳進去。我是個喜歡戶外活動的人——滑雪、單板滑雪、健行、爬山。我在一些極嚴峻的地方露營過，就憑薄薄的帳篷抵抗風霜雪雨。但是海泳……還是在晚上？謝了。

洞穴令人讚嘆。我一走進去，右邊的岩壁就如泰山壓頂。洞口又窄又長，害我手腕上的脈搏狂跳。陽光完全照不到洞內的黑暗，但是我戴了爬山的帽子來，帽上裝備了多盞頭燈。我一踏進去就知道我的直覺是對的。我踩到的罐子發出清脆的金屬壓扁聲，大聲地宣告著「青少年」三個字。

幾米之外有營火的痕跡——離新鮮空氣夠近，煙會被吸出洞穴之外。不止一圈的石頭，不止一種的木柴——這個臨時湊和的壁爐使用過，可能多年來還重複使用過。

青少年有他們的秘密基地。

我在島上已經搜尋過許多類似的地方。私房海灘，荒廢的農人小屋，城堡廢墟，可以欣賞落日又隱密的停車處。不過亞德莉安娜是在麥金儂洞等待著我。

我的腳步聲在洞口迴盪，走進狹窄的通道聲音就更清晰，然後我進入一處寬敞的穴室，岩壁上有天然的岩架，四邊的地面上有溝渠，頭頂的壁面很高，穴室恢宏森嚴，要不是在一堆岩石中露出了金屬閃光，我險些就錯過了亞德莉安娜，那是她母親說她腳上搽的青綠色指甲油。我走過時，帽子上的頭燈照亮了指甲油，製造出夜間沼澤動物的眼睛反射的閃光。我的腳的反應比我的大腦遲緩，已經又前進了幾呎，等我再回頭，閃光卻已消失了。

我四肢著地，清除地上的石頭，時時提防著岩石崩落，我可不想給自己挖出個墳來。她的身體被塞進了一處裂縫中，被幾塊大石頭蓋住，再覆上頁岩、鵝卵石和沙土。

我先摸到了亞德莉安娜的一隻手，冰冰涼涼的，皮膚光滑卻腫脹。我閉上了眼睛一會兒，這種親密讓我猝不及防。你總是會希望是你錯了，但是我早已覺察了她的家人的不抱希望。他們撇開臉的樣子和未說出口的話隱含著弦外之音，他們要求我找的是一具屍體，而不是一個逃家的孩子。我幾乎是當下就感覺到了。

我應該當時就走出洞穴的，放掉她的手，保存現場。程序、程序、程序。私家偵探的問題就在於無權無勢。你沒權利跟鑑識小組或是病理學家討論，你見不到警方的檔案（除非你跟警探上床，而我早在多年前就發誓不幹了），所以第一印象最關鍵，幾乎是所有有用的知識。

我戴著手套，所有東西都集中在一個地方，以免遺漏了蛛絲馬跡；我跪在一個定點，搬走一塊又一塊的石頭，最後亞德莉安娜赤裸地躺在我的眼前。

我很慶幸死者看不見自己。什麼祥和寧靜全是廢話，變成屍體就是一種侵擾的過程，無止無盡。

亞德莉安娜並沒有明顯的傷口，更別提什麼彈孔、爪痕或是繞頸的繩索留下的勒痕。她的皮膚儘管遍佈斑駁的紫斑，基本上是灰白綠色的，我不知道這種顏色有什麼專門術語，但是在我的腦海裡，我給了它一個「停屍間綠」的標籤。真的只有在停屍間才看得到。

她的眼睛是睜開的，眼白佈滿了血絲，生前閃亮的褐色眼瞳覆上了一層混濁的膜。亞德莉安娜的嘴巴也是張開的，從她口中流出沙子，就像是洞穴本身在嘔吐。並不是你在陽光燦爛的午後在沙灘上散步踢起的鬆軟沙子，而是兒童要拿來蓋沙堡的一桶壓得緊實的沙土。她的嘴唇大開，像在尖叫，我也很想要放聲尖叫。

這不是溺斃該有的狀態，也不是惡作劇出錯的情況，這女孩子也不是因為嗑藥嗑茫了拿沙子塞自己的嘴巴，因為她遲早會把沙子吐出來，側身嘔吐。亞德莉安娜在死亡之時是有別人在場的。

她的黑色長髮——她最引以為傲的地方——披散在頭下，而糾纏在髮間的卻是海草。海草變暗發臭了，但是腐敗的屍體仍然贏得了攻擊我的五官的比賽。海草像是一頂恐怖的皇冠：她是一名死亡的選美皇后，屬於大海。我拿出照相機，拍下了屍體。我取得了家屬的許可——他們的全權委託，我可以採取一切必要的手段。我知道他們絕對不必看這些照片，但是我需要照片作為調查的紀錄。而且還有最後一項可怕的工作。我把女孩的腿推高打開，尋找傷口。亞德莉安娜生前是個美麗的女孩子，十七歲的她就算還不到顏值的巔峰，身體仍在發育中，但是她已經有足夠的魅力來吸引那些動機絕不純潔的人。

我並不想看的，但是我看了就沒辦法移開視線。

她的陰道被塞入了一個大貝殼，一半露在外面。我嚥下反胃的感覺，很羞愧目睹了這種侵犯。我拍下更多照片，儘管痛恨自己，卻知道我別無選擇。

她身下的地面並沒有血跡，她的腿間也沒有。她的指甲完整，雙手也沒有防衛傷口，只有她的腳跟有傷。她並沒有赤腳跑過岩石堆，並沒有在驚惶之下爬上或爬下岩壁。

我把她的屍體恢復原狀，把石頭放在一側，開始搜索洞穴的其他部分。這裡找不到衣物或個人物品，只有一個食物包裝袋、菸蒂，人類製造的垃圾。有人玷污了她的屍體，再把她藏起來，只是藏得不夠好，沒能讓人永遠找不到她。他們還收拾了善後，脫掉了她身上的衣服，再把她丟在一個感覺既空蕩又虎視眈眈的地方。

我全身發抖，我知道我已經盡力了，但是要把亞德莉安娜留在這裡我還是很難過。很快她就會被裝進屍袋裡了，我告訴自己。躺在停屍間的厚板上，不再受惡徒的侵擾。這種安慰卻好空洞。

進洞後一個小時我又出洞了，我坐在岩石上，撥打了緊急電話。洞口沒有訊號。我遺憾地離開了洞穴，把亞德莉安娜孤伶伶地丟在漆黑之中。我走到上坡路的一半時電話才打通。接線生說會通知島上值夜班的警員，他們會盡快趕來。犯罪現場調查小組必須從本島過來，已經向格拉斯哥提出了要求。我能不能留在現場讓警員知道屍體在哪裡？我向他們保證會留下。

我只說我發現了一具屍體，並沒指名道姓。我需要親口對家屬說，這是我的分內之事，況且在小島上只要名字一說出口，立刻就會傳遍整座島。我會被要求做筆錄，說明我為什麼會來這裡。我免不了會被責怪挪動了屍體，移除了石塊，跟接手的警察可能會造成不怎麼開心的工作關係。

但這就是我的服務會派上用場的根本原因。因為本地警察不願意派出搜索隊，因為警察對有犯罪行為發生持保留態度。那些陳腐的說法，什麼「這個年紀常見的事」、「她一個星期後就會夾著尾巴回來」、「可能只是去格拉斯哥開趴了」，這種話亞德莉安娜的父母聽得太多了，煩不勝煩。另外還有較不那麼討厭卻更令人不安的感覺——就是警察除非是真正開始調查之後才會數日子，但事實上他們是在數著日子等克拉克一家放棄，從哪裡來再搬回哪裡去。我見過馬爾島最資深的警員，克拉克家的感受可不是憑空想像出來的。

所以他們才會上網求助，找到了莎蒂．李維斯克，私家偵探，追蹤青少年專家。付費讓我從卡加利國際機場飛過來，為我訂了飯店，同意我的開價。

而現在他們的女兒死了。被嘲弄，被傷害，被性侵，被棄屍。我習慣了屍體，但是卻始終習慣不了某些人類居然可以那麼殘忍。亞德莉安娜的死不只是對她個人的攻擊，那隻魔爪還會伸向她的每一個家人，每一個朋友，在他們的身上留下抹滅不去的傷疤。親愛的人被殺害不是時間能療癒的，我比大多數人都清楚。

所以警察會過來，他們會向家屬表達基本的同情（儘管廉價得可以），然後會正式展開調查——總算，卻來得太遲了。我對警方的質問不是他們打算如何抓到殺害亞德莉安娜的兇手，而是在這麼一座小島上，他們真的會想知道是哪一個他們的自己人犯下了如此令人髮指、令人難以啟齒的罪行？

2

「妳常常發現自己選對時間選對地方找到死屍吧？」哈里斯．艾戈巡佐問道。他六呎二吋（約一八八公分），灰褐色頭髮，在寒冷的夜裡他的身體倒可能是既柔軟又溫暖，可是在山坡路上追逐犯人就會是個大累贅。

「其實是有幾次。」我跟他說。我沒說謊，我有個原則，不對警察說謊。「說一次謊就會有兩次謊」，這是我母親最喜歡說的話。一旦開始說謊，就會習慣，不知不覺間就被埋在謊言堆裡了。

「所以就是這些資歷才讓克拉克家雇用妳的嗎？因為我來的地方，我們會比較佩服把失蹤的人活生生帶回來，而不是把屍體帶回來的人。」他說，比較像是對著房間說，而不是衝著我來的。一些人以壓低的笑聲鼓勵他。他就是這種人——讓別人喜歡他的民粹主義者。我可沒心情陪他玩這一套。亞德莉安娜的父母正在等我。

「你為什麼之前不派出搜索隊？」我切斷了笑聲。「亞德莉安娜失蹤十一天了，毫無音訊。護照留在家裡，也沒有人看到她搭渡輪到本島去。我來的地方，我們寧願我們的警察積極主動，而不是怠忽職守。」話說得比我平常要衝，可是話說回來，艾戈巡佐比我習慣的警察要更顢頇無能。

「妳跟我說話最好小心一點，丫頭，」哈里斯．艾戈嘟嘟囔囔地說。「妳跑到我的島上來，突然間就有個年輕女孩死了？我們是可以宣讀過妳在法律上的權利之後再問話的。」

「那樣就會快一點，專業一點嗎？因為那可是一大進步呢。」

艾戈站了起來，繞到他那側的桌子，膝蓋撞到了房中另一名警察的膝蓋。小警局在托本莫瑞鎮上的艾瑞路上，只是一間平房。灰濛濛的，毫不起眼，飽受風吹雨打。我嘆了口氣。若不是有個女孩子死了，情況倒是滿滑稽的。他高踞在我面前的桌上，雙臂抱胸，大皺眉頭。

「妳他媽的洋基——」

「我是加拿大人，不過請繼續。」我說。

有人敲門，可能及時拯救了艾戈巡佐和我，不然我們兩個的脾氣可都要壓制不住了。真誠的淺棕色眼睛和令人難忘的下巴，光滑的黑色皮膚，讓房間增色不少。

「想說你們可能會想聽我的初步發現，」那人說。「是妳發現屍體的嗎？」

「對，」我確認道。「我是莎蒂．李維斯克。」

「喔，我是鑑識病理學家，內特．卡萊爾。」他伸出了手，和我握手。他的手溫暖光滑，我不知道自己為什麼會以為他的手會是冰的。可能是因為花在驗屍上的時間吧。

「我們正在忙，」哈里斯．艾戈說。「你有什麼話要說的？」

「亞德莉安娜死了至少八天了，更可能是九或十天。死因是溺斃。」

「我們可以到外面談嗎，卡萊爾醫生？我正在偵訊一名可能的嫌犯。」艾戈站起來，挺直肩膀，可惜只是更突出了他的肚子。

「我覺得不是，」卡萊爾說，語調輕快，音量放低。「我聽說李維斯克小姐五天前才到蘇格蘭來的。」

「我們還不能確定……」艾戈說。

「你可以查驗我的護照，確定我的入境日期。我很樂意交出護照，」我說。

「克拉克家已經送話來了，要求我把細節都告訴李維斯克小姐，他們寧可不要親自來認屍，目前她是他們選定的代表。」我已經喜歡內特．卡萊爾了。

「她侵入了犯罪現場，」哈里斯．艾戈說。「何況她還知道要去哪裡找那個女孩子。可以的話，我想要完成這次的偵訊。」

「我是在報警之前先確認死者是誰。我很謹慎，沒有移動現場的證據。至於知道亞德莉安娜的下落，我在島上搜尋了四天了，問題不在於我是怎麼找到她的，問題是你為什麼沒找到。」我站了起來。「卡萊爾醫生，我們可以談一談嗎？」

「妳給我聽著——」哈里斯．艾戈開口說。

「我有一張空白的證人筆錄單，」我跟艾戈說。「我今晚會把一切詳詳細細寫下來，明天拿給你。看過之後你還有問題，可以打電話給我。」內特．卡萊爾退出去，我也跟著他到前門。「時間很晚了，我猜你錯過了回本島的渡輪了？」

「明天天一亮我就會跟著屍體一起飛回去。我訂了飯店。」他說。

「好，我今晚要休息了，而且說實話，我需要喝一杯。你大概也有同樣的感覺。我發現了屍體，所以依我看，酒錢你要出。」

「妳說得對，我是需要喝一杯，可我是蘇格蘭人，所以猜對了也沒獎品。不過，妳翻動了亞德莉安娜的屍體，在我的命案現場上留下了指紋，」內特．卡萊爾說。「所以，其實呢，李維斯克小姐，付錢的人是妳。」

「最後海灣客棧」的酒吧貼滿了格紋壁紙，全新的時候一定就辣眼睛，幸好現在褪色了，色彩和線條都模糊了，看著舒服多了。木地板多年來被許多雙靴子踩過，而經營酒吧的女人效率高，也很務實。

「你們會需要靠窗的桌子，」她指示我們。「今晚是咖哩之夜，靠近廚房會有點臭。」

我們拿了威士忌，走向她指示的桌位。今晚是溫暖的十月天氣，窗戶用一本舊書撐開，微風吹拂進來。內特．卡萊爾醫生——他給了我名片，而他名字之後的那一串字母令人既迷惑又欽佩——四十幾歲，瘦削，身體挺直，態度也是一本正經的。

「我查核過妳的身分，也請家屬給了我跟妳談話的書面許可，」內特說。「多數時候我都只限於和直系親屬談話。」

「我是有執照的偵探，」我跟他說。「不知道能不能讓你放心。你在哪裡執業？」

「格拉斯哥。妳去過嗎？」

「機場算嗎？我是第一次來蘇格蘭，真希望是為了別的原因來的。」我喝了口酒，一吞下去我的喉嚨就發燒。「敬亞德莉安娜。」我舉起了酒杯，我們默然喝酒。我等了一下才提出一直在我嘴邊的問題。「如果她是淹死的，那她是怎麼會跑進洞穴裡的？潮水並沒有淹進洞穴裡。」

內特查看了四周，斷定了沒有人偷聽，這才向前傾，壓低聲音。為死者發聲最好是輕聲細語。

「她是被拖進去的，可能是抓住腋下。她的腳跟有大量的傷口，皮膚有多處直線擦傷，傷口中也有東西——小石頭，一些碎貝殼。我還不能確定她的臀部是不是有同樣的傷勢。」

「為什麼？」我問。

內特喝了一大口酒，喝掉了半杯威士忌。

「那妳當時沒有把她的身體抬起來？那倒是奇怪。」我等著他解釋。「妳的胃好不好？」

「我應付得來。」

「那我就拿照片給妳看，」他說。「只是別外傳。我比較不習慣活著的病人。」

「我會記住。」

他拿出數位相機，滿精密的，以他的大拇指指紋打開照片簿，再進入一個標題為「克拉克」的檔案夾，姓名之後還標了日期。他把相機拿給我，在我點閱相片時還有禮地別開臉。一開始的幾張是全景照——洞穴、岩石、她在黑暗中面朝上的全身。接著是近距離拍攝亞德莉安娜的臉，海草王冠，每一隻手，兩邊乳房，她的小腹。她的私處——那個貝殼——先是遠景，然後是特寫。我盡可能快速點閱。

「那是哪種貝殼？」

「海螺，」他說。「七吋長。不用問了，不是蘇格蘭的本土貝殼。」

下一張照片是定格，有個影片的符號等著我去按。我以拇指邊緣碰了碰。

影片中洞穴已經充盈著燈光，亞德莉安娜的屍體四周鋪設了護墊，以免在把她的屍體放進屍袋時損壞了微量證據。

「數到三把她翻過來，慢慢地，輕輕地，」螢幕外有個人在下令。戴手套的手，多得我數不清，抓住，確定在過程中不會有額外的損傷。「一、二、三。」他們扶住了屍體，把她翻過來。屍體下的地面似乎也在動。

「抓幾隻那裡的螃蟹，」內特在影片中說。我越過黏答答的餐桌，看著真實版的他，挑高雙眉。「跟屍體有關的動物的生命循環可以幫助我們判定準確的死亡時間。現在我們需要知道有哪些傷口是動物造成的，哪些是在她被害時出現的。」

我拿起酒杯，喝光了有泥炭味的酒，這才再回頭看螢幕。亞德莉安娜的背受創嚴重，手臂上有大片肌肉不見。

「她的後腿還是完整的。」我說。

「因為是靠在一層堅硬的岩石上。」

「你就是靠損傷的程度知道她在那裡有多久嗎？」我問。

「還有她的膚色，浮腫的程度。溺死的案例可以不考慮時間線，尤其是屍體被棄置在這麼冷的水裡，不過我覺得很可能她是在離家二十四小時內死的。妳還好吧？」

「看過這種東西誰也不應該覺得好，對吧？」

「我再去買酒，」他說。「把影片關掉。」

我照他的話做，希望亞德莉安娜的家人都不會看到影片。內特坐下來，把一杯酒推過來給我。

「除了被塞了貝殼之外，她有沒有被性侵？」

「目前還沒辦法斷定，因為海水和動物造成的傷害，我們可能沒辦法很篤定地說。」

「好。」我點頭，一邊喝酒一邊思考。「我猜她可能在隨便一個地方淹死，然後以車輛搬運到洞穴去。不見得是在麥金儂洞的海邊。」

「對，不過那麼做的話可得費不少力氣——搬動一具吸飽了海水的屍體。得趁著夜色掩護，而且很可能不止一個人。」

「你知道她頭髮上的海草是哪一種嗎？」

「是巨藻，全名是*Laminaria hyperborea*。這裡很常見。妳的臉色很蒼白。」

「我的家鄉是班夫，可不是以日曬膚色出名的，」我說。「沒有別的傷口？」

「擦傷。我要等檢查皮膚之下之後才能知道。皮膚變色讓初步的評估很棘手，不過沒有什麼明顯的地方。我也摸不到頭骨變形。她的背上可能會有傷口，因為被人移動過——」

「好，我懂，」我說。「你相信來生嗎，卡萊爾醫生？我不相信。從來就不信。可如果你相信，你就得要承認她可能會看見她自己倒在那裡，知覺到她的身體被吃掉一層。」

「她在那些生物啃咬她之前就死了。死透了。亞德莉安娜並沒有活著從水裡出來，我可以保證。那些螃蟹不是她的問題，不過我猜可能會是我的問題。」

「那個海螺……那種侵犯。是在她還活著時還是死亡之後？」

「我要到解剖之後才能確定。」內特看了看手錶。我的時間不多了。

「她有拉丁血統，遺傳了她的母親。你覺得有可能是種族的動機嗎？據我的經驗，馬爾島的人口種族不是很多元。」

「妳這麼問我是因為我是黑人，還是因為我是蘇格蘭人？」

「你兩者都是。所以你比我更有資格回答。不過我會這麼問是因為島上有這麼多的女孩子，死在洞穴裡的既不是蘇格蘭人，也不是白人。這樣的機率有多高？」

「亞德莉安娜年輕漂亮，又是初來乍到，所以可能比其他住在這裡好幾代的本地女孩子要引人注意。蘇格蘭人一般都滿包容的，而且有前瞻性思維。我因為膚色在格拉斯哥上學時挨過罵嗎？當然。我的前途因此而受阻嗎？答案應該是很明顯的。」

「可是你最清楚種族偏見不是只有罵罵髒話而已，有時候是因為不懂得尊敬別人，或是認為非白人女性可以隨便調戲，甚至是可以始亂終棄。你覺得警方會以這個角度調查嗎？」我現在是踩在紅線上。鑑識人員每天都在跟警察合作，無論我對哈里斯．艾戈巡佐以及他那些穿制服的親信有什麼意見，我都不該指望內特．卡萊爾會同意我的看法。

「別對他們那麼苛刻，」他說。我準備要聽他說教。「這是一個小島，島民會很震驚。這裡有多年沒有出過命案了，這是個平靜的地方。而且這件案子也不僅僅是找出殺害亞德莉安娜的兇手而已。哈里斯．艾戈必須要讓全島的人放心，讓他們相信他們的兒子女兒是安全的。他自己也有一個孩子是青少年，他也是嚇壞了。穿上制服並不表示也能抹掉一般的人類缺失。」

這不是說教，而是更糟。我覺得羞愧。我在警局不應該那麼像隻刺蝟的，應該要多幫忙的。內特說得對。在小島上當警察跟在大城市裡當警察是不一樣的，這裡的每一宗調查都會牽涉到私人。

「妳倒說說為什麼班夫來的私家偵探會跑到蘇格蘭來。妳的工作常常讓妳離家這麼遠嗎？」他的聲音柔和，我感覺到他是因為知道我的心情很差，所以想要讓我分心。內特．卡萊爾不但很有觀察力，而且也有顆善良的心。

「我在加拿大之外辦過幾件案子，主要是在美國，尋找逃家越過邊界的孩子。我有一次還找到宏都拉斯去了。等我找到了我要找的那個男孩子，我都不曉得我跟他是誰比較害怕。無法無天的地方實在很可怕，尤其是在你了解萬一事情出了錯你的權利多有限的時候。」

「妳的案子常常會出錯嗎？」他帶著溫和的笑容問道。

「有時候我得要對付肆無忌憚的人。走投無路的青少年什麼麻煩都惹得出來，所以偶爾我也得要肆無忌憚才能把他們救出來。我不會覺得是很光榮的事，可是我已經有一段時間不給自己設底線了。這一行是有可能很髒的。」

「那我們的職業倒是有這個共同點。嗐，我該去睡覺了，」他說，同時站了起來。「天氣好的話，我會一大早就離開。」

「謝謝你跟我聊，」我說。「你有更多消息就會打給我吧？」

「當然，」他說。「知道嗎，妳還沒問她嘴裡的沙呢。貝殼幾乎是粗魯草率的侮辱，可是沙子……」

「沙子是關鍵，是兇手把憤怒全部宣洩在一個動作上。我不需要別人說明就能了解。」

「我清理出來了，保存了起來，」內特說。「不是只有她的口裡才有。兇手還把沙子塞進了她的喉嚨裡，手指伸進了她的口腔裡，用力把沙子往裡塞，那得花很多的力氣和時間。我之前從來沒見過。」

我從口袋裡拿出房間鑰匙，已經覺得躺在床上也不會睡著了。

「冰冷的憤怒，」我答道。「沙子就代表這個意思。殺死亞德莉安娜・克拉克的兇器是憤怒。」

3

托本莫瑞鎮的北邊有一條公路沿著海岸線蜿蜒，那裡有幾棟房屋臨海而建。克拉克家就住在一棟維多利亞式的大房子裡，房屋外牆並沒有像馬爾島上的許多房子一樣塗抹上可以抵擋風雨的小卵石灰漿。昨晚之前他們家還是五個人。今天，窗帘遮掩著。媒體還沒有到小島上來。我猜血腥的細節一公布，他們就會蜂擁而至。在那之前，案子只是一個青少年陳屍在洞穴裡，只是不時出現的悲劇之中的一樁。

大門打開了一條縫——有人在查看是誰來了——接著縫隙變大，讓我走了進去。我在昨晚打過電話，就在警察抵達洞穴以及我在警局接受訊問之間。從現實上來說，深夜接到偵探的電話都不可能是好消息。而這一趟主要是告知他們篩選過的事實，由亞德莉安娜的父母全權決定他們想要知道多少。

來開門的是布蘭登，他的深色眼睛不肯看我，頭髮也亂七八糟的。他是個好看的孩子，就跟亞德莉安娜生前一樣。我和藹地跟他打招呼，他只是用力摜上大門，一次跨兩階上樓，然後樓上又有一扇門被甩上。我不介意。我要說的話是只給父母聽的。

伊莎貝拉．克拉克坐在沙發上，像尊雕像，緊抓著椅臂，瞪著前方。羅伯站起來跟我握手。我們坐下時我用了最空泛的寒暄。

「警察今天早上來過了嗎？」我問。

羅伯點頭。「他們把我們全都當成嫌疑犯。」他露出苦笑。「他們雖然沒有說出口，但是卻提到這類的兇殺案通常都是熟人做的。而我們搬來這裡又沒多久……」

「那只是標準程序，你們別往心裡去，」我跟他保證。「警察說了多少？」

「太多了，」伊莎貝拉說，眼睛仍盯著牆。那種眼神空洞、瞳孔擴大的瞪視是震驚與藥物的混合效果，在孩子死亡的案件中極為常見。

「亞德莉安娜很會游泳嗎？」我問道，直接就切入主題。沒有必要多說廢話，現在再來談照顧他們的情緒已經太遲了。

「對，」羅伯說。「她在……」他頓了頓，吞嚥了一口。「……在加州的時候常游泳，雖然當不上游泳校隊，不過卡爾斯巴德是個靠海的小鎮，她每天都跟朋友去游泳。」

「那她就很習慣潮水了，」我說。「可是夜間游泳……她以前也會嗎？」

「加州的晚上可不能下水，」羅伯說。「有大白鯊。」

伊莎貝拉低下頭。「她跟鯊魚在一起還安全一點。」

我沒有搭腔。一個了解海洋的危險的女孩子。潮流，激流，一道波浪就能把無傷大雅的嬉戲轉變為危險。

「等驗屍官完成報告之後，我們就會有更多訊息。他們今天早晨把亞德莉安娜的遺體用直升機帶走了，她會被送到格拉斯哥。恐怕他們不會讓你們領回她的遺體來安葬，因為這是偵辦中的命案。警方現在會全力調查，他們會從本島的重案組得到奧援。我不確定你們是否要我——」

「妳應該留下來，」羅伯說。「我們可以付妳錢。」

「我不確定我能做的會比警方多。他們不會讓我看他們的檔案，說實話，他們挺不友善的。」

「所以我們才需要妳。妳都沒聽到警察是怎麼跟布蘭登說話的，他是個活靶子。我們在這裡是外人，如果有人能代表我們來處理，我們會覺得比較有幫助。」羅伯說。

即使我知道我插手的影響有限，可是「外人」兩個字絕不是誇大其詞。換作是我，我也想要找個人來幫我發聲，期望他們自行面對這件事既不實際也不厚道。我已經知道我會說什麼了。

「布蘭登有扎實的不在場證明嗎？還是他是在家裡睡覺？」我問。

「他在睡覺，」羅伯說。「我們都在睡覺。亞德莉安娜偷溜了出去。」他的語調氣憤，這也難怪。我從來就不想生孩子，寵愛和紀律不斷衝突，我看了都覺得累。我還沒接過哪件案子是父母沒有三令五申告誡孩子輕忽個人安全是多麼危險的一件事的。傷痛中帶著氣憤是最人性的情緒組合。

「我去查看過布蘭登，」伊莎貝拉說。「我晚上聽到聲音，就下床去看他。他絕對在床上，而且絕對是在睡覺。」

眼睛盯著壁爐，我盤算著下一句話該說什麼。批評或是指控會傷人，也會激怒對方，可是伊莎貝拉·克拉克剛才犯了一個嚴重的錯誤。

「妳是這樣跟警察說的嗎？」我問，聲調只比耳語大一點。

「當然。」她回道。

「警察有沒有跟你們各別談話？」

羅伯點頭。

「警察有沒有問既然妳聽到了聲音，起床去查看布蘭登，那為什麼會沒注意到亞德莉安娜不在床上？」

她張開口又閉上，而羅伯則閉上眼睛，別開了臉。

「妳都不知道他們是怎麼跟他說話的，」伊莎貝拉氣急敗壞地說。「拉丁裔的孩子搬到一個新的國家，手足間的敵對，不喜歡他姊姊跟島民那麼友善，鬧脾氣，有異常的傾向。我是在一個警察先把你按在地上再擔心後果的世界裡長大的。竊盜、搶劫、強暴——全都怪到我的同胞的頭上。這裡又為什麼會不一樣？」

她說得對。我不了解她有什麼經歷，美國的種族歧視並不是歷史上的問題，而蘇格蘭的種族歧視我更不了解。我只知道向警察謊報不在場證明——尤其是像這一個這麼漏洞百出的——只會讓警察的疑心更重。哈里斯·艾戈雖然讓我不敢恭維，但是他並不笨，不會聽不出伊莎貝拉·克拉克並沒有在晚上去查看布蘭登，而現在布蘭登在他們的嫌犯排行榜上又高升了一級。

「不用擔心，」我說。「跟警察那麼說也是自然反應。但我不得不請問你們——因為這裡的警察也會調查——布蘭登惹過麻煩嗎？不管是在學校裡或是在法律上。有沒有什麼把柄是他們能用來當藉口偵訊他的？」

兩人互瞄了一眼，而我真恨死自己了。我全心全意想揪出殺死他們女兒的兇手，現在卻在揭他們兒子的瘡疤。

換作是我我也會恨我。

「他什麼壞事也沒做過，」羅伯說。「布蘭登是個好孩子。當然有時候成績不是很好。他們現在是上網課，免得還得換成這邊的課程，我們也可以監督他們的上課時數——他的上課時數。」他糾正自己。

「亞德莉安娜的成績如何？」

「A和B。她在上一個可以念好大學的課。」羅伯說。

「她不打算回美國去念大學？」我問。

「她想念世界上的哪一所大學都行，」羅伯回答道。「我們從孩子很小的時候就帶他們出國，帶他們到歐洲、南美洲、亞洲。我們要他們知道未來是沒有限制的。」

羅伯和伊莎貝拉又交換了意味深長的一眼。我真粗心，竟然提起這個。女兒躺在停屍間的檯子上，誰還會去想她光明燦爛的未來呢？

「我很快就不會打擾你們了，不過還有一件……事情。是亞德莉安娜的遺體，和一個貝殼。」

「我們知道。」羅伯說。伊莎貝拉哭了起來。她能忍到現在才哭還真是了不起。

「警察會聚焦在這一點上，所以我需要知道。她有男朋友或是前男友嗎？有人對她感興趣，即使只是在網路上？」

「沒有，沒有那種事。不然她會跟我們說的，」羅伯說。「我們才搬來幾個月，她的心思都放在課業和酒吧的打工上，為了存錢。亞德莉安娜不是那種會讓隨便一個人——」

「不、不、不，」我急忙說。「別那樣想。絕對沒有人在暗示亞德莉安娜做了什麼才害她自己出事的，或是讓她有足夠的理由出事。」

「我看過阿蒂跟一個男生在一起，」餐廳門口有聲音傳過來 。對開玻璃門在我們說話時開了一條縫。

「露娜！」伊莎貝拉驚呼。「妳應該待在房間裡。」

她大步走向小女孩，緊緊擁抱她。露娜將來會在她母親和父親的緊迫盯人下長大，每一天，每一分鐘，直到她受不了為止。在暴力犯罪中失去了孩子的父母都會這樣，他們活著的每一天都知道這種事還會有可能再發生，並且相信如果他們不夠警覺，就會發生。

「嗨，露娜，我是莎蒂。我們幾天前見過，記得嗎？」她點頭，黑色鬈髮也隨之彈跳。

「妳什麼時候看到過亞德莉安娜跟男生在一起的，甜心？」

「拜託不要……」伊莎貝拉說。

「她不能不問，」羅伯跟她說。「回答沒關係，露娜。」

「媽咪跟我在鎮上走，阿蒂跟一個男生在巷子裡，她看到了我，就笑著用手指放在嘴唇上，像這樣。」她把食指押在閉合的嘴唇上，做出噤聲的動作。「所以我知道不可以說。我不乖了嗎？」

她的大眼睛轉向她母親，她勉強苦笑。

「沒有，甜心，妳沒有不乖。妳跟阿蒂老是有秘密，對不對？」

「我們是好朋友，」露娜說，對我粲然一笑。她仍太小，不了解她的姊姊不會再回來了，而且她要很多年之後才會聽到真相，但是露娜可能是唯一能夠讓伊莎貝拉和羅伯不會在深夜吞服太多安眠藥的原因。

「妳能跟我說說妳看到的男生嗎，露娜？」我問。

小女孩皺起了小臉，凝視著天花板，努力思索。她真可愛。

「他們好像在跳舞，」她說。「跟媽咪和爹地在廚房裡那樣。」

「好棒喔。妳記不記得他的頭髮顏色或是皮膚顏色？」

「嗯，他的皮膚跟爹地一樣是白的。我不記得他的頭髮。」

「妳有沒有聽到他說話？」露娜搖頭。「沒關係。還有什麼嗎？」

「我覺得他也是個把拔。」她聳聳肩。

「妳覺得他是把拔？他帶著寶寶嗎？」

「沒有，可是他有一個小男生的照片，我在他身上看到的。媽咪，我們可不可以做果凍？」

「以後再說吧，」伊莎貝拉說。「去拿片餅乾，我放了一些在桌上。」她把露娜放下來，小女孩立刻衝去找花生醬巧克力餅乾。伊莎貝拉的臉上血色盡失，一臉灰敗，因為費力假裝他們的世界並沒有內爆而全身虛脫。

「我這就走。那位病理學家內特・卡萊爾答應了今天晚上打電話給我。托本莫瑞鎮上有沒有誰跟亞德莉安娜關係特別好，可能會知道露娜看到的這個男生是誰的？」

「她在酒吧打工認識了很多青少年，卻沒有走得特別近的。」羅伯說。他的眼睛落在妻子的身上。伊莎貝拉像是隨時會崩潰的樣子。

「也沒有美國的朋友跟她在社群媒體上聯絡的？她可以會說知心話的？」

「沒有，」伊莎貝拉說。「這裡對我們來說都是全新的開始，我們鼓勵孩子不要上網。」她的語氣嚴厲。我該走了。

「亞德莉安娜的手機還沒找到吧？警察偵測到手機的活動，或是在洞穴附近找到手機了嗎？」

「沒有，」羅伯說。「手機關機了，沒有訊號。」

「我懂了。那過兩天我再跟你們聯絡，」我說。「有需要就打電話給我。」

我出去時布蘭登正好下樓來，他臉上的表情連熔漿都能冰凍。

4

那天下午我就像個觀光客一樣。水汪汪的太陽讓空氣不冷不熱，托本莫瑞灣周邊的房屋顏色就像糖果店一樣繽紛。各種的橙色、紅色、黃色、藍色倒映在波紋蕩漾的水面上。一間巧克力店，一家香皂公司，旅店和咖啡店，藝廊和陶器店——應有盡有。馬爾島的居民在別處購物。港口有一家食品店，有郵局和銀行。這裡的生活很純樸。觀光客來來去去，小島需要他們來花錢。我的家鄉也一樣。街頭巷尾都認識，每一次的吵架，每一段的戀情，每一個新生的孫兒，每一件離婚——就是小鎮的醜事，沒有一樣好像是私事。

我花了將近一小時的時間在「釣具與百貨」閒晃，這裡有許多令人眼花繚亂的商品。漁夫用的閃亮工具，我聽都沒聽過的以及一些我知道的作家，捕蚊器，美術用品。彷彿是好幾個聖誕節全都湊在一起。我買了個羅盤，這是我的習慣，每去一個國家就會買一個羅盤：是我個人的一個小迷信，為了確保我能夠找到回家的路。我另外也買了一本書，叫《給十六歲的自己的一封信》，只是做做樣子。似乎挺應景的，特別是亞德莉安娜不可能會有老到可以帶著哲理回顧從前的那一天。

我走出店外時手機響了。來電顯示是我妹。

「嗨，蓓卡，」我帶笑說。「我未來的外甥女最近踹得多用力啊？」

「嗨。妳到了蘇格蘭之後就沒打電話給媽。她以為妳被綁架了。而且妳的外甥女要等妳回來陪我去醫院才肯離開我的子宮。妳是幾時要回來啊？」

我嘆口氣，眼前浮現出我妹的大肚子，以及已經貼在冰箱上的各種軍隊似的生產指令。我是她的生產夥伴，因為她的前未婚夫決定當爸爸沒有辦法融入他的網紅生活型態。我要聲明，我是問過蓓卡是不是允許我去把他揪出來，給他動點手術，以免他以後又害別的女人懷孕，可是她拒絕授權。將來有一天我還是會執行我的計畫。我們的媽從家裡給我妹支持，因為她得要照顧我們那個正和失智抗爭的爸。但這一切都阻止不了我妹要自然生產：不用止痛藥，不要非必要的手術干預，不要氣球或是絨毛玩具。

「對不起，蓓卡。我不知道這件案子會拖多久。不過小女娃還要一個月才會出生，對吧？時間還很夠。而且我今晚會打電話給媽——我發誓。」

「發誓，發誓？」

我停下腳步，不喜歡她安靜的聲音。我妹是個大嗓門，壓低音量根本就不是她的個性。

「我只是好希望妳沒有去那麼遠的地方，」她說。「沒有妳就連我的大肚子都覺得有點傷心。」

「有人想念真好，」我說。「聽著，時間很快就會過去，妳有很多朋友可以寵妳。不是還要做窩嗎？還要製作有機嬰兒食品冷凍起來嗎？」我發出作嘔聲，她笑了。

「好，好，我們會沒事的，妳別忘了聯絡就好。這次的案子不算太難吧，莎蒂？我可不要妳在生產之前陷進什麼可怕的事情裡。」

我裝出笑聲，準備說謊。事關我的家人，這也不是什麼新鮮事。我辦的那些最糟的案子最好還是粉飾太平的好。

「一點也不難，我已經有線索了，希望很快就可以結束。小意思。好了，快去把妳的腳抬高，吃點巧克力，給妳的肚子讀一篇莎蒂阿姨的故事吧。」

我的口袋裡放著小小的銅羅盤，一手拿著書，漫步向一家叫「閒扯淡」的酒吧前進，我的飯店櫃檯人員說本地人晚上都在那裡盤桓。亞德莉安娜也是在這裡暑期打工的，賺取每小時六點五鎊的薪水，清洗杯盤。這裡跟隨便一個地方一樣都非常適合評估命案對於島民的影響，同時了解島民對案子的推論。

「閒扯淡」距離托本莫瑞灣著名的打卡景點只有一條馬路，卻很不顯眼，你會直接走過去才發現它。紅色的門面，窗戶曾是乾淨的白色，一進門就要做選擇：向左是餐廳區，向右則進入酒吧的站立空間，完全不搭配的桌椅，有射飛鏢的地方和一張撞球檯。我向右走，室內突然一片寂靜。

「妳會想要坐下來吃飯，」吧檯後的男人問也不問我就幫我決定了。「那最好是去另一個房間，親愛的。」

「不用，多謝，」我說。「我可以要一杯涼的嗎？」

我假設是店主的人冷笑，還是開了一瓶淡啤酒，朝我滑過來。我付了錢，挑了遠遠的一角，專心看我買的書。這時談話聲又一次響起，我整整等了五分鐘才敢抬起頭來評估情況。

四個人圍坐著一張桌子，我認出一個是艾戈巡佐的同事。訊問我時他也在場，不過一個字也沒說。這時他刻意忽視我。有一群女孩子看似無聊卻又過度亢奮，假睫毛搧呀搧的，在發現一名青少年的屍體之後就來泡酒吧似乎不成體統，不過這一個世代的文化就是如此。有一對情侶手握著手，唧唧噥噥；還有兩個單獨的客人喝著烈酒。一些人在看別人比賽擲飛鏢。店主有了同伴，是名中年婦女跟一個漂亮的男孩，他還拍了男孩的背。他的兒子吧，我猜。那群女孩子開始喃喃低語，搔首弄姿。我低垂著眼皮，伸長耳朵。這裡有一種戲劇性的氣氛——悲劇帶來的竊竊私語以及對悲劇本身的興致勃勃。

門又打開了，哈里斯．艾戈走了進來，室內隨即有一秒的沉默。這一次是充滿了尊敬與期待。我低下頭，翻了一頁，不過我的閱讀絕對是結束了。店主給了哈里斯一大杯威士忌，他接下了，一口喝掉，再把杯子推回去續杯。

「有消息嗎？」一個玩飛鏢的人問。

「沒有好消息，」艾戈巡佐說。「還沒有線索。」

「巡佐，」另一名警察說，聲音柔和，卻還不至於讓我聽不到。我抬眼一看，他刻意朝我的方向瞄了一眼，哈里斯．艾戈的視線也跟著過來。

「你現在誰都放進來了啊，巴比？」艾戈問店主。

「啊，她長得很好看啊，我覺得可以讓這地方漂亮一點。」店主為自己的玩笑話哈哈笑，直到被他太太架了一拐子才停住。

「李維斯克小姐，」哈里斯．艾戈大聲說。「妳有什麼事嗎？」

「喝啤酒，」我說。「味道不錯。」

「妳的飯店裡沒有酒吧嗎？」艾戈接著說。

我聳聳肩，回頭去看我沒在讀的書。

「我還以為妳是來工作的，不是來度假的——」

「別這樣，爸，」吧檯後的男生小聲說。原來不是店主的兒子。另一個賺零用錢的青少年。

哈里斯．艾戈背對著兒子，決定要對著酒吧說話。

「我們相信殺了那個女孩的人是觀光客。很多旅遊書提到麥金儂洞。有鑑於她死亡和發現屍體之間的時間長度……」他停下來，我猜他是為了戲劇效果還看著我這邊，我看也不看他，不想讓他如願。「我會說他已經離開小島了。」

儘管這種缺乏專業的態度令人震驚——在公開場合，特別是酒吧裡，對調查中的案子隨意發言——但似乎沒有人覺得意外。大家已經在談論命案了，驟下毫無根據的結論，胡亂臆測。艾戈把自己社區的需要擺在第一位，向他們保證嫌犯是外地人，更是在向我傳達清清楚楚的信號，說明他的忠誠之所在。

女店主來到我的桌旁，手上拿著另一瓶酒，輕輕放到我的面前。我微笑著道謝。

「可憐的亞德莉安娜，」她說。「她的爸媽還好嗎？」

「現在說還太早，」我說。「亞德莉安娜在妳這裡工作嗎？」

「是的，才工作了兩個月。一點也不惹麻煩，準時上班，和和氣氣的。」

「究竟是有多和氣？」哈里斯越過她的肩膀問。

我不喜歡他的言下之意，但是我也不確定他是不是故意的。他是在給我設套。如果想要毀掉一個晚上，沒有比跟小鎮警察比生氣更快的了。

「哈里斯，我不是那個意思。我從沒看過亞德莉安娜跟我們的客人那樣子說話。她又怎麼會跟著一個陌生人深夜跑到麥金儂洞去呢？」

「說不定她喝了幾杯酒，又抽了大麻，覺得有點寂寞。可能是思鄉了？前兩個禮拜我們有很多美國觀光客嗎？」

我恨透了他的最後一句話說得還算公道。遇上同胞總是會讓你既想家又渴望熟人的安慰。

「今年夏天每天都有美國人進進出出的，不過亞德莉安娜從來也沒有提起過他們。」她輕拍我的胳臂。「我叫蕊秋。要是這些傢伙找妳麻煩，我絕饒不了他們。」

有人輕拍哈里斯．艾戈的肩膀。

「哈里斯，有、有件事我需、需、需要跟你說、說。」那人說。三十幾歲，一頭濃密的黃紅色頭髮，皮膚是不健康的灰白色，通常是深海生物的顏色，而臉頰則難以言語形容，他出了很多汗，幾米外我都能聞得到。

「明天吧，」艾戈說。「我現在下班了。」

「我真、真的想、想要……」他伸手碰艾戈的胳臂，巡佐向後躲開。

「我來處理，長官，」艾戈的下屬介入，把那人拉開來。「來，彩虹糖，我們到外面說去。」

「彩虹糖？」我朝著老闆娘的方向問。

「除了彩虹糖之外沒有人看過他吃別的東西，」她說。「他好像從小開始就沒吃過蔬菜。」

哈里斯・艾戈把一張椅子拉過來，倒著坐，兩腿大開，胳臂架在椅背上。他看太多美國警匪片了。

「那妳今天見過克拉克夫婦了？」

「他們是我的客戶，」我提醒他。「島上有監視器嗎？」

「喔，妳不能使用我們的設備。不會有情資可以分享。我要知道他們是怎麼跟妳說他們的兒子的。」

我緩緩合上了書，身體前傾，聲音盡可能壓低，因為酒吧裡的每一個人都想聽我們的對話，同時又忙著假裝沒在聽。

「『那個兒子』是有名字的，叫布蘭登，而且正在為他的雙胞胎姊姊的死傷心難過。她也有名字，是亞德莉安娜。這家人正在承受無法想像的哀慟。我知道你有你的職責，不過別問我我跟我過來這裡幫助的人私底下說了什麼。」

「妳也注意到了啊，」哈里斯・艾戈得意地抬高下巴。「他他媽的怪透了。妳完全知道我問的是什麼，少否認了。」

巡佐聽明得很危險。

「他這輩子每天都有亞德莉安娜作伴，我無法想像失去雙胞胎手足是什麼感覺。我猜他大概覺得一半的他也死了。」

「他們在假警察學校教妳這套心理學狗屁嗎？」艾戈問道。

「你訊問過這家酒吧的每一個常客的口供嗎？」是我的反詰。

「沒必要。我認識這些人好幾年了。」

「所以每一個標準的問題——他們最後一次看見亞德莉安娜是在幾時，他們是什麼關係，她是否提到有什麼讓她擔心的人事物——你已經都有了答案，沒有一個人回答得上來也無所謂？」

「這裡的人要是有什麼消息，早就跑來跟我說了。」

「除非是有什麼事是他們不想說的，或是他們在保護什麼人。會不會是他們不太敢發聲？」我咄咄逼人。他的臉孔出現了一塊塊的紅斑。

「這座島上的每個男人、女人、小孩都知道他們跟我可以有話就說。他們也知道要是敢隱瞞什麼，我是饒不了他們的。」

「哇，原來黑白兩道都是你啊？佩服佩服。」

「長官，」艾戈的屬下說。「可以說句話嗎？」

艾戈站了起來，忘記了他是倒坐在椅子上的，不得不張開著腿倒退。他上身斜向我，雙手按著桌子，終於找到了低沉的聲音。

「妳保護的那個小子隱瞞了什麼。妳要是查出來了卻沒告訴我，我會以同謀罪起訴妳，」他惡狠狠地說。

「我會把這個法律上無強制力的威脅謹記在心，」我說。「看來有人找你。」他的下屬正在咬指甲。

「那就走吧，」哈里斯．艾戈說。「你們這些小孩子今晚都不准一個人走路回家。」他發出命令，同時往門口走，洩漏了真相，儘管他大言不慚地說殺害亞德莉安娜的兇手已經離開小島了。艾戈知道兇手仍然混跡在島民之中。

我拿著另一瓶啤酒和我的書，走去站在吧檯。

「亞德莉安娜有私人物品放在這裡嗎？」我問蕊秋。

「我們有個衣物間，員工把外套和包包放在那裡，有的人會放別的東西，如果要和朋友出去玩，可能會放個過夜袋。女孩子們常常會放化妝品，我們叫他們別放什麼重要的東西。」

「我可以看一看嗎？我不是要找什麼東西，只是想釐清她喜歡什麼、她可能在哪裡出入。」

蕊秋輕點了一下頭，盯著先生看，直到他轉過去。

「跟我來。」她小聲說。

衣物間在酒吧的後面，走下幾級階梯，幾乎像是地窖。潮濕，瀰漫著濕衣服味。窗框是黑色的，長霉了。一點也不金碧輝煌，跟加州沒得比。我再次納悶這一家人為什麼會一百八十度大轉變，搬來這裡。我還沒有問他們這個問題，而依目前的情況來看，我可能也不會很快就能跟他們談這件事。

「據我所知她通常都把東西放在那個角落，」蕊秋說。「那是她的靴子。我最好趕快回店裡。妳看完以後可以從後面出去嗎？我先生可能不喜歡我讓妳下來。」

她不需要解釋。「好的，」我說。「謝謝妳的幫忙。」

亞德莉安娜的雨鞋是鮮黃色的。外向的女孩子；表示自信的顏色。我翻揀著另外五件外套，找不出是屬於亞德莉安娜的線索。沒有皮包。甚至沒有可能是她的手套或圍巾。我查看了員工廁所，只有香皂、衛生紙和洗手液。

亞德莉安娜的父母會想要她的私人物品。此時此刻他們或許連看都沒辦法看，但是時間久了最小的東西往往都意義非凡，再者雨鞋遲早也是要丟掉的。我把鞋子拿了起來，塞到腋下，預備隔天再送去。有一隻鞋明顯重很多，我把手伸進去，掏出一個有拉鍊的銀色小皮包，又從另一隻鞋掏出一個天鵝絨小袋子。

銀色小皮包裡放了眼線筆、眼影、唇膏、遮瑕膏——沒有什麼特別的。全都是年輕女子認為的必需品，而且把化妝品放在酒吧裡可以在值班的空檔或是在下班之前補個妝。天鵝絨小袋子就沒有那麼必要了。它是紫色的，非常輕，我起先還以為是空的。我把一根手指伸進去，拉出來時指頭沾上了灰色粉末，沒有什麼特殊的氣味，只有一股霉味，很可能是因為小袋子塞在雨鞋裡沾染上的。我考慮要嚐一嚐，又決定作罷。無論是什麼，只要是粉末狀的都會立刻使人疑慮。我的問題在於要如何拿去化驗，又是否要交給哈里斯·艾戈。兩個問題都在我的手機響起時解決了。我把小袋子塞回雨鞋裡，拎著鞋從後門出去，去跟內特·卡萊爾講電話。

5

「亞德莉安娜的左腳踝有撕脫性骨折。」內特說。

「拜託用大白話。」

「腳踝的一根韌帶從骨頭被拉開了，連帶扯掉了一小塊骨頭，從而造成了骨折。」他說明道。

「你能判斷是生前還是死後造成的嗎？」

「很難確定。這種傷通常是在運動時或是發生意外時造成的。我會說是在打鬥或是逃亡的過程中——比方說她被人抓住，或是跑步，她的腳踝陷進了什麼，或是突然向不自然的方向移動。」

「好，」我說，在心中構築出亞德莉安娜生前最後一刻的情況。她的腳踝受傷就不會自發跑去游泳，而且她死在水裡。「有可能是有人抓著她的腳踝，而她試圖掙脫嗎？關節承受了太大的拉力？」

「如果她扭動或是突然改換方向，那，是，絕對可能。」內特說。

「即使當時她是在水裡，水讓動作變慢？」

內特安靜了幾秒。「我會說是，如果抓住她腳踝的那個人夠強壯，可以牢牢握住。說不定是兇手扭了她的腳，而不是亞德莉安娜自己。」

我一直沿著港口走。現在天色全黑了，我這才猛地想到我獨自走在夜色中是很危險的。

「攻擊她的並不是某個來島上旅遊然後又離開的觀光客。」我說，半是自言自語，半是針對哈里斯．艾戈先前的說法。

「妳怎麼知道？」內特問。

「有太多個人特色。如果她是被綁架後先姦後殺，那我或許還會接受觀光客推論。可是她深夜偷偷從家裡溜出去，她一定是相信那個要跟她見面的人才會那麼做的。」

「說不定她是被威脅了？」內特問道。「有可能她覺得無力拒絕。」

「那也需要長期的關係，不是嗎？還有貝殼——那是有代表性的。不是普通的性侵。再說，他們也沒辦法在海灘上撿到那種貝殼，他們是拿著貝殼去見她的，然後花了一些時間幫她織一頂海草皇冠。精神變態的觀光客？如果亞德莉安娜對他們不重要，他們何必費那番功夫？」

「我聽見了，」內特說。「不過恐怕沒有確證能證實是強暴。海水——她是在海水裡溺斃而不是在淡水裡——把她的身體清洗得很徹底。貝殼造成的傷害遮蓋了所有之前可能有的陰道傷口。不是說就可以排除，只是沒有辦法證實。」

有輛汽車朝我駛來，開著大燈，接近時放慢了車速。我舉起一隻手遮護眼睛，從人行道邊緣退開，背抵著牆壁。汽車按了三次喇叭，隨即快速脫離。我眼裡的白光仍然太強，看不見車牌。我加快了腳步。

「沒事吧？」內特問。

「沒事。聽著，我需要請你幫忙。我發現了什麼，需要檢驗。你可以幫我嗎？」

「有什麼理由不能交給警方處理嗎？我怎麼聽起來像是妳應該向他們報告的東西。如果是證據——」

「我不知道是什麼東西，」我趕緊跟他保證。「是一個天鵝絨袋子裡裝著少量的粉末。不是在屍體上，或是命案現場，或是她家裡找到的。我甚至不確定是不是亞德莉安娜的。只是我在她打工的酒吧的衣物間裡找到的。」這是善意的謊言，不過不應該欺騙內特，我知道。可要是我去找哈里斯．艾戈，不出幾小時島上的每戶人家就都會聽說亞德莉安娜使用毒品。我硬是叫良心閉嘴。「我可以拿去給你嗎？我的飯店有快遞服務，明天一大早可以搭渡輪出去，午餐時就能送到你手上了。」

他輕嘆一聲。

「妳覺得有可能是她的？」

「那裡是員工區，看樣子很多人來來去去的，包括老闆一家。我只是想知道這邊是不是有毒品流通，她是不是惹上了什麼麻煩，知道嗎？」

「等我拿到了藥物檢驗報告之後，我比較能回答這個問題。我可以跟妳說她身上沒有針頭的痕跡或是疤痕指向重度用藥。她的牙齒和牙齦很健康。膈膜完整無缺。」

「那你是願意嘍？」我問，來到了飯店門口。

「從現在開始戴手套碰那個東西。包裝和貼標籤時要小心。把粉末留在原始的袋子裡，送給我個人，還要簽名。還有，輪到妳還我一個人情。」

我對內特・卡萊爾的敬重增加了。

「說吧。」

「我問過克拉克先生太太能從美國的哪裡取得亞德莉安娜的病歷，他們簽署了同意書，可是保險公司否認亞德莉安娜是病人。一定是哪裡搞錯了，可是我急需那些資料。要是我把同意書再傳給妳一次，妳可以列印出來，請他們簽名、掃描，或是拍照，再回傳給我嗎？」

「交給我吧，」我說。「一定是行政上的疏漏。美國的健康保險公司可不是以程序簡單親民而出名的。」

我的房間在一樓。飯店乾淨，但是並不豪華。開窗時會吱吱響，馬桶沖水要拉鍊子，好像是古董，但是房間溫暖，枕頭很軟，WiFi可靠。

我花了點時間才把天鵝絨小袋子包裝好，用了幾層的塑膠袋加上一個有軟墊的信封袋，再找個員工問清快遞服務的手續，弄完已經是蘇格蘭時間晚上十一點了，不過在班夫才下午四點。我打電話給我媽，發出保證的聲音，再跟她說我要上床睡覺了。之後我開始了這個時間唯一能做的研究：社群媒體。我有假帳號，這些年來用假名耕耘，讓我能看到別的青少年的動態而不引起猜疑。逃家的孩子只要智慧型手機還能用，就仍然會上傳自拍，而我有一半的案子就是靠那些照片和貼文解決的。

通常我的經驗是查詢名字就會有至少一百個可能結果出現，亞德莉安娜・克拉克卻非如此。幾個不同拼法的姓名，卻沒有百分之百吻合的。我再試別的平台：一樣。再試別的。亞德莉安娜一定是使用了匿名，聰明，而且使用了很不錯的安全設定，也就是說她對風險是有警覺性的。

所以說她會半夜三更溜出家門，去跟一個陌生人去裸泳，也不跟誰說她的去向嗎？絕對不可能。

羅伯・克拉克早上九點打電話給我，說他收到了我的電郵，我可以過去一趟。我等到十點才敲他們家的門。我們坐在廚房裡喝咖啡。伊莎貝拉仍在床上，露娜在她的房間裡玩。他沒提到布蘭登。

「你收到我從那位病理學家那兒轉傳的表格了嗎？」我問道。

「收到了——我列印出來，也簽好名了。」他走進餐廳，翻動一些文件，然後回來，把表格滑過桌面。我趁著他把碗盤放進洗碗機時檢查了一遍。

「這個可能有問題，」我說。「字跡很難辨讀，而且他們通常是要全名，而不是縮寫。我可以再麻煩你重簽一次嗎？」

「印表機缺墨水和紙張，」他說。「島上不賣這一牌的墨水匣，我得從本島訂購。」

「沒關係。我昨天去過『釣具與百貨』，他們有商業服務。我可以去那裡列印表格，今天下午送過來給你。」

「好，」他說。「那妳昨晚跟那位病理學家談過了？」

「是的。你想知道——」

「不，」他說得很快。「我只想要妳找出兇手是誰。我需要知道伊莎貝拉、布蘭登和露娜是安全的，不會受到這個殺害我女兒的禽獸傷害。」他手上的杯子裂了，他瞪著掉落的玻璃片，彷彿不知道他一直握著杯子。

「讓我來，」我說，從他手上拿走破杯子，而他起身去另一個房間找畚箕和掃把。

「爸，你沒事吧？」布蘭登衝進了廚房，一看到我就停住。「妳來幹什麼？」

「早安，」我說。「有些表格要簽名。你爸剛打破了一只杯子，沒事。」布蘭登轉身就要走。「其實呢，我需要你的幫忙。我想弄清楚亞德莉安娜的社群媒體使用情況。我常常能判斷出一個人是不是被跟蹤了或是被霸凌了。」

「她不用社群媒體，」布蘭登說。「我們都不用。我看妳不需要用它來找出這個兇手。」

我默默思索了一會兒。布蘭登的視線從我身上溜開。

「那你覺得會是誰？」我小聲地問。沒理由哄騙或是玩遊戲。布蘭登是不會留下來陪你玩的。

「這座王八蛋島上的某個王八蛋怪胎。」他說。

「布蘭登，注意你的用語。」羅伯在門口說。

「真的假的？阿蒂死了，而我還不能罵髒話？根本就是狗屁倒灶。」

「回你房間去。」他父親說。

我等到布蘭登的腳步聲在樓梯上漸行漸遠才開口。

「我在問布蘭登亞德莉安娜的社群媒體，她跟布蘭登都沒有用，是真的嗎？」

「是真的，」羅伯證實道。「我們讓孩子運動，到戶外活動。這也是我們會搬來這裡的一個原因。」

「其他的原因呢？」我不得不問。

「我在蘇格蘭西岸有一位會計大客戶，他們要我住近一點，方便開會。」

「那亞德莉安娜要如何和美國的朋友聯絡呢？」

他聳聳肩，把散落到每個角落的玻璃碴掃起來。

「我可以請問他們在加州是上哪一所學校嗎？說不定她和那邊的朋友通電郵，說出一些可能有用的資訊。」

「我不想要別人散播她死了、是怎麼死的。兇手在這裡，在蘇格蘭。我們要妳鎖定這裡。伊莎貝拉現在絕對沒辦法應付那些來安慰她的人，我們需要我們的隱私。」

「當然，」我說。「你的考量都是最正確的。」我把咖啡杯放到洗碗槽裡，把病歷申請書折好，放進口袋裡，只是怕會更模糊，無法讓內特使用。「阿蒂是家裡對她的暱稱嗎？還是她的朋友都這麼叫她？」

「只有家裡的人，」羅伯說。「以妳的經驗，需要多久的時間？我知道這麼問聽起來很笨，可是我不知道伊莎貝拉還能撐多久。」

「這個問題不笨，」我說。「拿到驗屍報告需要幾星期的時間。能看到亞德莉安娜的通聯紀錄會很有幫助。」

「她的手機是在我的帳戶下，可是我能取得的資訊只限於外撥的電話和聯絡人細節，」他說。「我可以同意妳去調閱。警察說他們會聲請法院命令去調閱，可是需要時間。」

「謝謝。等你取得之後可以盡快傳給我嗎？」

「我今天早上就去。」他說。

「還有，我去過亞德莉安娜打工的酒吧，他們還有她的雨鞋，我覺得我應該拿回來給你們，我放在大門邊了。我可以問一句你們是否見過亞德莉安娜有一個紫色的天鵝絨小袋子？」

羅伯一臉迷糊。「沒關係，沒什麼。」我說。眼淚在他的眼眶裡打轉，我趕緊往門口走。

「我覺得都是我的錯。」他在我抓住門把時說。

「不是你的錯。」我說的是陳腔濫調，可是有時候是有用的。

我走出房子，印表機啟動的聲音響了起來。羅伯鎖上了門。

6

阿蒂。我換了幾種拼法，然後再查布蘭登．克拉克。我覺得有點良心不安，可是現在我有兩項任務。一個是查出誰殺害了亞德莉安娜，一個是百分之百肯定警察不會得到是她的雙胞胎弟弟殺了她的結論。

加州的學校還沒放假。我面前有三堆紙，我已經迴避了一整天了，其中並沒有羅伯．克拉克所說的亞德莉安娜的手機資料，而且還有太多待查的事情。

比方說那台印表機。

我有個規矩，我跟客戶的關係就像是你為了不咬指甲而把手坐在臀部下一樣，所以我才沒有把我在「釣具與百貨」列印出來的空白病歷申請表拿到克拉克家，也所以我才還沒有核對他們給內特．卡萊爾的申請單跟給我的是否一樣。我猜我是知道一查下去我就脫不了身了，到頭來我會做出什麼笨事來，像是打遍卡爾斯巴德的每一所中學，要求他們的圖書館員翻出每一本紀念冊，找出克拉克雙胞胎。可是我從來也不願打馬虎眼，我母親就總是抱怨我早晚有一天會死在這上頭。

我先檢查申請表。空白的，準備要送去給內特簽名再回傳的，是標準的格式，美國的任何一家健康保險公司都適用，只要求公司名、父母全名、生日、健康保險序號、病人最近的聯絡地址以及家長或監護人的資料。簡單，便捷。話是這麼說，但是在你剛失去孩子，特別是在悲慘的情況下失去時，你要是能煮一壺開水就是了不起的成就了。

克拉克夫婦給內特．卡萊爾的那份申請單上有一處卡爾斯巴德的地址，好像是傑佛遜街七一〇九號，郵遞區號是九二〇〇八。數字寫得很潦草，互相重疊，不過還是能看得出來。也就是說克拉克家的孩子上的公立中學可能有三所。我討厭這麼做，可是我的手指已經自動撥起電話號碼了。我向每一所學校的行政主管都編造了不同的藉口，而他們也都非常熱心，可是結果總是克拉克雙胞胎並沒有在他們的學校就讀。不過還有幾所私立學校，可是他們的員工是不會洩漏個資的。加州的那一區是億萬富翁、金融大亨、政客和花花公子的天地，他們的孩子念的學校是資訊堡壘。

但我心裡還是有這個疑問：羅伯為什麼要謊稱印表機不能用？

我真後悔自己沒有早六十秒離開他們家，我真後悔聽見了噴墨印表機的呼呼聲和紙張送入紙匣的柔和咻咻聲。因為說真的，哈里斯．艾戈巡佐在我的腦子裡留下了一個被蟲子咬過的小點，而且越來越難去抓癢：布蘭登．克拉克有點不對。我用力吐氣，是為了讓我自己能毫無顧忌地思索。這不表示是他殺死了他的雙胞胎姊姊，卻說明了何以警察會把他當作嫌犯，而我擔心的是羅伯現在似乎是不想讓我更深入挖掘，所以不提供我情報。

最後，我查看簽名，研究了很久，然後我才發覺我得把空白表格帶去給羅伯．克拉克，看他能不能再簽清楚一點。

走過陶器店我注意到收銀台後面有位年長的婦人以及在「閒扯淡」酒吧裡要花痴的女孩子裡的一個，反正我本來就想到這家店裡逛逛，就走了進去，眼睛盯著最遠牆上的畫，是一幅海景——沒有什麼特別之處，就跟地球上隨便一座小島一樣——但是這一幅畫出了一艘著火的古船，背景是逐漸昏暗的天空。很有氣魄，而且畫得也很美。

「不好意思，這個孩子是本地的畫家嗎？」我問道。

年長的婦人揮手要女孩來招呼我。「是的，不過恐怕這是非賣品。其他的都可以買，這幅畫在我奶奶接手這家店之前就有了，是——」女孩沒有機會說完。

「四十三年以前。兩個老公加一個未婚夫，現在只有我還在。」婦人說。

「未婚夫為什麼沒有變成老公？」我問道。

「手太冷了，」她立刻就說。我等待著。這問題顯然以前也有人問過。「他老是需要把手伸進別的女士衣服底下保暖。」

我微笑點頭。「聽起來像是血液循環有問題。」

「一點也沒錯。妳是哪裡人？」

「加拿大。」我說。

「奶奶，她就是我跟妳說的那個人。」女孩低聲說。

「啊，妳是那位私家偵探。妳看起來太年輕了。」

「我只是樣子比較年輕。我可不是在抱怨喔，」我說。「等我四十歲的時候我會很感激。

我好喜歡這個水果缽。」它很質樸，燒製得滿粗略的，畫上了橡實和橡葉。「可惜放在背包裡帶回家可能會破掉。我可以請問妳們兩位認不認識亞德莉安娜嗎？」

「妳跟妳的女孩子朋友有時會跟她一塊玩，不是嗎，莉姬？」她看著我。「我叫這些女孩子傻丫頭，莉姬很不喜歡，可是在我那個年代只有在馬戲團表演的女孩子才會穿露肚臍的T恤、戴假睫毛。」

莉姬嘆氣。

「妳跟她是朋友嗎？」我問女孩。「我需要查出她都跟誰在一塊玩，有心事都跟誰說。」女孩咬著下唇。「除非殺死亞德莉安娜的兇手落網，否則沒有人是安全的。我來這裡是來幫助她的家庭的，可是這也是每個人的問題。妳能告訴我什麼嗎？」

眼淚落下來了。很正常。小社區發生命案最困難的地方是大家照樣上床睡覺，第二天醒來，商店照樣開門，早餐的穀片仍然得加牛奶。生活繼續下去，即使在馬路過去幾哩外有個活生生的、會呼吸的、漂亮活潑的年輕女孩殘暴地夭折了。

「我們沒有一天到晚在一起。我是說，我們跟她認識，可是她大部分時間都跟她弟弟在一起。後來她到閒扯淡的吧檯後面打工，下班就得直接回家。而且她，就，滿不容易混得熟的。」女孩向我走近，彷彿陶器店裡客滿，她需要壓低聲音。「她甚至不上社群網站，什麼也沒有。這樣不是很怪嗎？」

「是很怪，」我同意她的話。「她在跟什麼人交往嗎？」

「呣，艾戈巡佐說我們不能跟妳說話，免得妨礙了他調查。我不想做錯事。」

「不管妳跟我說了什麼，妳都應該也跟警察說。多一點人來查清楚這件案子總不會有什麼壞處吧？」

「大概吧。亞德莉安娜沒有跟誰在交往。有時候有人會在酒吧裡挑逗她。她長得滿漂亮的。」

滿漂亮的。青少年讚美別人總是酸溜溜的。

「妳知不知道有哪個年輕男人已經有孩子了？他可能給亞德莉安娜看過兒子的照片？」

莉姬搖頭。「聽不懂妳在說什麼，」她說。「誰會想要那樣子毀掉自己的人生啊？我跟別人都絕對不會在這個年紀生孩子，不然的話，你這輩子也離不開這裡了。」

她的奶奶露出苦瓜臉。

「妳群裡的其他女孩子——有誰會願意跟我談一談嗎？要是她們不想被看到跟我在一塊，我們可以在別的地方見面。」

「我覺得沒有，」莉姬說。「她們跟艾戈巡佐的兒子都滿友好的，她們不會想惹惱警察。」

「沒關係。聽著，莉姬，」我說，壓低聲音，弄得很隱密。「這件事只有妳跟我知道，這邊毒品流通的情況怎麼樣？這種事誰也不會想跟警察說實話，不過妳可以跟我說。」

「我什麼也沒做過！」她高聲驚呼。「我知道有人吸毒，我可沒有。我想去高地公園動物園照顧北極熊，那裡真的是最棒的地方了。我可不要把我的將來給毀了。」

「蘇格蘭有北極熊？那倒是有意思。不錯嘛，鎖定妳的目標。可是我不得不問……那亞德莉安娜呢？妳看過她吸毒或是跟吸毒的人在一起嗎？」

莉姬扭頭看奶奶，她正專心盯著電腦。

「保證妳不會跟別人說是我說的？」她低聲說。

「我保證，」我也低聲說。「這是秘密。」

其實不是，不過她不需要知道。

「她對魔菇有興趣。這裡有些人會吃，因為是有機的。是天然的，所以沒危險，對不對？」

「我不確定，」我說。「在這裡買得到嗎？」

「我不應該……」

「妳可能是在救別人的生命，」我提醒她。「妳可能是在拯救妳的一個朋友的生命。這是命案，莉姬。要是妳知道什麼，妳應該要跟大人說。」

她的眼中湧出更多眼淚，她眨了眨眼。保守秘密的壓力是很大的。

「閒扯淡的老闆可以幫你弄到大麻，大家都是這樣說的。」

「我不會跟別人說是妳告訴我的，好嗎？妳很安全。拜託不要擔心，這不是什麼大不了的事。」

「我該走了。」她說，查看櫥窗外是否有行人。

「我也是。要是我在街上或是在酒吧裡遇見妳，我會假裝我不認識妳。」

她的肩膀下垂，這還是第一次露出笑臉。

「謝謝。妳不像艾戈巡佐說的那樣。」

我早該預料到的。我使出了足夠的自制力才沒在離開前明知故問。

這天第二次到克拉克家，一看到已經有媒體抵達了，我的心情就變差了。他們就圍在車道口，他們是不准敲門或是攔住抵達或離開克拉克家的人的。打破規則立刻就會招來禁令。我一走上前，照相機就閃個不停，我連「不予置評」都懶得說——直接無視他們，繼續走就對了。我走在屋側的小徑上，打電話通知屋內我到了。來開門的是伊莎貝拉。

「妳有辦法把記者趕走嗎？」我都還沒進門她就說。「我們不能讓他們在這裡。」

「他們有權在公共土地上，只要他們不騷擾你們或是造成什麼傷害。妳不必跟他們說話，不過他們可以拍你們的照片專供編輯使用。對不起。有需要就叫外送，請司機送到後門。」

「露娜不能到花園裡玩，布蘭登也不能出去……」

「只要他不發表聲明就沒事，」我說。「這件事還不知道會持續多久。布蘭登必須要能夠離開屋子。青少年，又關在有限的空間——」

「他們不能拍他的照片！」伊莎貝拉喊道，一手用力摀著嘴，彷彿是要摀住她的聲音。

「好了，甜心，」羅伯說，從廚房裡出現。「我說過我會處理的。妳的壓力太大了，上樓去睡個覺。莎蒂已經盡全力了。」

話說得很客氣，卻不是絕對真實。我滿確定我還有許多地方是可以做的，只要我能取得更多的資訊。

伊莎貝拉消失在走廊裡，羅伯關上了廚房門，揮手要我在餐桌落坐。

「我拿病歷申請單過來了，」我說。「我來填寫好嗎？上頭的空格太小了，實在很難寫得清楚。」

「不用。」羅伯說。

「你想自己寫？」

「我根本就不要寫了。我仔細想了一想，覺得太超過了。侵犯我們的隱私。我們吃的苦已經夠多了。」

我揉眼睛，一面思索。他說得對；然而有哪位家長為了要抓到殺死他們女兒的兇手會不想要窮盡一切力量的？

「我了解，真的，可是這份資料是不會對外公布的，只會給病理學家看，讓他比對舊傷和新傷，舊疤和新疤。毒物檢驗可以剔除處方用藥。完全不會有污損亞德莉安娜的地方，如果你是擔心這個的話。」

「妳是說就算我同意了讓病理學家拿到病歷，警察也拿不到那些檔案？」他問。

「他們會拿到。」

「那就會洩漏。那些臆測和暗示。我不想要，一個也不要。那位病理學家只能靠自己了。」

「那就可能會啟人疑竇。」我把空白表格折好，放回口袋裡。

「聽著，我們在搬離美國之前有經濟問題。健康保險是我們取消的第一項，一個月要花五千元，而我又失業了一段時間。我不把病歷交出來的原因是並沒有最近的病歷。我之前簽名的時候太難堪了，所以沒有解釋。」

這倒說得通。四千四百萬的美國人沒有健康保險——這個數字在政治辯論上一再重複，頻繁到令人沮喪。羅伯．克拉克臉色灰白。

「我會向卡萊爾醫生說明的，」我說。「很抱歉一直麻煩你。至於布蘭登走出屋子的事——」

「我會處理的。」羅伯說，走去打開後門。

「好。我沒收到亞德莉安娜的手機通聯紀錄。我只是想為你們有點進展。」

「通聯紀錄，」他說。「我馬上辦。」

為了躲避記者，我從他們家後院籬笆躍過去，卻扯破了牛仔褲；我心裡想淪落到沒有健保的地步，真是可怕。在這個想法尚未消散之前，下一個問題立刻又浮現了。既然連健保都繳不起，又怎麼念得起私立學校呢？

魔菇，我提醒自己。亞德莉安娜雨靴裡的粉末。她打工的酒吧賣大麻。這些是我需要專心的問題。而不是愛她的家人，不是美國的健保的價格和貧富不均，不是布蘭登。如果克拉克夫婦有一丁點擔心他們的兒子可能涉案，他們是不可能會請我來調查的。

決心要取得進展，我決定再闖閒扯淡酒把。這次點威士忌。啤酒忽然不夠烈了。

7

「嗨，蕊秋，」我說，靠著吧檯。「哪樣好？」我問，比著她身後的各種威士忌。

「我會選麥卡倫。」她說。

「今晚比較安靜。沒事吧？」

酒吧裡有三三兩兩的客人，卻沒有人在交談。

「今天人人都去做筆錄了。格拉斯哥來了幾個刑警，幫忙哈里斯．艾戈多問一些人。我覺得我們大家都有點震驚，本地人並沒有自動被剔除。」

「筆錄只是為了建立時間線，確定亞德莉安娜死前的幾天有妥當的紀錄，並不是說有人是嫌犯。」

「我這才發覺我跟她說話的次數有多少。她一整個夏天在這裡每週上兩三次班，而我幾乎不認識她。我早應該送點吃的去給她父母的，我們是同一個社區的人，做得應該比現在好。」

她遞給我一杯威士忌，分量比我預計要喝的還多。「小店請客。妳覺得她的家人會離開嗎？要是我發生了這麼可怕的事情，我可不確定我會想留下來。」

「我倒不確定我會想要離開那個我最後一次看到我的孩子還活著的地方，」我說。「謝謝妳的酒。」我向她舉杯。

哈里斯．艾戈進來了，兩邊各帶了一個警察。

「晚安。」我說。

「妳現在成了常客了啊？」他問。

「她是客人，」蕊秋說。「如果你還是老樣子，那就去坐下，我會送過去。」

「一點用也沒有，」一個老人從撞球檯的遠端大吼。有一會兒所有人都轉過頭去，接著又恢復了交談聲，只是比較小聲。他一巴掌拍在撞球檯上。「一點也沒有。說一堆，答應一堆。知道我最氣什麼嗎？」

我看著蕊秋，她一臉擔心，仍繼續擦杯子，一隻眼睛盯著他。

他喝醉了。從桌面上的空杯數量和他搖擺的身體就能看得出來。可是那人不僅僅是喝茫了而已，他還哭了起來。

「該回家了吧，老兄。」有人朝他喊。

「家？什麼家？一個人也沒有！」他揮動手指，並沒有針對誰。「你根本連想都想像不到。你們全忘了，是不是？」

蕊秋輕輕放下了抹布，從吧檯後出來，走得很慢，臉上掛著笑。她在他旁邊坐下來。

「賈思伯，要坐計程車回家嗎？我可以幫你叫。」

他一把抓住她的手，她並沒有要甩開他，但是氣氛卻遽變。沒有誰再假裝不看了。老闆和哈里斯．艾戈的兒子都從另一個吧檯後出現了。

蕊秋抬頭瞪著老公那邊。

「沒事。」她說。

「沒有平靜。」那人哭著說，更用力抓蕊秋的手。

「你要放開我老婆嗎？」老闆大聲問。

「夠了。」哈里斯．艾戈插手了。「來吧，賈思伯，我的人會送你回家。」

「我哪兒也不去，」他哭著說。「我只要跟我老婆女兒在一起。現在又有一個女孩子，誰也不提以前發生的事。一個也沒有。」

他一定有七十幾歲了。濃濃的蘇格蘭口音，我很難聽懂每一個字，但是說不定是因為酒精導致的口齒不清。那頂粗花呢帽戴得幾乎都脫線了。那張臉的皺紋在嘴巴和眼睛四周那麼深，就如軟木被刀子劃過。眼淚則把皺紋變成了河床。

哈里斯．艾戈和另一名警察走了過去，站在那個哭泣的老人和其他客人之間，擋住了視線。

「妳走開，蕊秋，」我聽見艾戈說。「我們來處理。」

椅子擦地聲，他們各抓住一條胳臂，把他拉起來，架著出去。

「今天島上全是警察，問同樣的問題。那時候就一點用處也沒有，現在也是一點用處都沒有。」

「夠了。最好悄悄地走。」艾戈的同事說。

「悄悄地？」他大吼。「他們在我女兒的嘴裡塞沙子。這樣夠悄悄了嗎？」

哈里斯・艾戈筆直看著我，示意他的手下把那人弄出去。我一口喝乾了酒，放下杯子，拿起皮包就朝門口走。

「不行。」哈里斯・艾戈說。

「讓我過去，」我說。「你沒有權利擋住我的去路。」

「不准妳去煩賈思伯。」

「艾戈巡佐，我現在想離開酒吧。讓開。」我不能說我想說的話，他也知道。亞德莉安娜的死亡細節並不是人人皆知的，可能的話，我也想保持現狀。「我覺得那個人有相關的資訊。你為什麼不問他？」我問。

「我已經問過了，」他靠近我跟我咬耳朵。「他的女兒在妳出生前十年就死了，他的神智也毀了。跟那個美國人不可能有什麼關聯。」一輛警車駛過酒吧窗子，警笛鳴叫了一聲，司機抬手向哈里斯・艾戈揮舞。我雙臂抱胸。「妳現在可以回妳的飯店了。」他說，讓開了路。

我咬牙切齒。「你是不是忘了我們是同一邊的？」

「妳是跟客戶一邊的，」他說。「我是公僕。」

我離開了。這是我個人的堅持，絕不在調查中對某人罵髒話，而我就快要發飆了。我給自己一會兒時間調勻呼吸，靠著酒吧牆壁。有人一定能告訴我老人的名字，但不是今晚。小島上的情緒高漲，包括我自己的。

我拉上外套的拉鍊，即使是頂級威士忌也阻擋不了海上吹來的寒風。走路回飯店並不遠，但是馬路在港口的背面，而且昏暗不明。我的後方有腳步聲迴盪，我本能地轉身。彎道讓我看不見是誰在那邊，我嚇壞了。剛才提到口中塞沙子害我的五臟六腑都縮成一團。我再次邁步，這次走得較快，我拐進一條小巷，這裡的照明比較好。能夠照顧自己跟感覺自己刀槍不入可是兩碼子事，我是從來不會那麼自大的。

又是腳步聲，不是那種我應該聽到的正常行走聲，無論是誰在我後方都是想要悄悄跟蹤我。我的脈搏加快，我又能感覺到亞德莉安娜冰冷的手指抓著我，想把我拉走。可是逃跑卻無法讓我得到我需要的情報，我想看見那個跟蹤者的臉。

我走進了轉角的一家大門口，等待著。腳步聲加快了。我在喘氣，努力控制自己的恐懼，一隻手抓住了口袋裡的哨子。那人從我面前過去——是男人，個子高，戴著兜帽，態度堅定。他停下來，來回打量馬路。我走了出來，保持距離。

「在找我嗎？」我大聲問。有自信，待在公共馬路上，絕不要背對來人。這是面對類似情況的規則。

他很明顯地嚇了一跳，然後一手掩口，要我小聲點，同時扯下兜帽露出了臉孔。

「小聲點，」他說。「要是我爸發現我跟你說話，他會宰了我。我是路易斯。」

路易斯．艾戈退進了我們剛剛走出來的小巷，我也挪近了幾步，這樣兩人說話就不會引起別人注意。

「我知道跟蹤妳好像很變態，可是我不知道妳住在哪裡，又不能問別人。」

「好，」我說。「你想談什麼？」

「我不喜歡我爸對待妳的態度。馬爾島上的情況跟妳來的地方不一樣。」

「那可不一定。我住在一個鳥不生蛋的小鎮上，一年有一半的時間都被觀光客侵佔。」

「不是的，」他說，兩腳換來換去。「我什麼也不應該說的。」

「你是亞德莉安娜的同事吧？你跟她有多熟？」

「還好，」他說。「她不怎麼喜歡談她自己。我問過她之前的生活，美國的生活，可是她都會改變話題。不過不會沒禮貌，就是有點封閉。」

「你在酒吧裡見過有人特別對她感興趣的嗎？有人在她不上班的時候問過她的事的？」

「有幾次，可是她是新來的，大家對新來的人都會好奇。」

「那布蘭登呢？你認識他嗎？」

「不認識，」路易斯說。「我見過他，他來接過亞德莉安娜幾次，陪她走回家。他連酒吧門都沒進來過，只是在外面等。我得回去了，現在只是休息時間。」

「你來是有話跟我說的，路易斯，」我說。「什麼話？」

「妳要小心。這裡發生了事情，誰也不會多嘴。一向就是這樣的。」

「你得說得更清楚一點。」我說。

「妳需要跟賈思伯談一談。他都懂。跟亞德莉安娜的家人說我很遺憾，我非常替他們難過。」

「亞德莉安娜是不是惹上了什麼麻煩，路易斯？是的話，你需要告訴我。下一次可能會發生在你更熟悉的人身上，而你不會想抱著當初該幫忙卻沒幫忙的悔恨活下去的。」

他用力吞嚥，對街的路燈照亮了他眼角流下的淚珠。

「這裡的女生全都被毀掉了，她們被拖累了。」他用袖子擦眼淚。「妳要我陪妳走回飯店嗎？」

我微笑。「不用了，再幾分鐘就到了，謝謝你。如果你還想說什麼，打電話給我。你願意的話，我們可以在托本莫瑞之外找個地方。我能了解你需要顧慮你爸。」

我是可以再緊迫盯人一點的，要他說明他說的「毀掉了」是什麼意思，還有他指的是哪些女孩子。不過青少年有他們的調性，他們看得見，也牢牢遵守，越是催促，他們越是慢吞吞的，最壞的情況還會完全拒絕溝通。路易斯主動來找我，他要我知道有事情不對勁。下一次他會更開放一點嗎？如果我尊重他的步調，證明我能讓他信賴，那麼，是的，我是希望他會。因為路易斯．艾戈直視我的眼睛，跟我說我真正需要知道的事情。是這座島殺死了亞德莉安娜．克拉克。不是隨便一個觀光客，不是跟陌生人一時衝動去夜遊，不是她自己的任性。而需要多少時間等路易斯．艾戈再來找我，我都會耐心等下去。

他走了。他的運動鞋在石板路上迴響了二十秒，然後漸漸消失。我走到馬路對面去眺望大海。

托本莫瑞灣上方的月亮很亮，月光隨著波浪搖曳，馳騁在漆黑的水面上。我站在那裡，痛恨我的工作需要的耐性。有個人從「馬爾歷史商城」溜了出來，裹著大衣和圍巾。天氣有點冷，但是還沒有那麼冷。他還戴了頂黑帽子和一雙黑手套。

他每個方向都查看了兩遍才邁開步子，隨後坐上了一輛破舊的吉普車，悄然駛離。他露出的臉足以讓我認出他來，就是兩天前想在酒吧吸引艾戈巡佐注意力的那個人。他們叫他「彩虹糖」。當時他很緊張，幾乎是在焦慮不安的邊緣。

我默記下他的車牌號碼，直覺就不喜歡那頂帽子和那雙手套。秋天就穿上了冬衣。我還以為蘇格蘭人耐得住風霜呢。

8

清晨五點海上吹來了一片翠綠色的霧，滲入了我的古董窗，帶來了海草和鹽的味道。我把窗帘拉開時發現是濕的，而且我也沒辦法再回頭睡覺了。我知道其他房間的人都不想在這個時段被吵醒，所以我悄悄離開了房間，走出飯店，朝小鎮後方的山陵而去，往南方走。

地面向著大海下降，似乎是亙古之前就形成的。出了小鎮，一片空疏荒蔓。我走過時只看見幾棟房屋，小徑上立著矗立了幾世代的樹木，腳下的石南為大地鋪上了一層颯颯作響的墊子。海鷗在高空中狐疑地打量我，但是牠們要的是漁船和捕龍蝦籠。小島遠離了滾滾紅塵，雖然托本莫瑞也是一片文明，卻沒能在這片荒野上留下痕跡。我在行走時海風不斷地隨我行動。

最後，回到「最後的海灣」飯店，我沐浴更衣，拿出最好的態度，走去探索馬爾歷史商城。

❖❖❖

曾經是深綠色的招牌飽受風吹雨打，顏色不那麼鮮明了，而且顯得很保守，而裡頭給人的感覺也一樣。我先注意到的是灰塵。頭頂的燈光照射到玻璃櫃裡，理應閃閃發光，照亮幾世紀的遺跡的。旅遊指南和地圖跟歷史書擺在一起，透明塑膠封套保持原狀，讓商城多了一種垂死的圖書館的氛圍。四壁排列著架子，各種小飾品的標價牌都褪色了，淒涼可憐。畫像、風景，還有幾個讓我發毛的動物頭顱。珍珠色內襯的盒子裡收藏著一綹頭髮。許多的陳列品旁邊附上了蠅頭小字的說明。一艘船的旅客名單，我看不出是哪種文字。一半的商品待出售，其餘的在鼓勵遊客走進來。算不上是博物館，也算不上是商店。

店裡有好幾區可以閒逛，每一區都很小，展示出馬爾島不同階段的歷史。低矮的橡木桁架、外露的內牆以及三座雖然小卻美麗的開放式壁爐。

「我能、能幫忙嗎？」結巴的說話聲立刻就讓我知道是誰站在我後面。他近得我的背都能感覺到他的體熱。

我轉頭回答，身體卻仍面對著我在欣賞的壁爐。

「嗨，」我說。「我在找小島的旅遊指南。」

「我知道妳是誰。」他說。這句子花了點時間才說完，每個字都說得很艱難。我耐心等著他說完。

他的衣服都汗濕了，需要多加照顧，頭髮和指甲也是。

「我很喜歡這棟建築，有多久了？」

「一八二〇年，」他說。我能聞到他的呼吸中有水果的酸氣，他在跟我說話時手指也在抽動。「妳叫什麼名字？」

「莎蒂。」我說。

「莎蒂。」他也慢吞吞地跟著說。

「他們叫你彩虹糖，對吧？」他露出大大的笑容，露出的牙齒證實了蕊秋說的他的飲食。

「你跟亞德莉安娜說過話嗎？她來過這裡嗎？」

他的微笑消失了。

「她死、死、死了。」他說，臉孔漲紅，口吃更嚴重了。

我盯著他看，在談話中了解了他的有限能力。他一定曾經接受過診斷，但我不是心理學家，我覺得彩虹糖只有最基本的行為能力。他能回答直接的問題，複述事實，在收銀台工作，其他的，我就很懷疑了。

「你知道她被發現的那個麥金儂洞嗎？」我問道。

「那、那裡晚上很黑，」他如此回答。「不喜、喜歡。」

「真的？」我說。「我昨天很晚的時候看到你出去，你坐上了車，開到某個地方。」

他避開我的視線。

「幫妳找旅、旅遊書。」他嘟囔著說，走開了。我跟上去，不喜歡自己遽下結論，但是種子已經在我的心裡落下了，已經發芽了。

「你也住在這裡嗎？還是只在這裡上班？」我問道，看著他伸手到櫃檯後的架子上取下了一本書。

「住，」他說。「九鎊九九。」

我給了他一張十鎊鈔票，看著他的手指慢吞吞地敲著舊式收銀機的鍵。我拿起了買的書，離開商店去查看亞德莉安娜經常出沒的地點，追溯她最後一日的足跡。

我要求飯店在我的房間外留下乾淨毛巾和寢具，等晚上我回去時，東西都送到了。這是我在查案時處理敏感機密的材料時的標準做法，尤其是在一個需要保護哀傷家屬的小社區裡。所以誰也不應該進入我的房間——不過我立刻就知道有人進來過。上次我聞到那種腐臭的蔬菜味道是在麥金儂洞裡。

我抓起了床頭几上的玻璃杯，牢牢抓著底部，準備要打破末端，插進闖入者的脖子。我先查看浴室，查看門後，確定窗戶是鎖死的。我最後搜尋的是衣櫃和床底下。只有我一個人，可是我渾身發抖。

我的筆電仍在原地充電，沒有開機，而有人能突破我的三層密碼和安全設定的機會差不多是零。我的行李箱在衣櫃的底層，我的衣服都吊掛著。我的額頭因為厭惡而皺了起來。我查看了我掛在浴室門後的那袋髒衣服，還在。

什麼也沒少，什麼也沒動。我是太神經質了，一點也不像我。我起了一個大早，又獨自健行了幾哩路。是疲憊害我反應過度？我鎖上了門，踢掉運動鞋，把水壺插電，急著泡一杯即溶咖啡加保久乳。等水燒開時我倒在床上，閉上了眼睛。

我一碰到枕頭，那股臭味就衝上了腦門，我猛地坐了起來，已經在乾嘔了。那是死魚加海泥加拖曳漁網的污水和昆蟲的臭味。我手忙腳亂爬向床尾，瞪著枕頭。底下有個突起的形狀在召喚我。我拿袖子摀住嘴，伸手去拿床頭几上的筆，插進枕頭下，掀開來。

綠褐色的一圈，害我的袖子也沾上了鐵鏽色的水，我挪近一點看，有隻不知名的蟲子匆匆躲進了床墊和床頭板之間的縫隙裡。

有人給我帶來了一頂皇冠。

我再一次環顧房間，好似闖入者就躲在窗簾後或是在角落蜷縮成一團。現在是什麼人也沒有，但之前很可能有。

我從行李箱裡拿出手套和透明塑膠袋，在移動之前我先拍了照片。我不是專家，不過這一個跟用來編織亞德莉安娜的皇冠的那種海草是同一類的。

這是用好幾段的海草纏繞在一起編成的，美是美，卻有點令人作嘔，而且這是屬於屍體的。這絕對就是對方想要傳遞的意思。時至今日，一定有夠多的人聽到謠傳，風聞亞德莉安娜的屍體狀況。警察知道，小島上的人以及從本島來的人。還有內特·卡萊爾的團隊。除此之外，還有行政人員。當然，記者今天也抵達了，他們也有他們的情報。不過會為我弄出一頂警告的皇冠的人未必見得就是殺害亞德莉安娜的兇手，本地人可不怎麼歡迎我來。

想查出那個加拿大私家偵探住在哪家飯店並不是什麼難事，哪個房間更容易；這麼說來，清潔人員、酒吧人員、服務生、櫃檯人員可能都沒有保守客人隱私的自覺。

我看著我插在門後的鑰匙，是真正的鑰匙，不是房卡。飯店裡會有其他人員，應付緊急事件的，清潔和維修的員工。查了這麼多年的案子，去過那麼多的城鎮，我不得不學會闖入飯店房間的方法。大多數時候都如探囊取物。只要有原始的鑰匙，無論是借來的或是複製的，進入房間雖然棘手，卻不是絕不可能的。

我把海草裝進塑膠袋，用雙手撫過，海草的葉子滑溜溜的，有兩件事情讓我煩惱：第一是今晚我要睡哪裡，第二是留下這個恐怖禮物給我的人究竟有什麼動機。

某人，也可能不止一個人，查出了我下榻的地方。他們設法進入了房間，而且他們知道我不在——我假設是如此，因為不然的話，他們就是希望我在場，可以當面把皇冠交給我，這就匪夷所思了。另外這也可能表示他們在監視我，看著我離開了飯店。而且他們現在也可能在監視我。

我衝到窗前，拉開窗帘，半以為會有個人在外頭，不懷好意地偷窺。我的房間外有一小撮灌木和幾棵樹在迎風招展，再過去只有馬路和大海。一個人影也沒有。

他們躺過我的床嗎？躺在上面時還做了什麼？我想喝一杯，但是我需要保持清醒。我拿起了手機。

「內特．卡萊爾。」他答道。

「嗨，我是莎蒂．李維斯克。你現在方便嗎？」

「隨時都方便，」他說。「邪惡的人是不休息的。有什麼要我效勞的地方？」

我用力呼吸，不讓情緒影響了聲音。「我只是想解釋你為什麼沒收到同意書。我的客戶有一陣子沒有醫療保險了，經濟壓力迫使他們停保。他們太難為情了，所以難以啟齒。」

「好。」他說。我能聽到他在敲鍵盤，知道他在忙。

「還有，粉末有什麼結果嗎？我不知道檢驗需要多少時間。」

「大概再幾天。要看排隊等檢測的東西有多少；再說了，那不是正式的案件證物，我也不能插隊。一有結果我就會打電話給妳。」

「好極了……另外亞德莉安娜頭上的海草有什麼消息嗎？」

敲鍵盤的聲音停住了。

「妳沒事吧？妳好像有點驚慌。」

「我是想問你是否能從海草上採到指紋？或是其他的跡證，比方說皮膚細胞？」

「跟亞德莉安娜有關的東西都沒有指紋——海草沒有、貝殼沒有、她的皮膚也沒有——不過她泡過水，屍體又暴露了很多天。」

「你曾有過從海草上取得指紋的經驗嗎？」我問。

「很少。指尖的油脂不會附著在上面，除非是又老又乾的海草。妳發現了什麼嗎？」

我嘆口氣。不跟別人說就太笨了。「有人在我的枕頭下放了一個海草王冠，」我說。「我在想該怎麼處理。」

「在妳的飯店房間？」

「對。」

「告訴我妳已經離開房間，而且報警了，莎蒂。」內特說。

「他們什麼也沒偷，也沒破壞。沒有闖入的跡象。半座島的人現在一定已經知道亞德莉安娜的死亡細節了——」

「明天才會上報，」他證實道。「已經有三個記者打電話給我了，有人走漏了消息。」

「那這可能是不好笑的惡作劇，或是騷擾。」

「或是威脅，」他替我說完。「海草仍是濕的嗎？」

「對，很噁心。新鮮到我在看的時候還有東西爬出來。」

「現在再來找微量證據也沒有什麼意義。飯店房間充滿了不同的皮膚細胞和DNA。我比較關心的是妳眼下的安全，妳打算怎麼做？」

「看我能不能換房間，」我說。「你不必擔心我。我受過大量的自衛和武器訓練。」我沒說謊，不過卻都不能幫我稍後能入睡。「我可以把王冠寄給你嗎？感覺上應該要跟亞德莉安娜放在一起。」

「只要我能請艾戈巡佐去看看妳。」

「免談，」我說。「不准你把我變成證人，那我對克拉克家就派不上用場了，而他們需要我。這裡的情況很緊張。布蘭登仍然是嫌犯，他們為了躲記者被困在屋子裡。我不想丟下他們自己來面對。再說，我終於覺得有進展了。」

「我擔心的就是這個。」內特說。

「聽著，我不會有事的。我會用下一次的島外快遞把這個噁心的玩意寄給你，大概是明天早上。要是我不把它丟給你，我反正也是會丟進海裡的。」

「寄給我吧。」他嘆口氣說。「不過趕快換房間，最好是換一家飯店。妳需要在明天早上八點發簡訊給我，跟我報平安，不然我就叫警察去把妳的門撞破。」

「可以。」我說。也真奇妙，一丁點的人性關懷立刻就讓我覺得好多了；也可能是因為關懷是來自於內特．卡萊爾，才會這麼有效。我喜歡他。說實話，我有好一陣子沒有像喜歡內特這樣喜歡一個男人了，不過要我把私人生活跟追捕一個殺害女生的兇手攪和在一起就太複雜了。我掛上了電話。

我把塑膠袋拉到大腿上，思索著它的含意。皇冠是公主或是女王戴的，是你敬重的人，或是某個自以為重要的人。這是嘲諷？抑或是什麼詭誕的幻想？

只有等我抓到那個殺害了亞德莉安娜的人我才會知道，而我知道要抓到他們就得冒險。現在換房間等於是退後一步。如果送禮給我的人能找出我現在住的房間，當然也能找出下一個。說不定他們又能弄到鑰匙。萬一如此，我可不想住在頂樓。

別莽撞，別耍笨——這是我的規矩。做決定必須謹慎平衡。擁有一項我能自保的知識。手機隨時充飽電，防熊噴劑隨身攜帶。保持警戒。所以，我真的有必要換房間嗎？

我之前也面對過危險，那時我就沒有逃跑過。

9

我把立在房間角落的那張沉重的扶手椅拖到門口，封死了每一條透光的縫隙，再換上一身黑，包括我用來夜間監視的滑雪頭套。我盡可能離窗戶很近，然後守株待兔。

有耐性是很困難的，特別是風險較小的時候，不過話說回來，大多數的調查工作都是無聊乏味的。我有一次在溫哥華車站蹲守了整整四天，就為了等待某個旅客從多倫多抵達。我一面覺得等待會沒完沒了，一面又唯恐我會漏掉那張關鍵的臉孔。有個年輕女孩死了，而兇手又可能想要妳是下一個，那麼等待就會極其枯燥難受。我能聞到滲入床墊的腐敗味，很難不去想像我的頭躺在枕頭上，海草皇冠的臭味鑽進我的金髮裡。

我的一邊眼角察覺到灌木裡有動靜，立刻就讓我喉管緊縮，我痛苦地吁口氣。今晚的月亮只能照亮樹葉的劇烈抖動。我拿穩照相機。在我後方，飯店走廊上的腳步聲越來越大。我盡力讓呼吸平穩，我知道我不能讓窗戶起霧，洩漏了我的行藏。腳步聲持續。我吸入一口氣，憋住。

等待……

一隻兔子從灌木叢底部躍出來，跳到我窗下的草地上，啟動了保全燈。我的胃像一塊大石頭，我強迫自己吐氣，用一隻發抖的手按著玻璃，額頭也貼上去，強自鎮定。走廊上的腳步聲走遠了。

現在是十一點半。我坐在這裡等著看跟蹤者的臉三個小時了，而我的成果只有難堪和痠痛的背。

兔子屍骸擊中了我剛才貼著額頭的那一點，力道足以震動玻璃。我往後跳，喊了一聲。玻璃上留下了血淋淋的輪廓和一塊塊的毛髮，這隻被屠宰的可憐生物慢慢往下滑，掉在地上，悶悶的一聲咚。我把窗子用力往上掀，右腿先出去，接著是左腿，快跑過草皮，再跑在樹木間。遠處有條人影，消失在飯店的側面。我追上去，不肯去思索後果，反正我距離一棟有很多人的建築夠近，只要我放聲尖叫就會有人聽見，而且必要時我也有力氣逃跑。我只想要看那個糾纏我的王八蛋一眼。

穿過碎石車道，跑過花壇，他或是她——中等體格，身手矯健——仍遙遙領先。他躍過了一道矮石牆，進入了飯店燈光照不到的林線，而我知道我不能冒險。我讓自己放慢速度，最終停下來，雙手按著膝蓋喘氣。我的血壓飆升，不利於做出理性的決定。我現在手無寸鐵離開了房間，窗戶大開，手機在我的口袋裡響動，我一面咒罵一面慢跑回去。

「莎蒂。」我說道，從灌木叢裡穿回去。

「警察找上布蘭登了，我不能丟下伊莎貝拉。妳可不可以去看看是怎麼回事？」

羅伯．克拉克的聲音顫抖。我在接近我房外的兔子屍體之前先查看身後。

「他現在在哪裡？」我問，拎起了兔子，檢查傷口。牠的頭垂向一側，脖子被折成兩半。

「麥金儂洞。布蘭登先打電話給我，然後艾戈巡佐又打來，要我去那裡，可是記者堵在外面。我也擔心露娜。」

「我去，」我說。「跟艾戈巡佐說我會去。」

把可憐的小兔子丟到地上，我又急急忙忙爬進了房間，藏好滑雪頭套，筆電和重要物品隨身攜帶，我跳上了租來的汽車，朝西南方飛馳，目的地是麥金儂洞。

駛過二十二哩的便道之後，我循著閃動的藍燈往洞穴入口前進。

馬爾島僅有的幾名駐地警察全都在場，還有幾名留下來協助調查亞德莉安娜命案的本島警員。第一個警察舉起一隻手，叫我留在原地別動。

「這裡發生了事故，女士，我要妳回到汽車上。」

「我是來找艾戈巡佐的，」我說。「同時協助布蘭登・克拉克。我是受他的父母委託的。」

「這裡是現行犯罪現場，嫌疑人持有武器，請退後。」

「什麼武器？」我問。

「我不能說——」

「艾戈巡佐！」我大喝一聲。「我是莎蒂・李維斯克。讓我跟布蘭登說話。」

哈里斯・艾戈從通道底端的岩石堆後現身。

「讓她過來，」他指示警員，同時大聲嘆氣。我走過去跟他會合。「我需要再一次說明妳沒有權利來這裡嗎？」

「羅伯．克拉克打電話給我，他太擔心妻子女兒了，沒辦法出門，而且他一直飽受媒體騷擾。我是代表他來的。布蘭登是未成年人。」

「他擅闖犯罪現場，闖入封鎖區域，干擾了環境。他不理會在這裡站崗的警員的明確指令，而且他還攜帶了攻擊性武器，所以就算他只有十七歲，他也惹上了大麻煩。」

「他使用武器了嗎？」我問。艾戈雙手支臂，不回應。「他用武器威脅誰了嗎？」

「我要警員在這裡站崗的一個原因是我知道兇手早晚會回到犯罪現場。屢試不爽。」

「真的？兇手不是什麼早就離開了的無名氏觀光客嗎？」我說。

「妳還真伶牙俐齒。」

「我的牙醫很厲害，」我說。「這裡為什麼會是現行犯罪現場？出了什麼事？」

「那個小子在洞裡，不肯出來，說只要我們靠近，他就要割斷自己的脖子。洞裡很黑，入口很小，我可不要冒險讓我的手下受到攻擊。我們在跟他溝通，我打電話找他的爸媽，希望他們能過來勸勸他。」

「哼。羅伯恐怕是不了解情況有多壞，他只說布蘭登有麻煩——」

「他是有麻煩了。」艾戈巡佐說。

「喔，拜託，那個孩子在傷心難過，他來這裡是為了要靠近他的姊姊，他會帶刀子來可能是因為他已經嚴重考慮要自殺了。」

「他母親為了幫他做不在場證明說了謊，要不是她早就懷疑他了，何必要說謊？」

「我不知道她有沒有說謊，我不在場。不過現在我在這裡。他還是個孩子，要是你跟我在這裡爭辯的時候他拿那把刀子插進了股動脈，那內部調查對你會有什麼影響？」

「兩分鐘。風險自負。什麼也別碰。」

「不需要，」我一邊往裡走一邊說。「這種事情我又不是第一次做。」

洞內比我記憶中要黑，但話說回來，我第一趟來時可是配備了多盞頭燈。今晚我只能靠警方提供的照明，以及我自己的手電筒。

「布蘭登，」我大聲喊。「我是莎蒂。你爸爸要我來的，我要進去了。」

沒有回應。

「你爸媽要我把你平安帶回家。你如果把刀子交出來，我就會有機會叫艾戈巡佐撤退了。」我一面走一面說話，豎著耳朵等待他的回應。「我知道你爸媽目前的狀況不太好，布蘭登。誰又能怪他們呢？可是我是在你──」

「別管我，」他說。他可能就在我發現亞德莉安娜屍體的兩米之外，她的輪廓被地上的旗子圈了出來。「我知道他們做的事。」

我走完了最後的幾呎，快速查看了他的肩膀。他牢牢攥著的刀子反映出洞穴入口的光。

「別人一直都在嫉妒阿蒂，她太漂亮了，太聰明了，太自信了，知道嗎？」

「布蘭登，你害警察很緊張。緊張的警察就會做蠢事。他們會反應過度，做出錯誤的決定。我只有一點點時間可以把你弄出這裡。」

「他們全都有份，」布蘭登說。「這裡沒有一個地方是對的。他們從一開始就討厭亞德莉安娜。」

「誰？」我問。

「他們全部。他們都聯合起來了。」

「讓我們到外面去，跟警察把事情說清楚。我很想聽聽你知道的事情，幫忙抓到那個對亞德莉安娜做出這樣的事的人——可是不能在這裡說。」

「妳是要不要出來？」艾戈大喊。「李維斯克女士，我沒耐性了。」

「就來了，」我大聲叫。「再一分鐘，拜託！」

「三十秒。」艾戈吼回來。

「布蘭登，」我說。「我會幫忙，我保證，可是你爸媽需要你。你爸為了你母親努力做出堅強的樣子，可是他快假裝不下去了。露娜的姊姊走了，你得為她回家去。她還那麼小，她需要你。」

「在你死在這個島上之前，你會拿到什麼被詛咒的東西來標記你，」他低聲說。「我是這樣聽說的。」

「標記你……你的死亡嗎？」我問得更明確。「所以你才會來這裡？來看阿蒂被給了什麼東西？」

他點頭。

「好，」我說。「我懂了。」我的腦袋裡有時鐘在倒數。艾戈的手下隨時都會衝進洞穴來，而布蘭登仍握著有致命可能的刀子。「可是你需要把刀子給我。他們會逮捕你，不過我應該能解決。別跟他們抗拒，讓我做我的工作。」

「阿蒂只是想念她的老朋友，而且她也想要新朋友。他們騙了她。」他把刀子遞給我，我先放進了口袋裡才站起來。

「待在這裡別動，布蘭登。兩手放在頭上，我會照顧你的。」

他們來得既快速又安靜。我跟他們說刀子在我這裡。布蘭登照我的話做。他們把他壓制在地上，我也無力阻止。接著是前往托本莫瑞鎮和警局。一名警員駕駛布蘭登的汽車，我尾隨在後，希望能夠幫得上忙，保住我的承諾。

我在警局外坐了半小時，讓他們處理文書作業，然後我進去施展魅力。我交出了刀子，做了筆錄，詳細說明布蘭登只是去那裡尋找他認為亞德莉安娜遺落的東西，澄清他完全不構成威脅。我向哈里斯．艾戈再次擔保我會讓布蘭登的父母明天早上就為他尋求醫療協助。然後我為了聲東擊西，就告訴他有人在我的房間外，朝我的窗子丟了一隻死兔子。我沒提有人闖入留下了海草王冠。

這一招很賊，卻管用。艾戈堅持要派一名警員在我的窗外守夜，我也順利把布蘭登送回了家，除了口頭警告之外沒有別的處分。

等我回到飯店房間，我已經要累倒了。我這才想到我或許應該請羅伯・克拉克考慮給他的兒子做一次心理評估。如果布蘭登不只是喪親的哀痛，而是有什麼更深層的心理健康問題，那就可能會在極短的時間內惡化。而這更讓我想到他會不會已經有一段時間有心理問題了。卡爾斯巴德的高中找不到紀錄已經夠奇怪了，可是完全沒有病歷、不上社群媒體？不對勁。

死兔子和海草王冠只是今天的額外收穫，只可能有一個解釋，就是我快摸索出一些答案了。

我把毛毯和唯一乾淨的枕頭丟進浴缸裡，鎖上了浴室門，睡進去，夢到了一個美麗的女孩子戴著滴水的皇冠，在吃沙子。

10

「醒了之後打電話給我。」是我給內特．卡萊爾留下的簡訊。那是在早晨五點半。八分鐘後我的手機響了。

「妳沒事吧？」他開口就說。

「說真的，我都不知道該怎麼回答呢。我沒死，我覺得就是我贏了。等這件案子結束，我要拎一箱二四去格拉斯哥，我們可以喝啤酒到深夜，互相比較我們的戰爭故事。」

「二四？」

「兩打裝啤酒。你需要學學加拿大語。不過在那之前……」

「妳接下來要說的話不會是『我需要討個人情』吧？」

我要是容易臉紅的女孩子就一定會臉紅。

「這是我說『你懂我』的時候嗎？」我笑著說。

「妳需要什麼？」我能聽見湯匙碰撞馬克杯聲，冰箱門關上，還有遙遠的收音機聲。正常生活的聲音。害我的心因為思鄉而揪了一下，也讓我懷疑我在馬爾島上追捕殺人兇手其實也是在迴避正常生活。

「我覺得馬爾島上還有一個女孩子被殺害，詳情我不清楚，大概是四十年前的事，不過你需要加減個十年。父母是島上的居民，母親已經過世了。這一起死亡似乎也有嘴巴塞沙子，但是並沒有破案。」

「妳得要耐心等，讓我通過安全登錄，還是說我得聽妳嘆氣？」

「我會乖乖等，我發誓。」我打開了我自己的電水壺，希望有足夠的小塑膠杯裝保久乳可以加在咖啡裡。

「好，我馬上就辦。晚上過得如何？」

「布蘭登．克拉克放話要在麥金儂洞自殺。有人在我的房間外面殺了一隻兔子，再把屍骸丟到我的窗上。還有，我為了安全理由睡在浴缸裡。你呢？」

「Netflix，」他說。「要是妳還沒有告訴警察出了什麼事，不管妳同不同意，我都要打電話給他們了。」

「不用麻煩了。」我能聽見他在敲鍵盤。「我都跟艾戈巡佐說了。那我要的東西你都準備好了嗎？」

「運氣不錯，馬爾島這一百年來沒發生幾件命案，所以如果有紀錄我會找到的。妳是怎麼發現的？」

「在我取得每一個最佳情報的地方——酒吧裡。被害人的父親發酒瘋。」

「那一定是賈思伯．企德。我這裡幾乎查不到什麼，因為老檔案都只有摘要。十六歲女孩三十九年前死在島上，絕對是謀殺。沒有人定罪。我得再深挖才能找到案件細節。她叫芙蘿拉，死因是窒息。」

「三十九年前。」我的腦子飛快運轉。「那，假設殺害芙蘿拉的兇手當時十八歲，現在也五十八了。有可能。」

「妳現在就驟下結論太草率了。」內特說。

「了解。」我已經跳了一大步了。我需要的就是芙蘿拉．企德的名字。儘管是冷案，但是網路的手指卻無遠弗屆，還是能夠伸入到過去抓取的。「謝了，內特。再聯絡。」

網路上是有提到芙蘿拉．企德失蹤，但是卻沒有報紙上的報導，我需要到圖書館去用微縮膠片閱讀機。不過我倒是找到了在芙蘿拉死後二十年的一篇文章，作者質疑為什麼指認不出殺害她的兇手，並且試圖敦促相關單位重啟調查，因為現代的鑑識技術更進步。文章的作者是一名叫蘭斯．普拉德福特的記者。幸好，這位記者仍然健在，而且很活躍，住在愛丁堡，經營一個新聞部落格。既然他在二十年後還在關心這件案子，那很有可能他今天還能記得大量的細節。

他的部落格網站有電郵地址供聯絡，也有手機號碼讓民眾提供發展中的事件消息。我瞪著窗外。死兔子的毛茸茸白尾巴在早晨的海霧中只是隱約可見。殺死亞德莉安娜的人可能就是昨晚在我窗外的人，也可能不是，而解剖台上仍躺著一個女孩子，口腔中仍有沙粒殘留。我覺得這樣就構得上發展中的事件條件了。

我撥了普拉德福特先生的電話，聽著它響。轉入了語音信箱，我掛掉電話，再撥一次。第三次，他接聽了。

「最好是世紀大事。」他說，聲音充滿了睡意，軟綿綿的，比內特的口音更柔和、更優美。

「芙蘿拉．企德。」我說。一陣停頓，還有打開電燈的聲音。

「妳得到我的注意了。」

我說明了我是誰，再盡可能說出已經公布的細節，然後問起在「閒扯淡」裡哭泣的年長男子。蘭斯．普拉德福特嘆了口氣。

「芙蘿拉的父親，賈思伯，老好人一個。她死的時候他們當然調查了他。家人總是頭號嫌犯。她是他們的獨生女，她母親在二十年後死於心臟病，根本就不到年紀。這也是我會寫那篇追蹤報導的一個原因。在暴力攻擊中失去了孩子是極可怕的事情。不知道原因，不知道兇手是誰，永遠也不能翻過能讓哀傷停止的那道坎。惡夢永遠不會有結束的一天。可惜，寫了也沒用，警方瞎忙了幾個月，然後好像就放棄了。」

「聽起來你不像警察之友。」

「喔，我在警界有一些非常好的朋友，也被一些壞警察打斷過骨頭。警察是一個怪異的人性組合，我後來明白了。好，閒話少說，既然妳是在調查亞德莉安娜．克拉克的命案，那妳打電話來就一定有原因，是什麼？」

眼下的情況並沒有多少轉圜的餘地，為了取得線索，我就得先透露一些，但是跟記者推心置腹牴觸了我的每一條信念。

「蘭斯——希望你不介意我叫你蘭斯？」

「我還聽過更難聽的，說下去。」

「謝謝。我有個不情之請。你能跟我說說芙蘿拉的案子嗎？你能想得起來的每一個細節？我需要全部的顏色和味道。我寧可現在不說明原因。我只能坦白到這個程度，而你像是個好人，所以我寧可不要跟你說謊。」

「妳的父母把妳教導得很好，」蘭斯說，害我第二次思鄉。「好吧，我的話匣子一打開就很難關上，要是妳聽夠了，就咳嗽。」

「好。」我跟他說。蘭斯．普拉德福特是我在電話另一端遇見過的最友善的人，而我發現我在希望他住在馬爾島上，讓我能跟他碰個面喝杯咖啡，說點心裡話。

「我報導過這件案子兩次，一次是事發當時，一次是過後一段時間。芙蘿拉．企德是個甜美的小女孩，大家都這麼說。老師、朋友、苗圃老闆，她週末在苗圃打工。這也是整個案子裡唯一大家都沒有異議的一點。那年夏天不算熱，我的記憶深刻。那是我第一年在《格拉斯哥每日新聞報》工作，仍然在尋找自己的定位，學習如何編輯我自己的文字，把生命當成是理所當然的事。我不知道他們為什麼會派我到馬爾島去——唉，那一週他們一定是人手短缺——可是我去的時候是個男孩子，回來時卻變成了大男人。如果妳覺得是狗屁，那就左耳進右耳出，不過這句話最能描述這件案子對我的影響。芙蘿拉．企德不該死。沒有一個命案被害人該死，可是她絕對不應該是那種死法。我反對死刑，莎蒂。大多數時候我是中間偏左。可是奪走芙蘿拉生命的那個禽獸沒有權利活下去，一點也沒有。」

蘭斯闡述著故事，我邊聽邊寫，話語在我的心中構成圖像。我沒聽見翻書聲或敲鍵盤聲。芙蘿拉．企德之死深深烙印在他的腦子裡，顏色經久不褪，而聽他說下去，我也了解了是為什麼。

芙蘿拉某天早晨離家去上教堂，她總是在去苗圃之前先上教堂，然後才到苗圃去澆水，播種，鏟護根，拔草，讓位於西岸的金特拉的一排排溫室中的作物欣欣向榮。馬爾島的人口稀少，青少年並沒有什麼玩樂，本島一個班級的人數就是她一整個學年的學生人數。可是芙蘿拉．企德不是那種無聊的時候喜歡惹事生非的女孩子，她反而會去找幫助別人的工作。為雙手罹患痛風的年長者燙衣服，為飽受大海折磨的老邁體弱漁夫採購，幫忙少數幾個獨立之後沒能逃離馬爾島的年輕媽媽帶孩子。

但那天她沒能走到教堂。她的父母親並不是虔誠的人，所以沒有同去。大家以為芙蘿拉是生病了，或是太忙了，誰也沒在意。她也沒去上班，但是她是那麼乖的一個女孩子，她的老闆也不會因為她一次曠職就大驚小怪。他在證詞中說他一直希望她終於有了約會，或是為自己偷點時間娛樂，那是她應該的。他說他後半輩子都會因為這麼想而後悔莫及。

夜幕降臨，芙蘿拉的父母以為她是下班之後到朋友家去了，或是又去幫助什麼人了。他們壓根也沒想到應該要擔心。

這裡是馬爾島，芙蘿拉了解這片土地。他們家的人認識島上的每一個人。天氣很好，就是一般的六月天。所以他們只是在家裡等。

到了晚上八點，他們擔心起來了。九點，他們每隔幾分鐘就看一次時鐘。十點，他們打電話給苗圃老闆問芙蘿拉是否曾說下班後要去哪裡。十點半，他們打給托本莫瑞的警察，再打給鄰居。光是打給鄰居就耗掉許多時間。那時天色已經漆黑，開始刮起了強風。即使如此，他們私底下仍相信他們會在水溝裡找到她，她可能從腳踏車上摔下來，摔斷了一條腿，沒辦法走路，但除此之外並沒有什麼危險。

他們在她家和教堂的中途找到了腳踏車，卻沒找到人。

馬爾島的警察通知了本島，但是夜色深重，又沒有女孩子是犯罪被害人的證據，他們能做的也不多。也不知是哪個地方的哪個人說出了那句最具殺傷力的話，那句可能會賠上一條人命而不是拯救一條人命的話：「她可能只是蹺家了。」

等到兩天後警察找到她的屍體，他們至少能拼湊出以下的情形：芙蘿拉確實是要到教堂去，她的腳踏車沒有損傷，所以她似乎不可能是發生了車禍。輪胎四周撒落的野花可以看出她可能摘了些花要拿到教堂去裝飾。但是她沒有再騎上腳踏車，不過附近沒有血跡或是丟棄的衣物，也沒有路人目擊任何不尋常的地方。有可能是某人停車問路，而芙蘿拉——甜美又無戒心的芙蘿拉，從來也不必擔心「危險的陌生人」或是「先懷疑再相信」——靠得太近，結果被拖進了車子裡，一去不回。

她有可能被關在汽車裡幾天，也可能犯人直接把她帶到漫無人煙的海灣，也就是她的屍體被發現的地方。可是芙蘿拉吃了很多苦頭。她的手腕和腳踝都有極深的綑縛傷痕，軀體和背部有傷口，表示她被打得皮開肉綻。然後是沙子，塞進她的口腔，一直塞一直塞，直到最後她再也不能呼吸，就連用鼻孔吸氣也會把沙粒吸進肺葉裡，最後連肺部都充滿了沙子。

有個遛狗的人發現了她的屍體，她才把芙蘿拉的屍體翻過來就吐了，她是第一個吐的，卻不是最後一個。警察的眼中含淚，鑑識小組默默無言。全島的島民都不在公共場所提起這件事，雖然他們一定關上門後低聲談論，緊緊抱住他們親愛的人，希望他們不曾看過這樣的事。甜美無邪的芙蘿拉被她珍愛的島上的沙子嗆死了。在她的同輩中，她從來就不想要離開，從不渴望到寬闊的世界去探險。她在每一處的地標上，在變幻不定的天空裡看見了美。那年島上的夏天就此結束，島民哭了幾個月，恐懼瀰漫在每一處小村裡。馬爾島呆若木雞，也改頭換面。

然後時間終於過去了，一眨眼間芙蘿拉的死已經是一年前的事情了。追悼會舉辦了。然後是兩年過去，大家在教堂裡禱告。到了第三年，島民普遍覺得不要去把恐怖的回憶挖出來比較好，應該要專注於療癒。第四年，芙蘿拉．企德的父母幾乎不出家門一步，只有種田和採購日常用品是例外。世界仍繼續運轉。

「就是這樣，」蘭斯．普拉德福特說。他邊說邊哭，沒關係，我也在哭。「美好的生命白白浪費了。一個社區毀了。如果是發生在現在，鑑識比當年進步太多，警察的步驟也嚴謹太多，我確定他們會抓到是誰做的。我在馬爾島住了一個月，報導新聞。有一陣子變得太入迷，覺得需要為她的父母伸張正義，讓他們感覺安全，讓他們知道做得出如此暴行的人不會自由自在走在世界上，準備再次犯案。後來還是報社命令我返回格拉斯哥的，他們拿工作威脅我，我也只能乖乖回去。」

我擦掉了臉頰上的淚，深吸了一口氣。

「他們可能又回來了嗎？那個殺害了芙蘿拉的人？」

蘭斯沉默了很長一段時間。

「妳為什麼會這麼問？」他問道。

「你這麼熱心，我再這麼說實在很混蛋，可是我需要代表我的委託人問一句：這是私下的話吧？」

「私下的話。」他保證。

「亞德莉安娜的口腔裡也塞滿了沙子，」我說明道。「死因是溺斃。沙子是在她死後塞進去的。而且還有死後性侵的跡象。所以我才打電話給你。」

「對了，」蘭斯說。「有道理。等我一下。」

腳步聲，一扇門打開，水龍頭打開，有水潑濺。腳步聲又回來，手機又拿了起來。

「抱歉，」他說。「有可能是同一個人幹的嗎？大概吧。那他們就至少是快六十的年紀了，可能更老些，那妳的亞德莉安娜就沒有理由半夜三更去跟他們見面。但真正的問題是，為什麼隔了四十年才又犯案？我花了太多年在報導暴力犯罪，實在不相信一個那麼殘忍的人可以掩飾他們的本性那麼久。而且馬爾島上在此期間並沒有婦女或是女孩子被殺害。」

「說不定兇手在旅行。到那種用錢什麼都能買得到的國家度假。周遊歐洲。我們怎麼知道他們沒有再做案？」

「請原諒我用詞不雅，可如果這個人是馬爾島人，而殺死芙蘿拉教會了他們別在吃飯的地方拉屎，那又為什麼要冒險殺死亞德莉安娜，重新揭開舊瘡疤呢？那裡是個很小的社會，有人突然搬走可是會非常引人注目的。」

「我不知道，」我說。「我還沒機會好好思索這一點。可你不能不承認，兩件案子的共同點太多了。這可不是巧合，不可能是。你都沒看到芙蘿拉的父親，他幾乎精神錯亂，說什麼她是被人用沙子滅口了。」

「芙蘿拉的案子在四十年前是很轟動的。說不定是模仿犯。」

「謀殺觀光業？你覺得有人對芙蘿拉的遇害方式走火入魔，所以跑來馬爾島以同樣殘暴的手法殺掉另一個女孩子？要命喔。」

「不見得是觀光客。小島的人記性是很好的，」蘭斯說。「記憶越恐怖就越持久。用力聽，妳就還能聽到回音。」

11

蘭斯・普拉德福特答應要把賈思伯・企德農場的地址傳給我。我沒有坐在房間裡枯等，反而選擇去運動，再到海濱的烘焙坊去吃早餐。這次我走的是小鎮西邊的路，大步上坡下坡，懲罰我的腿，一面享受風景。霧被風吹散，天空露了出來，只有幾團波紋狀的雲朵為澄淨的天空增添質地。馬爾島上整個是深淺不一的綠色和藍色。今天是全新的一天，而我有工作要做。買了個可頌和外帶咖啡後，我回到飯店，準備要開車到金特拉。但一直等到我看到我租來的汽車的輪胎之後我才明白今天的計畫得推遲了。

四個輪胎都被劃破了。我本來是被海草王冠和丟兔屍的人嚇壞了，但現在我卻只有憤怒。有人不想要我在這裡，卻讓我更鐵了心要留下來。停車場當然是不會有監視器的，飯店的前檯人員看著我，活像我是剛才紐約飛來的，戴了超大墨鏡，披著皮草，抱怨冰雪不夠冷。我打電話給修車廠，他們答應中午之前會來拖車，等他們打電話來說輪胎裝好已經是下午六點半了，在我付清修理費，手上拿著鑰匙之前已經七點了。

摸黑到金特拉的五十六哩路花了我一個半小時，有兩次有動物衝過馬路，我不得不踩煞車。我不想要另一隻兔子壓在我的良心上。這裡只有一條馬路進出，我錯過了農舍，駛近了一條死胡同，只有一排呈弧形的房子，面對著大海。一艘孤伶伶的漁船立在我猜是前院的地方——一片青苔綠，地面還冒出了大岩石。在金特拉，不是捕魚就是務農。這裡很像是地球的盡頭。

「風脊農場」是棟兩層樓的房屋，白色的灰漿被太多年的海水噴霧攻擊，維持不了太久。屋子和馬路隔了四分之一哩，窗戶漆黑，彷彿屋子本身閉上了眼睛，排拒外面的文明。要是有可能的話，我是會先打個電話的；不然如果我的時間充裕，我是會塞張字條到門縫底下的。可既然兩種可能都沒有，我就把車停在車道上，直接去敲那扇橡木門。我這時才想到企德先生可能已經就寢了。他一定快八十了，獨居老人到了晚上有什麼事好做？我在閒扯淡酒吧裡看見的那個人絕對不會在晚上看影集。他那時傷痛欲絕。亞德莉安娜之死必定是把他深埋的哀傷又挖了出來，讓他又重嚐一遍他的女兒沒能回家那天的心痛。說不定他沒在睡覺。說不定他是決定了他不能再經歷那種恐怖，或是說不定自然之母終於張開了雙手。

我看著屋子又看著我的車子。最合理的做法就是回飯店，請艾戈巡佐早上來查看企德先生。那恐怕就太遲了——我阻止不了腦海中的聲音，它總在像這樣的時刻響起，而且從來不會帶來好消息。萬一他中風了呢？他很可能倒在地上，無法移動。

「喔，或是大聲呼救，」我自問自答。「我需要手電筒。」

拿到手電筒之後，我先朝棚屋去，拿了把鏟子。我一直都覺得很神奇，有那麼多人把可以拿來破門而入的工具擺在一個不上鎖的木結構裡，而且距離他們的後門只有幾呎遠。風脊農場至少有一百年，更像是兩百年的歷史了。把鏟子嵌進窗框裡，用力往下一壓就能把廚房的窗子抬高一條縫，再伸進手指去把窗子向上掀。

「企德先生？」我大聲喊。「我叫莎蒂．李維斯克。我只是想看看你是不是沒事。」停頓，傾聽。「哈囉？」什麼也沒有。「企德先生，我進來了。拜託不要害怕。」廚房窗太高了，我跨不上去，所以頭先進去，再趴在窗台上，爬過瀝水板。

屋子既冰冷又安靜，只有吹過的微風在黑暗中不停地沙沙響。我拿手電筒照了四面牆壁，找到了電燈開關。只有一顆橘色燈泡，對照明沒有多大作用，只在紅地磚地板上投射出一圈光暈。我再次揚聲高喊，卻得不到回應，只有停滯的寂靜，彷彿屋子本身死了。

「企德先生？」我再喊一次，但無論我多麼努力要發出親和活潑的聲音，都被排列在每一面牆上的悲傷吞沒了，那就像是木纖紋壁紙，刮除不了。我今天花在沉思蘭斯．普拉德福特對芙蘿拉之死的敘述上的時間太多了，想像力已經發揮到了極限。

屋子的內部是漆成白色的磚頭，橫梁外露。廚房兼餐廳，光是這裡就足以讓人哀嘆一個小時了。餐桌上擺著一張餐墊、一支刀子、一把叉子、一瓶胡椒鹽罐，別無他物。我盡力想像獨居在這裡是何種情況：老婆死了，女兒死了，每一餐都一個人吃。

一把刀，一把叉子。

真不知還得忍受多少餐才能等到自己也死掉，從甩不掉的回憶中得到一些喘息的機會。

「賈思伯？」我大聲喊，深信他在屋裡，懸吊在某根橫梁上。因為換作是我過這樣的日子，我鐵定會上吊。

頭頂上有一扇門砰然關上，我大叫一聲，踉蹌後退，愣了愣才向前衝，一次跨兩級樓梯。樓上的走道空蕩蕩的，一張圖畫、一幀照片、一樣裝飾也沒有。盡頭的門是開著的，後面是浴室。左右兩邊各有一扇門，我打開了右邊的。

我吸入的空氣恐怕有三十九年都沒有人呼吸過了。我的心裡浮現出各種幻象，我能嗅到鮮花和香水，唇蜜的濃濃甜味以及髮膠的化學味。只是這些味道不可能是瀰漫在空氣中的，儘管我看得見氣味的來源。梳妝台的鏡前擺著一條貝殼手鍊。床鋪整理得很整齊，床單塞進去，小雛菊鴨絨被，小雛菊枕頭套。床頭几上擺著一本書，書簽夾在最後的幾頁，看了實在叫人心痛。芙蘿拉再也沒機會知道故事結局了。椅子上有一堆洗好的衣服準備要收進衣櫃裡，我好想好想——想得發痛——把那些衣服拿起來掛好，為每一件襯衫、每一雙襪子找到正確的抽屜。芙蘿拉要是能回家，一定也會這麼做的。

走廊外有片木板吱吱叫，我的呼吸卡住，像是被乾吐司噎到了。只是屋子的聲音，我告訴自己。別緊張。

「有人在嗎？」我還是揚聲大叫，注視著走廊，卻一個人也沒看見。

要是我說我感覺到後面有人，你是不會相信的。我自己也不信。死者會繼續活在生者的心裡，但那也是他們的存在範圍的極限。然後我東張西望，卻發現自己在發抖，芙蘿拉的名字在我的舌尖上。房間裡沒有別人。我站在原地，鎮定心神，雙手支臀，瞪著天花板。屋椽斑駁，上頭有痕跡，是小小的蝌蚪狀污漬橫跨了芙蘿拉房間的橫梁，乍看之下像是木頭的紋理，可是我靠近一看就發現紋理是不同的。我把那堆衣服挪到芙蘿拉的床上，把椅子搬過來，站上去瞧個仔細。我用手去摸，感覺像砂礫，容易剝落，我的指尖立刻就沾上了微微的黑色灰塵。那個味道，錯不了，是木炭。

焚燒的痕跡。

我拍了照片，再把椅子推回原位，把衣服放回去，撫平最上層的衣服。

「我很遺憾妳發生的事，芙蘿拉。」我對著房間說。不是因為我相信她在這裡，而是因為我覺得說出口心裡會好受一些。

我輕輕關上了門，抬頭看。那個蝌蚪狀痕跡分佈在每一根的桁架上。每一道門的上方都掛著一小束綠色枝葉，上下顛倒，莖稈包在麻袋裡。這些麻袋跟那些古老的燃燒痕跡不同，最近更換過。綠色植物一共有三種。我的腦海深處有一抹記憶在伸展，我暫時先延後回憶，先專注在繼續搜查。

我抓住了門把，強迫自己進去樓上的最後一個房間。窗戶敞開著，窗櫺被風吹得嘎嘎響，說明了早先關門的聲音——也給我的想像力上了一課。

企德先生的臥室是座神壇。床的對面牆上掛著他妻女的肖像畫，他的妻三十幾歲，女兒才十一、二歲。兩人摟抱著，歡笑著，耽溺在充滿了濃濃愛意的一刻之中。肖像一定是照著相片畫的。另外牆壁的每一吋都貼滿了相片。一個從出生到死亡的女孩子，每一個月，每一種情緒。睡覺，蹦跳，吃飯，念書，比手劃腳，戴帽子，穿泳裝，穿著時髦的洋裝，騎腳踏車，搭飛機，搭船。他站在妻子的床邊，面色蒼白瘦削，擠出笑容。幾乎成功了。心碎就有這種能耐，消蝕你的笑容，而你再也找不回來，你只能強迫肌肉捏塑出從前習慣的形狀。

我這次的擅闖越來越讓我招架不住了。我關上了臥室門，暫時滿意了，知道賈思伯在這個屋簷下並沒有危險，我回到走廊上。我退出時，圓形的燃燒痕跡似乎從木頭上的嵌入點上惡狠狠瞪著我。我加快了行動，匆匆下樓，走過客廳。又來了，我後頸上的寒毛倒豎，知道我必須在離開之前關燈，想到只能依靠我的手電筒，一點也高興不起來。樓下的每一扇窗上都掛著一束枝葉，而且都被不夠嵌合的窗框中透進來的風吹得微微顫動。我伸手到廚房洗碗槽的上方，拿走了最後的一束。

12 小島

耳語聲變大，起初只是小小的蓓蕾，卻交織融合，變了一圈八卦的花環，在亞德莉安娜．克拉克和她的弟弟到達的那天。雙胞胎。美國人。日曬的肌膚，黑頭髮，明亮的白牙，異國情調。他們的父母親不愛交際。那個小妹妹假以時日會出脫得更有手姿，不過那兩具青少年的身體——成熟得可以獵捕、戰鬥、交配——才是真正的焦點。

島民看著亞德莉安娜，夾雜喘氣聲的七情六慾讓空氣都迷濛了。女孩子們用眼角偷窺，從窗帘縫中偷看，知道了什麼是羨慕嫉妒恨。母親們看著她，看見了麻煩、競爭、想像中的傲慢無禮。而男人則感覺到唯有美麗年輕的女人才能引起的灼熱。情慾的蠢動。

亞德莉安娜迎視他們的目光，回以笑容，開朗又無邪。布蘭登看見了島民評估批判的態度，他自己的眼裡也裝滿了仇恨。他想要把阿蒂關起來，他想把她包起來，不讓她離開他身邊。儘管年輕，他也知道麻煩在醞釀之中。

不需多久就會有個男人不再願意只欣賞亞德莉安娜的可愛而不動手。

不需多久他的姊姊就被殺了。

在島民的記憶中，只有芙蘿拉．企德遭受過如此的凌辱。但是島民的記憶隨著時間推移，卻毫不消退。小島見識過太多以愛之名、以妒為念的殺戮。進化以最殘酷的一擊對付女性。它一手賦予她們一張供人膜拜的臉孔，另一手又設計了一具脆弱柔軟的胴體，輕易就能被想要主宰控制的男人摧折。

芙蘿拉．企德是死在一個男人手裡和一個女人的吩咐的。她邊摘野花邊唱歌，她接近那輛停下來問路的汽車時面帶笑容。她指點那個男駕駛方向，他上上下下打量她，慢條斯理，極其明顯，她仍保持禮貌。她態度堅決，拒絕聽從他的指示坐進廂型車裡。

而車子開走時她在尖叫，她在後座，手腳被綁得好緊，才幾分鐘就全都麻痺了，一塊油膩膩的破布塞進了她的嘴巴。小島也跟著她尖叫。

小鳥從棲息處驚飛，蠕蟲爬上了地表。刺猬把小小的身體縮成一團，希望尖刺能夠擋住叫聲。公鹿母鹿緊緊包圍住牠們的幼崽，擊退空中的邪惡。但是卻沒有一個人類聽見。對她寵愛有加的父母完全沒有先見之明，關鍵時刻也沒有目擊證人出現在彎路附近。

她被載到了世界這個安靜角落的一處安靜角落。那個找到了一個軟弱邪惡的男人來對她唯命是從的年輕女子一直塞著芙蘿拉的嘴巴，不是怕她的尖叫聲被聽到，而是怕那個男的會被哀求弄得心軟。

她赤裸裸地被綁在兩棵樹之間，他們輪流拿舊的尼龍曬衣繩抽打她，為了造成最大的傷害，尼龍繩每隔幾公分就會打一個結。

芙蘿拉哭叫禱告，哭叫禱告。

知道自己要死了芙蘿拉竟然一點也不害怕，那時她歡迎死神的來臨。她的信仰會指引她到一個更美好的地方，沒有痛苦，沒有恐懼。她的父母會被朋友鄰居的愛包圍。而她，她堅信，會從天堂俯視著他們，看見他們的臉，等待著他們的靈魂來加入她。

芙蘿拉・企德害怕的不是來生，而是她死前的幾個小時。那段時間會佈滿暴力和痛楚，而且她會被玷污的可能也越來越高。但還有別的。

她脖子上被扯掉的十字架。

那個女人在她耳邊恨恨說的那種難以理解、連珠砲似的話。

地上擺放著某隻可憐生物的內臟。

中間放著一碗沙子。等待著。

小島什麼情緒都感受得到，每一種情緒都會萌發新的蓓蕾或是枯死掉一根大樹枝。芙蘿拉從一個活生生的女孩子變成了一段記憶，她的臉孔在那些認識她的人心中逐漸模糊，輕輕地旋飛，像砂糖消融在水裡。幾十年過去了，島民也經歷了別種傷痛。胎兒沒能從母親的子宮裡出來，青少年在成長的暴風雨中找不到指引的燈塔，大人的生命被無藥可醫的病症扼殺。痛苦每天都有，有些短暫，有些恆久。一樁樁一件件都極盡悲涼。可是接著又是亞德莉安娜・克拉克。

阿蒂，那些愛她的人這麼叫她。她撒下了一個太強烈的咒語，讓她不可能被遺忘，而且她的笑聲在馬爾島灰濛濛的海霧中就像是發光的珠寶。她也有秘密，才會讓她像一個謎。一段過去沒有人知道得太多。一雙腿是深淺不一的褐色，像新鮮的蜂蜜和牛奶咖啡和焦糖。亞德莉安娜・克拉克實在是太可口了。

大海中的死亡帶來了狂暴的浪潮。波浪拍打船身兩側，把水手從左舷打到右舷，而且魚拍打得太厲害，連漁網都扯破了。貝殼撞來撞去，碎片散落在海灘上，一不小心就會割破腳。鹹鹹的眼淚形成了大海。

亞德莉安娜抗拒著尖叫的衝動，緊緊閉上嘴巴，直到她浮出水面，大口吸進氧氣。她踢腿扭動，兩手亂抓。她被揪著頭髮拖進海灘、拖進冰冷的水中時衣服也被扯破了。

小島聽見了她沒有機會發出的叫聲。它用海水洗滌她的痛苦。阿蒂後悔了自己的愚蠢。她想交朋友、想融入的欲望。她的親切和開朗。她後悔了她做的那份兼差，拋頭露面，引起某些人渴望。

等她明白她就快死亡時，她的一隻腿已經骨折了，兩隻手無力地攫住海草。她渴望能回到她想念的土地，再看她的祖母一次，坐在棕櫚樹樹蔭下等著太陽下山。

暴力是有代價的。它是不能用鐵窗後的每一天來估算的。那個代價是用失去的童年和被腐蝕的天真來償付的。兇殘的島上連大氣都是有毒的。而毒藥被吸入，吸收，再吐出。那種痛苦是有傳染性的。它也要莎蒂・李維斯克。

小島全都感覺到了。

13

我關掉了屋子裡最後一盞燈，黑暗追著我走到我的汽車。我把手電筒跟那一束枝葉放在乘客座上，沿著馬路離開了金特拉，折返馬爾島的中央。A八四九是一條單行道，很長的幾段路左右都是荊豆叢，其他幾段則是手砌的石牆。馬路環擁阿奎旭尼旭之外的海岸，而我左邊的汪洋大海則讓人膽顫心驚。

在過了貝格灣之後的路口有輛汽車飛快朝我的方向馳來，我停在避車道上，很高興能暫停一下，一方面擔心芙蘿拉．企德的父親，一方面被那種屋子的虎視眈眈氣氛弄得心神不寧。那輛汽車放慢速度繞過我，隨即又加速。我又駛上馬路，需要食物和休息。前晚斷斷續續的睡眠已經出現後遺症了，而在今天的某個時候我做了決定，我不要再固執了，我要要求換樓上的房間。雖然阻止不了有鑰匙的人，但是至少不會讓我那麼緊張一樓的窗子。

我的後照鏡裡有汽車大燈從左掃到右，然後衝著我飛馳而來。我加速，換了一檔，想拉開跟那個追尾者的距離。不知是哪個白痴在開車，一直在跟我競速，然後又開始閃大燈。我整個眼花，用力往旁邊開，打開右邊方向燈表示讓他超車。可是那個駕駛卻也學我，在我後方停了下來。

我猛地踩油門，飛速離開。無論是誰跟著我都得做決定，不是跟我一樣，就是消失。它幾秒鐘之內又追了過來，我努力盯著路面，避開隆起的地方，左右掃瞄，怕有動物會衝出來。沒有用。我還有好幾哩路要走，而我目前的位置跟托本莫瑞之間也沒有什麼房屋密集區。我一面咒罵一面把車又靠邊停下，從袋子裡取出了防熊噴劑。在對付攻擊者時不像胡椒噴劑那麼有效，不過如果噴中了眼睛或是鼻子，仍然阻止得了他們。我左手拿著罐子，右手握著鑰匙，金屬鑰匙的尖端從我兩根指頭的縫隙中突出來。如果是在加拿大，我單獨一個人上路去工作的話就會帶著一把有執照的槍。但是在蘇格蘭，我只有這些裝備。

我把車窗搖下來，查看後面。那輛汽車慢慢停了下來。我下了車，緩緩走向那輛停在我後方二十碼處的汽車駕駛座那側。車裡坐著一個人，絕對是男的。我保持和他平行，距離汽車六呎遠，車窗搖了下來。那人穿黑色帽T戴手套。我舉起了防熊噴劑讓他看見。

「你要說明一下嗎？」我說。

「唷，很緊張啊？」他搶白道。我又上前一步，把他的臉看清楚一點。很眼熟，可是我沒法當下認出他是誰。我沒辦法不注意的是他的右手背上的難看傷疤。「妳今天晚上到金特拉幹什麼？」

我抓緊了防熊噴劑。

「你跟蹤我多久了？」

「不是叫妳別去煩賈思伯．企德，」他說。「我們為什麼會收到消息說妳的車停在他的車道上？」

拼圖湊起來了。我發現亞德莉安娜屍體的那天晚上他也在警局裡。

「你是警察。把兜帽拿掉，我想看看我是在跟誰說話。」他照做，然後開了門下了車。

「妳這個小不點膽子倒是挺大的。」他走過來站在不到一米之處。

「我是在工作。你有什麼理由沒穿制服、沒開警車嗎？」

「島上只有兩輛警車，今晚都出勤了。我下班的時候接到了電話。島上只有兩千八百人，李維斯克女士，沒有一個喜歡外來人到處打探。我們彼此照顧。」

「那他們喜歡殺人兇手還消遙法外嗎？」我不應該挖苦他的，可是他在冷笑，而且他的個子太高了，不該站得這麼近。

「放下罐子，」他說。「妳現在是在威脅警察。」

「少臭美了。我都把威脅保留到該害怕的時候。除非你是要控告我犯罪，準備逮捕我，不然我要回我的車上，回飯店了。我沒有到處打探，我是在工作，更何況我還在擔心企德先生。」

「賈思伯．企德不需要妳來當保姆。妳根本就不應該去金特拉。妳只會把事情弄得更糟，」他說。

「少命令我哪裡可以去哪裡不能去。我在閒扯淡看到了企德先生，我可不覺得有任何人願意聽他說話。他被塞進了警車裡送回家，免得還得有人處理他的痛苦。」我把防熊噴劑塞進口袋裡，轉過去背對他。我正要打開車門時，肩上挨了他一巴掌。

「知道嗎，我可以控告妳粗心駕駛，」他說。「說不定妳應該要再和氣一點。」

我壓抑住讓他嚐一嚐防熊噴劑的衝動，反倒轉過去扮出最甜美的笑臉。

「那你是想要我多和氣啊？」

「這個嘛，妳的手上沒戴戒指，而且艾戈巡佐說妳在飯店裡有麻煩。說不定妳應該要考慮一下晚上弄個男人在那裡，保證妳的安全？」

原來他是想撩我。這也不是什麼新鮮事了。我留著金色長髮，工作時都會綁成馬尾。我的個子不高，總是會讓男人在我面前想要證明他們的高大。曾有人形容我為「那個像啦啦隊的馬子」。

「我看就免了，」我說，坐進駕駛座，關上了門。「別介意，不過我喜歡我的男人在道德和知性方面比較有料一點。」

「他媽的賣弄風騷，」他說。「就跟那個妳念念不忘的死掉的女孩一樣。」

我把鑰匙插入了點火器。

「是那個我們都念念不忘的死掉的女孩，」我糾正他。「不過你大概沒有，既然你對她的看法是那麼差？」

「妳想知道妳客戶的真相？她很愛打情罵俏，卻從不來真的，傳言是這樣的。那樣子的女孩子是會惹火上身的。」

「她也招惹上你了嗎？」

我不得不問，他沒給我選擇。

「她的年紀跟我差了一半，我比較喜歡多幾年經驗的女人。」他彎下腰，跟我的臉齊平。「艾戈巡佐可能還在忍受妳，不過妳應該要自己小心。」

「是誰在散播亞德莉安娜的謠言？」我追問道。

「這是大家都知道的事，」他說。「要是妳好好做妳的工作，妳現在早就查出來了。」

他走開了，洋洋得意。我讓他先離開，這才駛離這一區。這件事我錯得比較多。小島尾端的小村莊晚上出現一輛陌生的汽車，當然會有人報警。我太粗心大意了，但是現在我又多知道了亞德莉安娜的一件事了。托本莫瑞鎮上有人一點也不喜歡她。

飯店沒辦法當晚幫我換房間，但是同意隔天等清潔人員打掃完畢之後。我在酒吧買了杯啤酒，回房去休息，但是我的心思卻停不下來。海草王冠已經用快遞送給內特了，但是記憶仍潛藏在我的床單下。我洗了澡，洗掉我跟馬爾島警方打交道的殘留痕跡，再打開筆電。

我拍下的木桁上的痕跡查不到類似的圖片，只是模糊的形狀，很難分辨出是什麼東西。

我轉而搜尋那一小束枝葉。在溫暖的房間裡我能聞到味道，鼠尾草和蒔蘿很容易分辨，但是我花了較長的時間才查出了毛蕊、艾蒿和接骨木。這些草不是野生的，就是很容易就能盆栽，是極常見的植物，可是我從沒見過像這樣子綁成一束的，更沒見過上下顛倒掛在門洞和壁爐上方的。

現在時間很晚了，不適合打電話給我不是很熟的人，不過我還是撥給了普拉德福特，他立刻就接了。

「嗨，蘭斯，」我說。「抱歉又來打擾你。我是莎蒂・李維斯克。」

「那裡，」他說。「我還在猜妳會不會打來呢。等我一下。」他的聲音變得模糊，因為他別開了臉，對某人大叫。「我得接這通電話。把另一瓶紅酒打開，好嗎？」我聽到蘭斯的腳步聲，隨即是一扇門輕輕關上。「好，我能幫上妳什麼忙？」

「我可以明天再打，」我說。不過我只是在客氣。「你有客人。」

「啊，我這位朋友是個警察，他懂的，再說他欠了我很多人情，所以他可以等。我今天很擔心妳。那邊有什麼事？」

「我去了企德農場，賈思伯沒來開門，我很擔心，就從廚房窗戶爬了進去。我知道不應該，可是……」

「對，妳是不應該。那邊的農夫都有獵槍，妳很可能被誤殺。」

「這個警告來得有點晚了。總之，我打來是因為我在那裡看到了一樣東西，我不懂是什麼。可能機會渺茫，不過我覺得你可能會比我更了解那裡的傳統。」

「妳找到了什麼？」他問。

「聽起來可能很傻氣……那棟屋子就像個時光膠囊。我大概也預料到了。可是在每一扇門窗的上方都掛著一小束的香草，包在粗布裡，上下顛倒。」

「還有別的嗎？」蘭斯的聲音變得較小。

我躺在床上。「有，每一根屋椽都燃燒過，留下了蝌蚪狀的痕跡。不是新的，不過痕跡很深，絕對不是裝飾用的。我覺得都有點走火入魔的味道，好像賈思伯真的精神錯亂了。」

蘭斯嘆氣。

「他是精神錯亂了，」蘭斯說。「也難怪。不過妳描述的東西跟心理問題並沒有多大的關聯。」

「那是什麼？」

「聽著，莎蒂，島上有謠言。但凡命案涉及了儀式性的折磨就一定會有謠言。妳不應該被它分心。亞德莉安娜——還有芙蘿拉——是被真實的人殺害的，而這些人滿腦子的幻想和心理變態。其他的都只是迷思和迷信。」

「你有什麼事瞞著我？」我問。

「我在報導芙蘿拉命案的時候從不讓自己去深入那個兔子洞，不過有人談到惡靈——我不知道——什麼詛咒。有人含糊其詞說到用沙子讓女人住口，可以阻止她把島上的秘密說出去，不過那是古老的傳說，沒有一丁點是真的。妳在企德農場找到的東西聽起來也是類似的傳說。」

「太離譜了，」我說。「都二十一世紀了，誰還會想在某個年輕女孩的身上重搞什麼古老祭典？」

「首先，無論是誰殺害了亞德莉安娜．克拉克，他都不是一個理性的人，所以要把他們對她做的事歸類為正常是完全不可能的。在某人的口裡塞滿沙子？它產生的聯想在今天和以前都是同樣的。那種滅口的行為感覺是完整的，阻止了事情在親密的時刻從輕聲低語變成流言，也懲罰了說話的人——歷史上還有別的例子有利用酷刑讓女人閉嘴的。」

「可是焚燒的痕跡和藥草——比較像巫毒。現在還有誰會相信那玩意？」

「那座島上的人有些家族史可以追溯到幾百年之久，他們知道祖先的氏族名和歷史。他們崇拜的神跟我們今天知道的神不一樣。他們的日子過得更辛苦，而我想他們對大自然的敬畏比我們要更多一些。潮汐，收成，月亮，雨水。他們能存活都拜大自然之賜，但是他們也可能會死於大自然，所以他們把大自然提升到神祇的地位也是理所當然的事了。」

「這倒是值得深思的事，」我說。「那我就不打擾了，你的酒在等你呢。」

「隨時打給我，」他說。「還有，聽我的勸。對島上的歷史保持健康的敬意，不過別被拖下水。有時候過去就該留在過去。」

「謝了，蘭斯。幫我喝一杯。」

我又上網搜尋，這一次有了新的知識。結果立刻就出現了。

那束藥草是用來防禦惡靈的，歷史悠久。顯然是惡魔不喜歡那種香味，而那些藥草組合足以確保邪惡不會入侵你家。焚燒的痕跡也是同樣的效果。把可以抵抗邪惡的符號永久烙印到家裡的每一處紋理中也是歷史悠久的做法，經常見於房屋新建之時。同樣的灼痕也出現在倫敦塔的幾處。不過這些灼痕有非常明確的目的，是為了保護屋子的居住人免於惡毒巫術之害的。

換作是別的時候，別的地點，我會哈哈大笑。可是躺在枕頭上，腐爛海草王冠的記憶猶新，亞德莉安娜冰冷的指尖的感覺猶在，我一點也不覺得巫術是在開玩笑。

14

警察局的門鎖著，告示上說十一點後才有人。氣死人，但是但願艾戈巡佐和他的屬下是真的在外頭調查亞德莉安娜命案的線索。我有那麼多時間要消磨，索性就再去馬爾島歷史商城。想找到完整的馬爾島的迷思與傳說，那裡應該就是正確的地點。

門是開著的，但是彩虹糖卻不見蹤影。我倒不覺得是壞事，我直接就往圖書區走。馬爾島的古代歷史琳瑯滿目，有幾本講述英國漁會是如何在一七八八年於托本莫瑞成立的。沒有馬爾島上的命案或是奧秘。

我進去時也查看了橫梁，沒有燒灼的痕跡，門洞上方也沒有藥草。裡間的房間全部都是一艘在托本莫瑞港沉沒的船隻，「西西里的聖璜號」是西班牙無敵艦隊中的一艘大帆船，在一五八八年被焚毀，沒入托本莫瑞灣的深處。謠傳黃金和其他寶藏從那之後就在市面上流通。架子的一支翎毛筆吸引了我的注意，不是因為它的羽毛，而是它前方的空間。一張小小的標語牌記載了它的傳說。「翎毛筆是蒙茅斯公爵取自於沉船的舊物，連同據信是用以盛裝墨水的貝殼。」

我正把口袋裡的照相機拿出來，就有兩個人進來了。彩虹糖從另一扇門進來，走到收銀台後面。

灰塵不是我們的朋友，這句話我們聽了一輩子了。灰塵來自於人的皮膚，以及缺乏衛生和清潔。它的意涵是我們邋遢懶惰，不懂持家；但是沒有灰塵也可能是一種證據，讓人知道原本有東西的地方現在空了。在架子上，靠近翎毛筆的地方，有一個大貝殼的輪廓，可能有七吋長，相當寬。鑑於我曾經近距離看過那個用來侵犯亞德莉安娜的貝殼，架上的這塊空處需要好好解釋。

我忙著用閃光燈來照亮暗處，同時希望不會驚動了彩虹糖，我快手快腳拍下了貝殼曾經放置的地方。我走出商店時經過他，發現他茫然瞪著窗外，吸著拇指，像個嬰兒陷在成人的軀體之中。

我往港口區的一張僻靜的長椅前進，打給內特．卡萊爾。

「莎蒂，我正要到法庭去作證。」他說。

「我會長話短說。我需要那個海螺。我好像查到了那個來處，不過我得要把它放到架子上比對。」

「我不能讓妳摸那個海螺。如果案子成立，檢方起訴的話，那會是呈堂物證，而且要是我破壞了證物鏈，它可能會被排除。我最多只能請一位警員拿去給艾戈巡佐，妳可以向他說明妳的推論，請他調查。」

「要是我那麼做了，話會傳出去，那比對形狀的機會就沒了。現在已經是步步危機了。」

我站著思索。「嘿，你能不能弄個石膏模寄給我？就跟重建一樣。那你就不必把真正的貝殼送出來了。」

沉默了幾秒。「我想應該行。」內特說。

「然後我會把跟貝殼有關的一個人的名字傳給你。你有沒有進入警方資料庫的權限，幫我查一查？」

「我有可以幫那種忙的人，不過那是機密資料。有相關結果出現的話，我也只能通知艾戈巡佐，由他決定是否要告訴妳，所以妳請他在那邊的警局幫妳查會比較快。」

「好，」我說。我知道什麼時候該放棄。「謝了，內特，我就不耽誤你了。」

「莎蒂，等等。我有一些好消息給妳。關於亞德莉安娜是不是涉入毒品，妳的擔心是多餘的。她的毒物篩檢報告出來了，全部是陰性的。她死亡當晚體內什麼也沒有，頭髮也檢驗不出長期使用毒品。」

「連酒精都沒有？」我問。

「她非常乾淨，」他說。「妳在那個天鵝絨小袋子裡找到的粉末也不是毒品。妳可以跟她的父母保證她沒有涉入任何他們不知道的事情。現在聽到只是空話，不過之後他們就會很珍惜。」

「喔，」我說。又一個推論完了。部分的我希望亞德莉安娜在死亡的那時嚴重酒醉，只要能讓她的感知力麻痺的都好。可憐她連這一點都是奢求。「那，那個粉末到底是什麼？」

「實驗室也費了不少功夫，結果是骨頭。壓碎後磨得非常細。」

我的胃翻了個觔斗。

「磨細的骨頭？告訴我不是人骨。」

「目前還在分析。再兩天我應該就會有答案了。抱歉，有人叫我了。今天我就會弄那個石膏模。」

天鵝絨小袋子裡裝著磨細的骨頭，藏在亞德莉安娜的雨靴裡，放在她打工的酒吧裡。內特可能認為這是好消息，卻害我的嘴裡發苦。我沒有理由相信亞德莉安娜明知那是什麼東西還藏在雨鞋裡，但除此之外就只有一個可能：是別人放的。

我朝陶器店出發，一看見莉姬的奶奶站在櫃檯後就笑了。

「早啊。」我輕快地說。

「早安，妳的車修好了嗎？謠傳說妳昨天遇上了麻煩。」

「沒錯，不過沒有什麼是修不好的。」我保持笑臉，我不喜歡太多人知道我的事情。八卦讓我的工作更難進行。「嗯，是這樣的。我剛剛從歷史商城過來，跟在那裡上班的人聊了幾句，可是我只聽過別人叫他彩虹糖，我實在沒辦法用外號叫他。妳能告訴我他的真正名字嗎，免得我下一次又要這麼沒禮貌。」

「他叫瑞斯．司徒華。非常沉默寡言。他有學習障礙，很容易會情緒失控，可是他的父親是商城的老闆，瑞斯只是盡量讓店撐著不倒，我們附近的人也會幫忙。」

「瑞斯，」我說。「我會記住的。莉姬今天沒來？」

「是啊，她的朋友想去為亞德莉安娜放花束。他們不能去麥金儂洞，想也知道是因為什麼，所以他們到別的地方去一塊紀念她。」

「那妳知不知道時間地點？」我問。「我也想去致意。」

「他們好像是整個下午和晚上都會在那裡。妳也知道青少年有多愛大費周章。妳可以在洛赫布伊找到他們，地圖上有。」

我從港口向北走到克拉克家。這家人正在等待進一步的消息，而如果芙蘿拉・企德的命案會浮上檯面，我希望他們是從我的口中得知的。

圍堵他們家的記者群擴增了，不過這一次我決定走小徑到後門去，而不是翻籬笆。我都還沒敲後門，就感覺氣氛不一樣了。整個家多了一股死寂。通常會有電視聲、布蘭登的電腦聲，或是露娜在製造噪音。我敲了門也沒有人理。我撥了羅伯的手機，但是他不接。他們的汽車不在車道上，可是他們家有一間獨立式車庫，羅伯總是會上鎖，以免記者入侵，而我是沒辦法過去查看的。

我看過羅伯把備用鑰匙藏在一盆盆栽下，就走過去拿，自己打開了廚房門，一面輕聲呼叫。樓下沒有人。電腦關機了。正面的窗帘都合攏著，自從亞德莉安娜的屍體被發現之後就一直是這樣的。廚房裡沒有烹飪的味道，垃圾桶裡也沒有垃圾。我上樓去，再一次呼喚他們的名字。每個房間都沒有人。露娜房間的地板正中央有兩個玩偶，此外就都整齊乾淨。沒有闖入的跡象，也沒有打鬥的痕跡，讓你不得不問一個問題——克拉克家都跑哪兒去了？他們平安嗎？如果他們是被迫離家的，那我應該會看見衝突的跡象，不過話說回來，在面對槍枝或是以孩子作要脅的情況下，一般人都不太會反抗。我決定快速查看一遍，看是否有能夠蒐集的情報，之後再視需要決定是否通知警方。我在心裡暗自祈禱最好是不用。

我站在布蘭登的床腳，瞪著他床頭几上的一張照片。他和亞德莉安娜互相擁抱，在一處擁擠的運動場笑嘻嘻地看著鏡頭，遠處舞台上是一支樂團。這對雙胞胎的樣子像是神智不清，我數到十，仔細衡量著下一步的正反兩面，數到十仍沒有改變主意，於是我一個接一個翻開了布蘭登的抽屜。

我找到了打火機和香菸。順勢療法的安眠藥，但沒有別的藥物。女孩子的衣物——一件運動衫和一頂羊毛帽，帽子上有個假兔子尾巴毛球——我猜是亞德莉安娜的東西。接著我又檢查了他的衣櫃，也沒看出有什麼不尋常之處。最後，我查看床底下，木基座的四周。要是克拉克夫婦此時此刻走進來，我恐怕很難解釋我的行為。信任會毀於一旦。私人偵探的黃金守則是絕不損害你的委託人，可我就是甩不去他們隱瞞了我什麼的感覺。我傾聽了一會兒，等待著樓梯間的吱嘎聲，或是地毯上的腳步聲，結果只是把我自己的心跳聲聽得更清楚。浪費時間，等著被揭發。如果我要做，現在就得行動。也真是鬼使神差，我的手摸到了床底板貼著一個塑膠袋。青少年自以為很小心，但老實說，他們總是把違禁品藏在相同的地方。

是魔菇，淺棕色的蕈傘皺縮，蕈柄乾細。莉姬也說亞德莉安娜問過這個東西，可能是亞德莉安娜的，而布蘭登從他姊姊的房間裡拿了過來，以免他們的爸媽發現，也可能是姊弟兩人都計畫要嘗試一點新鮮玩意。我把東西放進口袋裡。無論布蘭登高興與否，他的爸媽都要我讓他安全無虞，再加上兩個晚上前他在麥金儂洞大鬧了一場，萬一警方來搜查屋子，魔菇只會提供更多不利於他的證據。在這一家的嫌疑洗清或是更確鑿之前，魔菇最好還是先放在我這裡。

我剛接受委託時就看過亞德莉安娜的房間，但我還是又進去了。知道她死了好像讓各樣物品都更添了一層傷感。她的牆上有月曆，上班日以藍色標明，其他的活動——上學、看醫生——以綠色標明。她的書桌上整齊地摞了一疊大學簡章。她喜歡花香味和明亮的唇膏。她的床邊擺著一幅她和布蘭登夾著露娜的照片，三個人躺在野餐墊上，抬頭笑望著掌鏡的人。和洞穴裡那個浮腫傷殘的女孩相比，她美得令人心疼。我穩定了情緒，繼續搜查羅伯和伊莎貝拉的房間。

這間臥室首重實用，沒有多少裝飾。鴨絨被是白色的。牆上也沒掛圖畫，梳妝台上沒有化妝品或是珠寶，只有文書作業。感覺像沒人愛。

我稍一猶豫就打開了床頭几的抽屜，裡面放著一般的成人生活遺跡。第一層抽屜裡擺著一捆護照，我每一本都打開來，看見了熟悉的名字、熟悉的臉孔，我把護照收好，又去查看浴室，之後再回頭重看一遍護照。護照是真的，我很肯定，但全都是同一天簽發的，五個月前。對雙胞胎來說是合理的，他們的原始護照會一起申請，一起更新。假設羅伯和伊莎貝拉的蜜月是兩人第一次出國，那麼在同一天申請護照也是合乎常理的。除此之外，為什麼一家五口會在同一天更新護照？

我從走廊往回走，先進了亞德莉安娜的房間，接著是布蘭登的，我開始搜尋我打到加州去確認的東西——他們的中學紀念冊。那是年年都會發行的，我就把我自己的每一本都收藏了起來。我還沒遇見過有哪一個不這樣的人。紀念冊是一種成年儀式——一個證實你在逐漸成長的方式。

兩人的房間裡都沒有紀念冊，也沒有家人之外的照片。沒有美國時期的日記或月曆，就彷彿他們在來到馬爾島之前完全不存在。

我正要下樓時手機響了，我接聽時心跳快了一點。

「嗨，羅伯，」我說。「你沒事吧？我正在你家。」

「喔，對，我應該要打給妳的。記者越來越不安分，然後布蘭登又發生了那種事，我們決定需要離開一陣子。我們是在半夜三更走的，只帶了必要的東西。」羅伯解釋道。

「你們現在在哪裡？」

「我們在托本莫瑞鎮外租了一棟度假屋，租一個月。我會把地址發給妳。妳是需要什麼東西嗎？」

我從廚房門離開，悄悄鎖上門。

「只是打聲招呼，」我說。「有件冷案我會跟警察討論，可能有些關聯，不過那是很久以前的事了。目前你們不用擔心。另外，毒物檢驗結果出爐了，亞德莉安娜的體內沒有毒品或酒精。卡萊爾醫生要我通知你們。布蘭登還好嗎？」

羅伯那頭長長的停頓。「不太好，」他說。「我們都不好。我們只需要某種結果。」

「我知道。調查在進行中，我發誓，不過證據都還像散亂的線頭，需要一根根接起來。對不起。」

我掛斷了。我沒有別的話好說了。

在我掛斷電話時唯一確定的一點是我的委託人給我的情資並沒有他們隱瞞的多。我忍不住想是為什麼。

15

接下來我的行程是警察局。我進去時有名女性來到前檯。

「嗨，」我說。「妳可以幫忙嗎？我想找一位警官，可是他在攔停我的時候我沒問到他的名字。瘦瘦高高的，三十五、六，右手背上有疤。」

「那一定是巴斯蓋特警員。」

「對了！哎唷，我這個腦子。巴斯蓋特警員現在在嗎？」

「他五點就下班。我把妳的問題交給一位值班時間比較長的警員會比較方便？」她建議道。

「我的事不用很久。妳可以告訴他莎蒂・李維斯克來了嗎？我只是想感謝他的熱心協助。」

女人消失到身後的一扇門後，呼喊他的名字。一分鐘後，門又打開了，巴斯蓋特出現了。

「妳想幹嘛？」他不客氣地說。

「這樣可不是非常友善喔，警員，你昨晚不是覺得我們的關係很深嗎？我只是需要你幫個忙。我想問一問某人的事。你能使用警察全國資料庫，你可以幫我查一查嗎？」

他靠著前檯，俯身對著我的耳朵。

「妳是打哪兒得來的歪念頭，以為我會為了妳破例？」他說。

我微笑搖頭，朝他揮動一根手指。

「這麼漂亮的一張嘴說出這麼可怕的話來，」我大聲說，然後才壓低聲音。「因為你如果不幫我，我就要把昨天晚上我用手機錄下來的全程對話播放出來。我猜濫用警察職權來施壓一般民眾和你性交可能會害你丟掉飯碗，在，嗯……二十四小時之內吧？要不要試一試？」

「放來聽啊。」他命令道。

「我第一次播放會是在艾戈巡佐以及我能在這裡找到的任何人面前。另外我還有雲端儲存，隨時會傳送給一位我認識的記者，他叫蘭斯．普拉德福特，住在愛丁堡。想查儘管去查。要不要比誰沒膽？」

他氣沖沖瞪著我，而我始終保持著一抹淡淡的笑。巴斯蓋特警員應該要討價還價的，不過掉飯碗的威脅卻是實實在在的。

「誰？」他惡狠狠地說。

「馬爾歷史商城的瑞斯．司徒華。」

「喔，得了，克拉克家砸大錢就只是為了這個？妳挑出鎮上唯一一個有學習障礙和發展問題的人，然後決定他是嫌犯？把妳的成見收起來。」

他憤怒地看了眼手錶。

「跟我來。」他說，掀開了前檯上的一片可移動板子，打開了後牆上的門。

我們經過了一間辦公室，走進另一間，門上掛著大名鼎鼎的「H．艾戈巡佐」的牌子。巴斯蓋特警員坐在辦公桌後，忿忿地敲起了艾戈的電腦。

「這是勒索。」他一邊敲一邊說。

「我聽不懂你在說什麼。我是請你幫忙調查。你們有權限可以用資料庫調查任何人，你們卻連一點情報都不分享，像是什麼犯罪都沒發生似的。迄今為止你們什麼也沒告訴我。」

「巡佐隨時都會回來。」他說。

「那就快點啊。」

他打完了字，電腦內部的風扇呼嚕轉，印表機開始喀喀響。我伸手去抽紙張。

「不，不行，」他說，把紙抽走了。「我先。」他的面部表情從固執無聊變成困惑，再轉為擔憂。「妳知道什麼我們不知道的事？」他問。

「不行，你先說。」我說。

「他有持有C類不雅照片的紀錄，被判一年緩刑。」

「他住在你們這裡。警察怎麼會不知道？」

「他並沒有列入性侵犯登記冊，而且罪行是發生在本島的，不是這裡。是他在十九歲時犯下的，他現在三十四了。我們沒有理由調查他。」

「那你現在知道了。他有沒有提供證詞，解釋過他在亞德莉安娜被殺那晚的去向嗎？」

「要誰提供證詞？」艾戈巡佐在門口問。

巴斯蓋特警員跟我互看了一眼，在一秒鐘之內化敵為友。

「李維斯克小姐來問瑞斯．司徒華的事。」巴斯蓋特說。

「對，而現在巴斯蓋特警員似乎從你們的系統中發現了什麼卻不肯告訴我，」我謊稱。我不喜歡巴斯蓋特，不過我就快得到我要的消息了，我可不想出賣他。「我得再重申一次，請把相關的資訊全都交出來。我的客戶有權知道調查的進度。」

「妳重申幾次都無所謂，」艾戈說。「只要知道妳從我們這兒什麼也挖不走就行。警員，交給我了。你十分鐘前就該下班了。」

巴斯蓋特走開了，早先的憤怒被解脫取代了。艾戈坐下來，讀了瑞斯．司徒華之前的定罪。他深吸一口氣，咬著牙，然後瞪著我。

「上頭寫了什麼？」我問。最好還是繼續作戲。

「瑞斯．司徒華沒有殺亞德莉安娜．克拉克，」艾戈說。「他每天為了那間店慘澹經營，半數的鎮民出於對他父親的敬重，幫忙他做簿記，支持他的財務。有人幫他送日常用品，有人幫他洗衣服。彩虹糖幾乎照顧不了自己，更別說綁架殺害女孩子了。」

「你為什麼替他說話？」我問。「那張紙上有相關的資訊，我從巴斯蓋特的臉上就看出來了，現在換成是你的臉。」

「持有C類照片——我甚至連這一點都不該告訴妳，可是妳一心一意想看見這裡的人最壞的一面，所以妳應該知道從這件事一下子就跳到以性為動機的命案有多荒謬。他在十二年來連交通違規都沒犯過。那件色情照片案發生在瑞斯在本島的時候，我記得他住過在格拉斯哥附近的一個支援機構，專門收容有心理健康障礙的人，給他們一個機會能夠半獨立。他沒多久就回來了，此後一點也沒有製造過麻煩。」

「你是說他沒有因為任何事被捕，那可不是同樣的事，」我糾正他。「你們如何定義C類照片？」

「非侵入性、非凌虐、非動物、非暴力。主要是照片使用的場合。」艾戈說。

「不過仍然是違法的色情照片。」

「男人要是說沒看過黃的，那不是說謊就是聖人。」艾戈折起了瑞斯・司徒華的資料，粗魯地塞進了抽屜裡。

「我可以向記者引用你這句話嗎？」我問道。

「妳找不到一個會把妳荒唐可笑又牽強附會的結論刊登出來的人的。」

「我可不會把話說得這麼滿。我在追查每一條我找到的線索，我也不會為此道歉。隨便一個盡忠職守的警察都會跟我一樣。」

哈里斯・艾戈雙臂抱胸。「好。有鑑於這項定罪，我會叫人去給他錄證詞，請他自願提供DNA樣本。我甚至會徹查他可能有的不在場證明。不過我保證我們什麼也找不到，我了解這些人，我了解我的鎮。」

「我要他的汽車也檢查看看是否有亞德莉安娜的DNA，她一定是被載到麥金儂洞的，走路或是騎腳踏車去那裡都太遠了。有天晚上我看到他一身黑離開商店——帽子、手套，全套的。」

「妳就是為了這個來的？一副手套？這裡是蘇格蘭，丫頭。我們連做日光浴都戴手套。」

我思忖著是否告訴他貝殼的事。也許我應該說，可是艾戈已經斷定了瑞斯是做不出殘忍殺害亞德莉安娜的那種事情的，而我看到一頭禿驢也認得出來。如果貝殼的大小吻合，那我就會再追查下去，在那之前，歷史商城裡的塵埃還是先別去攪動。我讓艾戈贏這一仗，保留精力應付即將來臨的戰爭。

我往小島的南方走，到奎格紐爾，再從那到西南方的洛赫布伊。我的地圖把莫伊城堡標示為景點，我這才想到我不知道自己該找什麼。洛赫布伊只有幾棟房子，城堡空蕩蕩的，一個遊客也沒有。即便如此，找到那些尋歡作樂的孩子也比我預期中容易，主要的線索就是音樂聲。要是這裡漫無人煙，那洛赫布伊的石柱就會是我可以坐上幾小時看風景的地方。無論朝哪邊看，這裡的風光都令人讚嘆，而岩石就立在班布伊山的陰影下。可是要往上看卻不去看這些石柱卻很困難。這裡不是巨石陣，可是那八根石柱，一根是比較新的巨岩，三片遠離中心的花崗岩石板，實在是令人大開眼界。圍成了完美的圓形，直徑約十二呎，高聳入雲。我還沒有機會研究，不過根據我對其他這類古老紀念物的淺薄知識，它們起碼有三千年的歷史了，甚至更久。美得令人屏息。這裡距離文明夠遠，可以讓人有隱私，也夠神秘，讓人覺得亢奮。我說過，青少年有他們的地方，而他們選擇這裡還真是有眼光。

在石柱中奔跑、跳舞、唱歌、遊戲的是一群五十人左右的青少年。我一眼就認出了陶器店的莉姬，但是我躲在最近的樹蔭下，也不算是躲，只是不讓他們感覺到我。四周都沒有大人，我是不會受歡迎的。另外幾張面孔也是托本莫瑞的孩子。我在閒扯淡那晚遇見的那幫女孩子穿著剪短的上衣和短得不能再短的短褲在跳舞。路易斯・艾戈靜靜坐在男生幫裡，聊天，喝瓶裝啤酒。有兩個是夜間和週末在我下榻的飯店打工的。沒有布蘭登・克拉克的蹤影，即使這群孩子都是他的年齡層。

我向後退進樹蔭下，確定沒有人看見我，在鋪滿小枝的青苔地上坐了下來。我不知道我是在等誰，或是在等什麼。我花了一小時思索年輕有多快樂，而那份快樂甩不開自我懷疑和絕望又是多可悲的一件事。一個小時不看那些旋轉的身體，不看年輕男生垂涎最漂亮的女孩子。整整六十分鐘努力回想我是幾時這麼快樂，或是感覺這麼自由過。可惜，一小時不足以讓我回答得出來。

太陽漸漸西沉，一個女孩子站起來，大聲要大家安靜。她的白金色頭髮閃閃發光，皮膚也在發光。有個眼睛天真無邪的男生跑去搬了個木箱來讓她站上去。我這才發現她也去過酒吧。是莉姬的一個朋友。說不定也是亞德莉安娜的朋友。

「大聲點，凱翠娜。」靠近我這邊的一個男生大聲喊。

凱翠娜——這名字適合她——雙手捧在口邊，讓話聲傳出去。

「我們是為亞德莉安娜來的！」人群吹口哨歡呼。「為她聚會，因為她再不能了。為她跳舞，因為她再不能了。為她活在當下，因為她再不能了！」她舉起一只瓶子，一口氣喝光了威士忌。我是既佩服又擔心她可能會想開車回家。「敬亞德莉安娜！」凱翠娜高舉酒瓶，他們全體起立，高舉著酒，唸著死去女孩的名字，然後開始哭泣。

女生啜泣，摟住彼此。男生，無論是不是趁機揩油，都把安慰哭泣的女生當作己任。我掃瞄人群，尋找偷窺或是古怪的人，希望這些女孩子不會讓自己被帶離人群，進入隱僻的鄉間深處，以為是浪漫的私奔，結果卻可能會演變為致命的什麼。沉默的什麼。

「我早該想到妳會來這裡的。」有個男人在我後面悄悄說。

「巴斯蓋特警員，」我說。「我還以為你下班了呢。你是來參加派對的？」

「有位擔憂的家長請我來看一看，非官方的。誰也不想因為未成年喝酒逮人。這些都不是壞孩子。」

「有一個可能是。」我說。

一票互相角力的男生朝我們滾過來，我們兩個立刻就躲向另一棵樹下。

「我還以為妳的嫌犯正在商城裡辛苦工作呢。」巴斯蓋特說。

「我正在保持開闊的心胸。」我說。

一個揚聲器響了，有個年輕女孩的聲音在空中飄揚，唱著〈為愛而死〉（*Died for Love*）。我們沉默不語，聽著歌曲，歌詞訴說著失去的愛與死亡。我不禁猜想歌是誰挑的，他們知道什麼我不知道的事。

集體的哭泣停止了，少男少女聚攏來，繞著石柱圍成很大的一個圈，勾肩搭背，左右搖擺。

「他們常常這樣嗎？」我問。

「只有在其中有人死掉的時候。去年有個十五歲的男生癌症死了。兩年前有個女孩子在閃電雷鳴的時候駕車衝出了馬路。這是他們克服悲傷的方法。」

五十米外的樹林中緩緩走出了一個人來，揉掉眼中的眼淚，露出牙齒。我在他看見我之前先看見了他。

「喂，剛才的事……」我對巴斯蓋特說。「我不應該使出勒索的手段來得到我想要的東西。那種做法既粗暴又愚蠢。」我的話說得很快，音量也不該那麼大。布蘭登·克拉克遲疑了一下，隨即穿過樹林，向馬路的方向而去。巴斯蓋特警員皺眉，開始朝樹枝被踩的聲音來處轉頭。「我們可以重新開始嗎？」

「妳會忘記我昨晚跟妳說的話？」他一副不可思議的口氣，這也不能怪他。

「人人都有犯一次錯的權利，」我說。「再說了，我們是同一邊的，對吧？」

「對。」他說。

「我很高興我們把事情說開來了。」我看著手錶。「知道嗎，我已經在這裡一個半小時了。你既然來了，有人看顧著這些孩子我也就放心了。那我要回鎮上了。」

「好。妳要交換電話號碼之類的嗎？意見交流？」

我掩飾住給他電話號碼的不悅，裝出優雅的笑容。

「好極了，」我說，把我的手機遞給他，讓他鍵入他的號碼。「我等一下會傳我的號碼給你。」

「現在就傳，我們兩個才都能確定收到，」他說。「島上的收訊時好時壞的。」

我傳了。他的手機立刻就響了。真不幸，在洛赫布伊收訊一點問題也沒有。

我道了再見，走到樹林之外才拔腿奔跑。布蘭登跟我需要談一談。

16

等我跑到馬路上時，布蘭登已不見人影，我也不知道他是朝哪個方向走的。我要自己稍安勿躁，無論我有什麼問題想問他，最好還是等到明天他睡過一晚好覺之後，讓他想通我是朋友而不是敵人。所以我動身回飯店。經過前檯時拿到一支新鑰匙，我真是鬆了口氣。我的東西已經搬到二樓了，而知道了沒有闖入者把手伸到我的枕頭底下，我可以好好休息了。

我的電子信箱裡的第一封信是羅伯·克拉克寄的，附件是亞德莉安娜最後三個月的通聯紀錄。我鎖上了門，把一個矮櫃拖過來幾吋，防止門從走廊上被打開，並且希望晚上不會失火，反而害我自己不能迅速逃命。

我從亞德莉安娜最久的紀錄看起，一路看到她的死亡日。

沒有打到美國的號碼，匆匆一瞥之後這是我最先注意到的地方。亞德莉安娜連一個老朋友都沒有聯絡，要是她使用社群媒體，這一點倒不會讓人意外，可是連通電話都不打，看來亞德莉安娜跟美國是一刀兩斷了，如此一來她就會覺得孤單寂寞，說不定甚至會急於找個同伴。

亞德莉安娜遇害之前三十日電話量滿少的。我只知道號碼，不曉得她存在手機裡的聯絡人姓名。所有的電話都是打給別的英國手機的，最長的一次交談是十五分鐘，最短的只有幾秒鐘。沒有夜深人靜跟情人唧唧噥噥，說些甜蜜的廢話。

我合上了筆電，關上電燈，瞪著半明半暗的天花板。在我心裡，蝌蚪形狀在髒污的木頭上游移，女孩子繞著石柱為男生跳豔舞，而石柱群在古時候正是一座時鐘或是墓地或是祭壇的所在。亞德莉安娜在寒冷的水中為生命搏鬥，拚命想要逃離那個牢牢抓住她腳踝的人。一個滿是灰塵的老貝殼原本用作墨水盒的，卻從玻璃架上失蹤。

隔天早晨我一絲不掛地醒來，在我的浴缸裡瑟瑟發抖。

一頓熱水澡舒緩了大部分的身體疼痛，青少年之後我就沒有夢遊過了，可是我卻有多年的經驗。我在馬路上、我爸媽的車子裡、衣櫃裡，以及我家後院的童年樹屋上被找到過。我試過催眠療法，沒有用。然後有一天我就莫名其妙不夢遊了。我的過去是有什麼深刻的、黑暗的創傷讓我一直在遁逃嗎？沒有。可是有些夢生動得讓我的白天感覺蒼白無力、死氣沉沉。我小時候就不是很會睡的人——我母親到現在都還會叨唸她當年有多睡眠不足——只是最近的叨唸更洋溢感情。我沒有一次記得是怎麼會到那些奇怪的地方的。昨晚的那幾步也一樣茫然。不過擋門的矮櫃原封不動，而我十分感激。

十點整，我站在克拉克家新的秘密地址外——一棟度假小屋，在鎮外西邊的公路上——帶著牛奶、現烤麵包和一肚子的問題。來開門的是伊莎貝拉。

屋子的空間不足，我們坐在廚房兼餐廳兼客廳裡，我拿出筆電，伊莎貝拉忙著把牛奶放進冰箱，切麵包，最後羅伯接手，帶她到沙發上坐下。

「妳查出了什麼？」他問我。

「四十年前發生了一件命案，沒有人被起訴。馬爾島本地有個十六歲的女生遇害，動機可能是性侵。她被發現嘴裡塞滿了沙子。」伊莎貝拉別開了臉。我不怪她，我說出的每一個字都會永遠烙印到這一對夫婦的記憶裡，所以我長話短說。「犯人不可能是同一個，因為已經經過了幾十年。比較可能是模仿，是這個小島特有的什麼。」

「那兇手就一定是馬爾島的人，他們需要對島上的歷史非常熟悉對吧？」羅伯抓緊了太太的手，捏了捏。

這個動作在這種情況裡有點格格不入，它充滿了希望，有一點超越了絕望的味道。我忍不住瞪著羅伯的手。如果我是羅伯——如果是我為了新工作把我的女兒帶到離開家鄉五千哩外的小島上，而卻在這裡走到人生終點——我會想要兇手是個遊客，跟艾戈巡佐說的一樣。遊客意味著四處遊走的兇徒，所以亞德莉安娜也可能在蘇格蘭、在舊金山、在西班牙或是塞內加爾被鎖定。

「莎蒂？」羅伯出聲催我。

「抱歉，我在想事情。你剛才說什麼？」

「我問妳有沒有可能的嫌犯？」他說。

「我有條線索，」我的心往下沉，不得不把話說完。「跟貝殼有關。有個犯過罪的人可能有關聯，但是在關聯變得清晰之前，我盡量不要因為先前的行為驟下結論。」

布蘭登走了進來。「你好嗎？」我立刻跟他打招呼，以免他又走掉。

「還好，」他說。「謝謝妳……就……解決了洞穴的事。」

洞穴的事。說得還真輕描淡寫，完全不提我昨天看到他的狀態。

「布蘭登，你可能比別人都能幫上我的忙。你和亞德莉安娜在托本莫瑞的朋友是同一批人嗎？」

「她沒有朋友，我跟妳說過了。」他說。

「可是她打電話給別人，不是嗎？」

他聳聳肩。

「她上個月打了很多電話，全都是英國的號碼，所以她並不是打給家鄉的朋友。」我說。

沒有人說話。

「這可能是查出亞德莉安娜的事的關鍵。我知道很痛苦。我知道暗示她的手機可能有重大情報感覺像是在責怪被害人，彷彿她曾和殺害她的人通訊，或是有什麼會惹麻煩的行為。可是相信我，實情不是這樣的。法院命令還得等上一陣子，所以如果你們知道什麼，事無大小，都可能會有幫助。」

伊莎貝拉氣沖沖瞪著羅伯，他則別開了臉。「告訴她。」她說。

「貝拉，我們說好了的。」

「她說可能會有幫助，」伊莎貝拉說。「所以該說就說。」

我等待著。

「我找到了阿蒂的手機，」羅伯說。我盡全力讓臉部沒有表情。「警方反正是會去申請法庭命令的，所以他們無論在找什麼就都會得到。我們並沒有隱瞞什麼。」

他的表情卻洩了底。

「你能告訴我為什麼做這個決定嗎？」我溫和地問。

「我們是很重隱私的一家人。我不要警察侵犯阿蒂的個人空間，除非是有必要。她出的事絕對不可能因為她是共犯，所以我們看不出有何必要，」羅伯說。「她的手機上有家人的照片，電郵，個人的東西，跟這件案子一點關係也沒有。」

伊莎貝拉輕輕噴了一聲，把頭轉向另一邊。

「我了解為什麼你們會覺得是侵犯，」我說。「不過你們看過她的簡訊，查看是否有你們不知道的社群平台嗎？」

「我不能……」羅伯說，被話噎到。他哭了起來，在往下說之前壓抑情緒。「……我沒辦法看。反正也沒有用，我不知道打開她手機的密碼。」

「我知道，」布蘭登說。「你們根本就沒問過我！你們怎麼能不跟我說手機在你們那裡？」

「你的壓力已經太大了，」羅伯說。「我做了決定，我以為這樣對我們大家都好。」

「放屁，」布蘭登說。「我要看，現在就看！」

羅伯從樓上某處取了來，連同充電器。布蘭登鍵入密碼，解鎖了手機。

她消失的那天有一些電話打進來，有三通是同一組號碼，亞德莉安娜給它標上了「壞蛋」的名稱。我查看了她的聯絡人，幾乎沒有正常名字。

「阿蒂都這樣，」布蘭登說。「給每個人取名字。她喜歡讓別人都不知道是誰打給她，有點像是她的私房笑話。」

簡訊則五花八門。

「喂，今晚要參加我們嗎？晚上集會。老地方老時間。」

另一則：「真的，他不值得。」

某人寫：「我聽說他給上一個女朋友蛤蜊。」我猜是青少年對披衣菌的俗稱，不過還需要查，但是我不喜歡這個貝殼聯想，跟現實太接近了，讓人不自在。

一天後：「我跟L今晚吃素。」

「偷溜出來。十二點。森林小徑。」那是在她失蹤之前兩週。

簡訊越來越頻繁，越來越難懂。最後，在她的家人最後看見她的那一天，一則簡訊說：「半夜一點來接，只有女生，w/哈皮。Del x」這則簡訊來自同一個聯絡人。我需要跟這個「壞蛋」聯絡上，越快越好。

亞德莉安娜沒有回覆。

「你認識一個叫Del的人嗎？」我問布蘭登。「可能是黛莉雅、德萊拉、德瑞克的簡稱，或者只是個綽號？」

他冷哼了一聲。「『Del』不是名字，是刪除。阿蒂顯然沒時間刪除。把號碼給我，」布蘭登說，掏出了他自己的手機，鍵入到他自己的聯絡人裡找吻合的人。長長的停頓。「找不到。」他最後說。

「我真的不希望布蘭登應付這樣的壓力。」羅伯說。

「我跟布蘭登可以聊一聊嗎？」我直接向羅伯和伊莎貝拉說。「這是青少年的事情。他是最有可能了解亞德莉安娜的個人物品有什麼意義的人，在你們搬來馬爾島之前的東西，以及你們搬來之後她可能蒐集的東西。」我站了起來，走向門口。「私下說。」

布蘭登大皺眉頭，卻仍站了起來。

「他很脆弱。」伊莎貝拉迸出這句話。「而且很疲倦。我不確定這是個好主意。」

「媽，我沒事。」布蘭登說。

她站了起來，西班牙語連珠砲似地出口，我完全聽不懂。布蘭登向她走去，溫柔地摟住了他母親的肩膀，輕吻她的臉頰。

「我沒事，媽媽。不要再擔心我了，」他說，然後看著我。「來吧，我們到我房間去。」

他緩緩上樓，我尾隨其後。布蘭登倒在單人床上，床被突如其來的重量壓得吱吱叫。

「很遺憾你得離開家，一定讓事情變得更糟。」我說。

「那裡不是我家，」他低聲咆哮。「這座島，這個國家，都不是。」

「你想回美國嗎？」

「我們不能……因為爸的工作。妳是想談昨天的事嗎？」

「對。跟我一起的人是警察。你這星期遇上過他們一次。他去洛赫布伊尋找有嫌疑的人，或是特殊的人。我得引開他的注意，才沒讓他看到你，布蘭登。」

「我他媽的才不鳥，」布蘭登說。「我又沒做錯事。」

「好吧。」我坐在地板上，背靠著牆。「那你是去做什麼？」

「我想聽他們怎麼說阿蒂。他們都是偽君子，他們沒有一個真的喜歡她，只是在玩遊戲。我最氣的是突然間她好像變成了他們最好的朋友了。昨天他們拿她來當喝醉和炒飯的藉口。」

「我倒看不出你怎麼會得出這種結論來，」我說。可也不能否認。「我還有別的事想跟你談一談。你可不會喜歡。」他雙臂抱胸，對著天花板翻白眼。「我在你的床底下找到了一袋魔菇。我在尋找和你姊姊有關的東西，所以我不會為闖空門道歉。我不在乎那些毒品，可是有別人提起亞德莉安娜在問魔菇的事。我不懂，因為她的毒品篩檢結果是陰性的。」

「妳不應該進我的房間裡！」布蘭登說。

「你不應該不告訴你爸媽就到洛赫布伊去。」是我有點弱的回嗆。

他聳聳肩。「我是從她房間拿的。在她失蹤後我翻過所有的東西。我知道警察也會，而我不想害媽更難過，所以我就藏到床底下。我應該直接丟掉的。」

「我很高興你沒丟。無論是誰給她的，都可能會有線索。亞德莉安娜發的最後一通簡訊？我覺得『哈皮』指的就是魔菇，那是毒品黑話。」

「大概吧。」他說。

「最後一件事，」我又站了起來。「在麥金儂洞的那晚，你說了什麼亞德莉安娜被詛咒了。」

「不記得了。我偷了我爸媽的伏特加，用酒吃了止痛藥。我現在想睡覺了。」他翻過去側躺，面對著牆壁。

「布蘭登，這裡有什麼人或什麼事讓你害怕嗎？」

他發出短促的苦笑。「有什麼好害怕的，我現在什麼也沒有了。」

17

那天下午，我又回閒扯淡去，尋找能回答我亞德莉安娜社交生活的青少年。我已經撥過那支號碼，想找出「壞蛋」是誰，但是沒有人接，也沒有語音信箱。

女老闆蕊秋立刻就給我潑了盆冷水。平常在酒吧出沒的青少年大多數都因為某種神秘的胃病缺課——她說到這裡嘆了口氣，挑高雙眉，意有所指。看來洛赫布伊守靈持續到深夜。

「妳有特別想找誰嗎？」路易斯．艾戈輕聲問。

蕊秋拍了拍他的肩，急急忙忙進廚房去了，留下我們兩個。

「這裡有人叫『壞蛋』的嗎？」我問。「還是你聽過亞德莉安娜用過這個名字？」

「沒有。」他說。

「你昨晚在那裡。你為什麼沒有整天宿醉，跟其他人一樣？」

「妳怎麼會看到我我卻沒看到妳？」他反問。

「我不想打擾，」我輕聲說謊。「那裡不是我的地方。」路易斯對我有所保留，我不想逼得太緊。

「那裡也不算是我的地方。你爸是島上的警察頭，你就會學到不要在公開場所丟人現眼。再說，我不想丟了這份工作。我在存錢上大學，」他說。「妳要喝一杯嗎？」

我不要，可我還是點了一杯。他把酒杯滑過來，滑進了我手裡。

「你知不知道亞德莉安娜可能在哪裡買到魔菇嗎？或是為什麼買？我的印象是她並沒有笨到會沾上毒品，可是這個問題已經浮現出來兩次了。」

「大部分的人不會把魔菇看成是毒品，」他說。「要買到並不難。」

「她是在這裡買到的嗎？」我追問，但是並不咄咄逼人。

他把一托盤杯子放進吧檯下方的洗碗機裡，請我到角落的一台老式點唱機那裡。我們站在那兒挑選歌曲，背對著酒吧。

「我已經告訴妳了，我需要這份工作。別東問西問的，給蕊秋惹麻煩。她很親切，而她先生做的……」

我餵了機器幾枚硬幣，克莉西．海德（Chrissie Hynde）柔滑的嗓音唱著〈給她的讚歌〉（*Hymn to Her*），掩蓋住我們的談話聲。

「我不介意在地的酒吧提供不合法的娛樂給一小群客人，路易斯。我猜你父親也早就知道了。」男孩聞言別開了臉。「我在乎的是會不會和亞德莉安娜有關。」我一隻手按住他的胳臂，他直瞪著我的眼睛。綠眸、金斑。日曬的肌膚，微微有雀斑，高挑溫和。跟他爸一點也不像。

「我覺得亞德莉安娜有……有在做什麼。魔菇只是一部分。說真的，那是很蠢的東西，只是無害的玩樂。」他說。

「她在做什麼？」

「妳不會懂的。」

「你知道她是怎麼死的嗎，路易斯？」

他搖頭。「爸不肯說，他不要我難過。」

我就要打破一條職業機密了，所以我得確定這麼做值得。

「有人在她的嘴裡塞沙子。他們先溺死她，再把她丟在洞穴裡，讓螃蟹吃掉她。」

他一隻手摀住了嘴巴，另一隻手抱著肚子。

「我只……」他大口吞空氣。「我只知道有人淹死了她。」

「無論她在做什麼，我都需要知道。有人必須要有勇氣。那是你嗎？」

跑道換了，我等著他決定，而「碰撞測試假人」（Crash Test Dummies）樂團正在唱什麼兩位騎士與少女、明亮的光與魔藥的故事。我在卡加利的鹿角客棧聽過他們的現場演唱，那是我今生難忘的三分鐘。我讓自己沉浸在歌曲中，一面猜想亞德莉安娜的葬禮上會播放哪種音樂——天知道幾時才能辦葬禮——同時等待著路易斯做決定。

「去潮汐聖徒教會找克里斯多夫神父。我知道她有時候會去那裡，在她死前更常去。我想她是有疑慮。」他說。

「謝謝你。」我伸手按住他的手，阻止他離開，從口袋裡掏出了一張紙。「這個號碼，你認得嗎？」

路易斯皺起了眉頭。「為什麼問？」

「亞德莉安娜死亡的那晚有人發簡訊給她，他們約好了跟她碰面。是這裡的人嗎？」

「我爸知道嗎？」他問。

「他就算不知道也很快就會知道了。這是誰的號碼，路易斯？」

「我不幹。我不相信我認識的人會那樣子傷害別人。我不會出賣我的朋友。」

「妳好像把手放在我兒子的身上。」哈里斯．艾戈在我們後面大聲說。

路易斯的臉頰變成了深紅色。我收回了手。

「被你抓到了，」我說。「我是想要查出托本莫瑞幾個守口如瓶的秘密，而你兒子一點也不願意合作。那句話怎麼說來著——『有其父必有其子』？」

路易斯走開了，搬出吧檯後有事要做的藉口。

「內特．卡萊爾寄這個來給妳，」他遞出一個小包裹，撕掉的膠帶表示已經有人打開來檢查過了。「他要這個東西安全送到妳的手裡。」

「你真好心，還親自送過來。」我說。

「妳是打算要拿這玩意做什麼？」艾戈巡佐問道。

「做我的工作啊，」我說。「你有個好兒子。克拉克夫婦也是家長，跟你一樣。他們應該得到答案。」

我離開了。不用多久我就得把電話號碼交給警察，請他們查出是誰，但是我知道他們是不會把調查結果告訴我的。無論對錯，我都決定要再拖一天，自行追查電話號碼的用戶，不僅僅是因為羅伯・克拉克並沒有允許我透露手機是他拿走的。我希望這個決定不會讓我後悔。

我往外走時查看托本莫瑞的潮汐聖徒教會地址，出發去找克里斯多夫神父。教會是棟平房，樣子就跟美國拖車公園裡的活動屋差不多。外牆是飽受風雨侵蝕的藍色，但是屋內卻漂亮祥和。一端有聖壇、幾排椅子，首重功能而不重華麗，給人的印象更好。

「我能幫忙嗎？」有個男人說。

「克里斯多夫神父？」

「是的。我們沒見過。」他說，伸出手來跟我握手。

「我是莎蒂・李維斯克，為亞德莉安娜・克拉克家工作。」他的手溫暖，抓握有力。他的眼珠是我見過最淡的藍色，他的頭髮白得沒有一根雜色，可是他不可能超過三十五歲，而且他稜角分明的臉也讓人過目難忘。

「妳就是那個我聽說的加拿大人。要坐下來嗎？」

「老實說，神父，我們能走一走嗎？我今天在室內待太久了。」

「好啊，」他說。「我們走。」

他走出了門，連鎖都不鎖。

「這樣安全嗎？」我問道。

「島上的犯罪率非常低，而且我認為教會應該對所有人敞開大門，只要是有需要，我們就要盡可能收容他們。」

「即使是可能有個殺人犯在流竄？」

「尤其是在有殺人犯流竄的時候。我想不出還有什麼時候比現在島民更需要天父的協助了。」

我們沿著布雷鐸班街向南走，步調悠閒。他雙手插在口袋裡，彷彿等了我一整天。

「你的口音不是蘇格蘭人。」我說。

「法屬圭亞那。我們家世世代代都是傳道士。我長大時就想要打破這個模式，我要當一級方程式賽車手，不過顯然天父的計畫不是那樣的。」

「你來這裡多久了？」

「三年，而且我還在適應。」

「我聽說亞德莉安娜會來你的教會。」我切入正題。

「沒錯，比較常來告解，而不是做禮拜。」

「你能告訴我她都談些什麼嗎？」

「妳知道我的回答會是什麼，」他說，雙手往口袋裡插。「告解室的規定是不能違背的。違反悔罪者與告解神父之間的關係是違反教會法的。」

「亞德莉安娜死了。要是她現在能看見你或是聽見你，我保證她會原諒你的疏漏。」

「只有天父能原諒，而且我不確定祂會覺得妳的論點很有力。」

「我跟別人談過，他們認為亞德莉安娜涉入了什麼讓她不自在的事情。可能是被拖進了使用毒品的朋友圈？這件事很重要，神父，說不定能帶領我們抓到殺害她的兇手。」

「我不知道妳是想從我這裡得到什麼消息，」他說。「我說過了，我不能把亞德莉安娜告訴我的事情告訴妳。」

我嘆氣。

「好吧。那跟我談一談馬爾島上的生活。有什麼方面會是一個初來乍到的青少年覺得很刺激或是很討厭的？我要求的只是一點局內人的知識。」

「這是妳鑽漏洞的手段嗎？」他含笑問道。

「鑽漏洞是律師的事。我的口袋裡帶著一張死去女孩的照片，除非我幫她找到了公道，我是不會停手的。」

「蘇格蘭是一個古老的地方。這座島更是早於文字歷史，幾百年來完全是無神論，崇拜幾百個假神，直到基督教抵達。歷史告訴我們但凡有宗教真空，人民就會把別的東西奉若神明。」

「比方說呢？」

他搖頭。「我只知道這麼多。」

「你好像並不沮喪，」我說。他瞪大了眼睛。「亞德莉安娜死得很慘，可你卻更關心教會法，不做正確的事。我在你的決定中可沒看到天主，只看到了保護你的教會的欲望。如果兇手是你的一個會眾，而他們承認了自己的所作所為，那時你會怎麼做？」

「我會盡全力說服他們去自首，說出他們的悔恨，看出他們所做之事的邪惡。」

「你覺得這種答案就夠好了？你晚上怎麼睡得著？」

「要是人家覺得他們的神父可能會出賣他們，妳覺得還會有人來告解嗎？那教會的結構就解體了。在告解室裡我們是天父的耳朵，出來之後我們就靜默不言。」

「那你的神究竟是覺得亞德莉安娜的死能彰顯什麼？」我的耐性已到了極點。

他停下腳步，直勾勾看著我。「它已經把民眾又帶回教會了。慘死提醒了我們生命有多脆弱。命案代表的是社會病了，而信仰提供了解方。亞德莉安娜的去世或者可以視為靈魂的一座燈塔，讓其他的年輕女孩子不會再撞上同一種奇術的岩石。」

他被自己的言詞陶醉了。我把那個生詞先歸檔，稍後再調查。克里斯多夫神父像是陷入了神魂超拔的狀態，但我看見的卻只是利用年輕女孩的遇害來當作教區居民的點擊誘餌。

瑞斯．司徒華，又名彩虹糖，向我們走來，而我立刻就感覺到口袋裡那個海螺石膏模的重量。

「你認識他嗎？」我問克里斯多夫神父，打斷了他醜陋的福音佈道。

「只見過幾次。他不是我們教會的活躍教徒。話雖如此，我們會把祈禱擴展到任何……」

他搜索枯腸找出政治正確的字眼。「……能力有限的人。」

彩虹糖過了馬路，轉過頭來，看了我長長的一眼。

克里斯多夫神父跟我分開了，我的心裡湧起了很強的厭惡感。他只是老老實實遵守著他的教規，可是他卻能從亞德莉安娜的死中看出附加優點來，他的反應冷血無情，讓我想起了大學時參加的一場辯論會，討論婚姻內強暴是否算犯罪。訣竅就在於保持冷靜，不受人激，可是我發現自己很討厭能做得到這一點的人。我相當肯定克里斯多夫神父在大學時會是辯論隊的明星，無論主題為何。

打鐵趁熱，所以我跟上了彩虹糖。沒理由拖延。既然艾戈巡佐不願意追查我們發現的前科犯，那我就得親自上陣。

18 小島

人類和動物都有許多出色的特點。他們有能力當好父母，但有時他們就只是拿腳走人。他們可以仁慈，不僅是對自己的同類如此，也對異類如此。他們知道恐懼，但是他們也可以勇敢。他們都能體驗喜悅和痛苦。動物也像人類一樣哀傷。他們爭吵，玩權力遊戲。有的可以很殘忍。貓玩弄半死的老鼠幾個小時，老虎為殺而殺，人類為性樂趣以及主宰而殺。

不過，虛偽卻是人類獨有的特點。

亞德莉安娜．克拉克來到托本莫瑞的那一天，一排青少女坐在港口的長椅上，宣稱她又假又愛現，同時她們緊緊抓著她們的假名牌包，她們從網路上學到的化妝術一層又一層，幾乎看不見底下的皮膚。她們說她只愛自己，同時她們卻甩著頭髮，盯著路人，看是否有人欣賞，多瞥她們幾眼。她們說她自以為很特別，但同時她們卻忽視那些經過的古板的女生、醜陋的女生、不夠皮包骨的女生。她們說她們敢賭亞德莉安娜是個騷包。

閒扯淡也不是什麼避難所。年輕男子跟女朋友嘀嘀咕咕，說新來的服務生是個冰山美人，因為他們在點酒時花了許多時間吸引她的注意而不果。年長一點的男人向老婆低聲說亞德莉安娜一定是個大麻煩，而他們卻等待著漫長的黑夜來臨，好想像他們自己躺在她溫暖年輕的胴體旁。婦女歡迎她到小島上來，歡迎她來打工，歡迎她加入社區，即使她們私下裡希望她沒來，知道她們伴侶的眼光都在她的身上打轉。年長一點的婦人嘟嘟囔囔，舌頭嘖嘖作響，回憶著大戰，同時希望她們有機會能旅行，出去探索新的國度。

遊客來了又走，留下了一片狼藉，但也留下了小島急需的金錢。他們是島民的金主，把他們打發進本位主義的混濁深處。在狹窄的道路上飆車，留下太多垃圾，踩壞青翠的植物。但是他們購買紀念品和旅遊指南，到酒吧吃飯，在旅館住宿。把小島當什麼玩物，玩過就走。

或許這就是陌生人為什麼不是百分之百受歡迎的原因。他們還沒有證明會待下來，還沒有表現出在小島上生活的正確心態。

克里斯多夫神父——在小島的標準中也是個新人——發出了請求，要島民歡迎克拉克一家人。就算他利用這個機會說故事，說他發現美國人在過去在道德上是多麼欠缺，那又如何？就算他在告解室中讓亞德莉安娜為裙長或是上衣過緊而不自在，他也不過是在履行對天主和社區的職責啊。

哈里斯．艾戈，島上最資深的警官，則渴望更多。他在蘇格蘭的某個城市中從基層往上爬，城市犯罪可比偷車兜風、酒駕、偷竊、商店打烊後竊盜要嚴重多了。然而現在的他卻希望亞德莉安娜．克拉克的死是在別的警察轄區裡發生的。儘管重案組從他們舒適的本島警局督導這件案子，幹髒活的卻是他。那種懷疑，那種憤怒，那種漸漸沸騰的私法正義。現在正是他發光發熱的好時機，可他只想把燈關掉，上床睡覺。

小島冷眼旁觀，潸然淚下。

19

彩虹糖在傍晚五點十二分從正門進入了歷史商城，卻沒有開燈，儘管日光黯淡，他也沒打開商店招牌的燈光，即使商城一般是營業到六點。我是跑步才追上他的，隨即悄悄跟著他，隔著一樣距離，看著他走進店裡。他消失在櫃檯後，走進了後面的門，我深吸一口氣，偷溜進去，從口袋裡拿出石膏模，向左轉，穿過一間狹仄的房間，進入盡頭更小的那個房間。

頭頂上的腳步聲讓我稍微放鬆一點，知道屋主不曉得我的存在。小心翼翼以免打翻了東西，我查看每個角落，尋找監視器，卻一個也沒看到。

玻璃架有不同的組合成分。有幾段有玻璃滑門，還上了小小的鎖，雖然是保全的目的，卻經不起蠻力拉扯。其他則是開放式架子，伸手就能碰到展示品。墨水盒貝殼就是放在開放式架上的，顯然是本地的歷史價值大過了經濟價格。我把手機調為靜音，照相機隨時可以作用：如果海螺石膏模吻合了灰塵中的輪廓，那我需要錄下來給艾戈巡佐看。冷不防間，店門又打開了。

我躲進角落，藏在一架書後面，等著有人呼喚彩虹糖。店門關上了，幾乎是無聲的，我聽到有幾雙腳輕輕踩在地板上。一聲低語，一聲噓，一聲喘氣。手指頭在架上亂摸，從那個房間就可以走進我這裡。我聽不出有多少人，但至少有兩個。直覺告訴我不止這個數目。我在心裡咒罵，留意著頭頂上的聲響。模糊的鏘鎯聲是廚房裡的噪音，很好，他在忙，不會注意樓下，但是隔室的說話聲——絕對是女性——就越來越大聲、越來越不小心。早晚他會聽見的。

我不想露面，我需要更多時間在商城裡。我悄悄向前挪，望著隔壁房間。有四個人，都戴著兜帽，指著一個高櫃子。我認出了莉姬，替她奶奶覺得一陣失望，但馬上又退回了原來的藏身處。我的手裡仍攥著手機，我決定來個一石二鳥。路易斯·艾戈顯然認得我出示的電話號碼，所以說那可能是屬於島上某個青少年的，我只是必須查出是哪一個。

我把自己的號碼封鎖住，不讓它顯示，撥了那個在亞德莉安娜遇害當晚傳簡訊給她的號碼。在寂靜的隔壁房間中，鈴聲來得既突然又響亮。

「凱特，」有人嘶聲說。「把妳的鬼手機關掉。」

「出去！」另一個女生催促道。「快點。」

她們紛紛離開，正中我的下懷——輕盈卻慌張的腳步聲從我附近走遠——但忽然傳來什麼東西砸在石地板上的碎裂聲。

「靠，靠，靠！」一個女生喊道。

我頭上有甩門聲，衝下樓梯的腳步聲，商店大門飛開。我，被困在後面房間裡。

「別、別、別煩我！」彩虹糖對著夜空結結巴巴地說。大雨滂沱而下，彷彿感受到他的憤怒，我背靠著牆往下沉，低著頭，幾乎不敢呼吸。店門砰地關上，我聽到了轉鎖聲，然後又一聲。鑰匙叮噹響，塞進口袋裡。「我的店，」他喃喃自語，一遍又一遍。「我、我的店。」

「媽的。」我對著黑暗低語。

掃地聲以及錯不了的碎陶片互撞聲。但是讓我感興趣的卻是彩虹糖並沒有報警。有可能他習慣了本地的孩子找他麻煩，也可能他是在此時此刻極力避免引起警察的懷疑。彩虹糖的腳步聲逐漸消失在樓上的公寓裡。

我等著彩虹糖安頓下來，也等著自己的心跳不再那麼激烈。我躲在書架後面，發簡訊給伊莎貝拉．克拉克，讓她知道本案迄今最重大的突破。

「發給亞德莉安娜的最後一通簡訊是一個叫凱翠娜的孩子。她是閒扯淡的常客，住在托本莫瑞。布蘭登應該會知道她。妳能不能問問他？明天再談。莎蒂。」

我再回到貝殼之前所在的玻璃架那兒，但是收銀台那裡射來的光線太暗了，沒辦法讓我看清楚。我打開了手機的手電筒——心臟仍然怦怦跳——慢慢放下石膏模，一吋一吋降低。長度對了，但是形狀卻完全走樣。我轉了個一百八十度，有了。

每個彎弧和尖刺，每釐米都吻合。我把石膏模拿起來，拍下了灰塵中的印記，再錄下我把石膏模放上去的過程。我退後一步，拍了一個廣角鏡頭，這時，我才發現說明牌不見了。原始的展示樣貌只剩下我在第一次來時拍下的相片，我當時的焦點完全放在灰塵的輪廓上，所以說明牌上的文字模糊得看不清楚。

我在心裡痛罵，折回到店門那兒，檢查我看到那些女生在看的高櫃子。最頂上的一層是一團手搓的繩索，串著羽毛和乾燥花，對面是一把匕首，木刀柄，刀刃上有雕花。中央則是一塊大石頭，標示牌上寫著「藍磷灰水晶」。我完全不知道她們是想偷哪一個，但是這個櫃子的鎖完好如初。她們是白跑了一趟。

我打開了第二道門栓，可是主鎖卻需要鑰匙。窗戶是密封裝置，所以我只有一條出路。我不得不從彩虹糖穿過的那扇門出去，找到出去的路。

裡間的門後是樓梯，只有兩種可能，不是向上到公寓，就是向下到地窖。那就向下。每一步都會踩得樓板吱吱叫或是呀呀響。我盡可能把體重用兩隻手撐住，利用樓梯扶手把自己抬起來。到了底下我打開了一扇門，走進了一片伸手不見五指的黑暗中。

我本來希望會找到地下室窗戶的，卻一扇也沒看見。但也不見得就沒有一扇木板封住的窗子，只是需要費點功夫尋找罷了。我不敢開燈，所以又打開了手機上的手電筒，心疼地知覺到電力在消耗；我尋覓了起來。沒有別的門，這一點是肯定的。大面積的木頭和紙板靠牆堆疊，我把東西搬開查看，什麼也沒有。

我打開了一個箱子，找到了工具——一把弓鋸、鎚子、螺絲起子、刀片——拿了把美工刀放進口袋裡。無路可逃，也就是說只能找到地方躲起來了。

角落有個大木箱用布蓋著。箱子打不開。時間以及舊漆把箱子封死了。我從工具箱裡拿了把撬棍，塞進蓋子下，撬開來，拿光去照，看我的計畫是否可行。

我用右手摀住嘴巴以免自己尖叫，急忙查看門口看是否有動靜，這才硬起頭皮來檢查箱裡的東西。一個頭骨隨便放在一堆白骨上，絕對是人骨。我不需要內特．卡萊爾來幫我分辨。我可不會去仔細研究看它是男是女，但骨骼是屬於成人的。箱裡沒有衣物，沒有肌肉或毛髮。剎那間，我拿的那把小刀子似乎沒辦法防身了。我關上了箱蓋，再把布蓋回去，走去背靠著門坐下。只剩下一件事得做了。

我撥了巴斯蓋特警員的號碼。

「我沒想到會接──」

「我需要幫忙，」我不客氣地說。「我在瑞斯．司徒華的地下室。他不知道我在這裡，而且我被困住了。」

「妳他媽的怎麼──」

「沒時間了。快點過來。他在公寓裡，轉移他的注意，千萬要讓店門開著。動作快。他的地下室裡有人類的骸骨。」

「妳說什麼？誰的骸骨？」

「我不能太大聲，」我低聲說。「我不知道他發現我的話會怎麼做。拜託，過來就對了。」

這話才說完，我的手機就響了三聲，電量不足的警示燈亮了，而我僅有的光明也熄滅了。

20

在我枯等的十五分鐘內，我咬碎了五片指甲，站起來，一隻耳朵貼著門，一手握著刀子，隨時準備出手。等我聽到有人敲店門，我第一個想法是彩虹糖會飛奔到地窖來拿骨頭。聽到他的腳步聲從樓梯間下來，等著他半途轉彎到店裡，我差點就哭出來了。然後巴斯蓋特的聲音響起，宏亮卻鎮定，說有話要跟他說，建議兩人上樓去，終於——哇，有如旭日初升——他們兩人一塊上樓，警員問彩虹糖是否可以討杯茶喝。儘管這額外的六十秒漫長痛苦，我還是耐住性子，一直等到廚房響起了陶杯碰撞聲，開水煮上了，我才爬上樓梯，穿過商店，從沒鎖的大門出去。

我一回到飯店房間就先接上充電器，發簡訊給巴斯蓋特。「我出來了。最後海灣飯店的酒吧見。」

他三十分鐘後走進來，表情比馬爾島的天空還要陰霾。我在他開口前先推給他一杯拉弗格威士忌。

「給我一個不逮捕妳的理由。」他坐下時說。

「我沒有闖空門，店門是開著的。我什麼也沒偷，什麼也沒打破。」

「彩虹糖說今晚店裡有狀況，有樣東西被打破了，而小偷在他能阻止之前就逃走了。」他說。

「喔，對，店裡不是只有我一個人。有幾個孩子在我之後進去了。」

「妳知道是誰嗎？」

我想到莉姬跟她的奶奶，還有我仍需要處理凱翠娜在亞德莉安娜被殺那晚傳簡訊給她的事。我可不想讓這幫青少年惹上官司。

「店裡很黑，我又在別的房間裡。」

他拿起了酒杯，緩緩旋轉。

「妳去那裡做什麼？」他問，喝了一口。

「你不是應該比較關心他地下室箱子裡的白骨嗎？」

「一次一件事。我需要確定我沒有協助妳犯罪。妳今晚讓我非常為難。」

「我知道，我道歉……」我這才發覺我連他的名字叫什麼都不知道。

「賽門。」他幫我說完。

一想到叫他的名字就會把我們的關係又更提升一步，我的喉嚨裡就像是被好幾天前的麥片粥堵住了，但是我需要島上的某個人，否則我的調查就會停滯不前。而我敢打包票哈里斯・艾戈是絕對不會跟我結盟的，所以就是賽門・巴斯蓋特了。我把對他之前的行為的記憶推向深處，開始打好關係。「我道歉，賽門。艾戈巡佐今天拿這個給我。」我把海螺的石膏模從口袋裡拿出來，放到桌上。「這是那位病理學家卡萊爾醫生幫我用原物複製的。在歷史商城裡有個放貝殼的地方——是從本地的沉船裡打撈出來的古物——還有一張說明卡。原本放貝殼的地方留下了一個灰塵輪廓，我想知道兩者是不是吻合。結果就是。」

「妳能證明嗎？」

我掏出手機，點開相簿，打開了我把假貝殼放到輪廓裡的錄影。他專心看了兩三次，然後搖頭。

「畫質不夠好，不用當物證。貝殼的說明牌呢？」

我嘆口氣。「不見了。我猜是彩虹糖拿走了。」

「妳看見他拿了？」巴斯蓋特說。

「沒有。」我承認。

「我問了他被定罪的事，說我們接到線報，我想要問清楚。他解釋說是他的室友利用他，叫他下載圖片。」

「可是貝殼，還有白骨……」

「我得說動艾戈巡佐請他調查白骨，可是那就得解釋我們是怎麼知道的。」

「匿名線報？」我建議道。

「這樣沒辦法聲請搜索令。我們可以請他允許我們進去，可如果他拒絕，他就會有機會在我們拿到法庭命令之前把白骨處理掉。」

「太離譜了——他的地窖有一箱子的白骨，格拉斯哥的停屍房裡還有一個死掉的女生，這樣還不夠？」

「妳看見的白骨有可能是假的，是萬聖節的道具，是以前的教學骷髏解體了。箱子裡還有什麼？」

「沒有了，」我小聲說。「骨頭看起來很久了。」

我拿起自己的酒杯，一口喝光。我在來到托本莫瑞之前也許不是愛喝威士忌的人，不過等我離開時我絕對會愛上這一口。

「我需要擔心妳嗎？」他靜靜地說。「妳一定嚇壞了。」

「我其實是在想你為什麼一點也不關心亞德莉安娜身體裡的貝殼是來自於歷史商城的。你有一丁點感興趣嗎？」

他向前傾，手肘架在大腿上。「妳已經說過妳把複製貝殼放到玻璃架上的同樣地方了，所以櫃子是沒上鎖的，對吧？」

「對。」我說。

「也就是說任何人——觀光客、路過的漁夫、本地人——基本上是任何人都可以進去商城偷走它。在所有人裡面，妳不覺得彩虹糖是最不可能會用它來犯罪的，特別是可以直接追查到他的身上？無論他有什麼問題，他都還不至於笨到想不通這一點。」

我揉眼睛。「對，」我說。「可是它對於那個偷走又那樣使用的人一定有什麼意義，那不是隨興的選擇。」

「我會把心理學交給專家，那個超過了我的薪資水平。要是妳還是害怕，我可以送妳回房間。」我想到他在路邊給我的暗示，我當時立刻就對他的厭惡，再想到如果他今晚沒來拯救我，我現在還困在彩虹糖的地窖裡。「沒有附帶條件，」他說，讀出了我的心思。「妳太麻煩了。」

「我沒事，」我說。「還是謝謝你，真的。我不會忘記你今晚為我做的事。」

「我只是在做我的工作。妳可以幫我省點麻煩，不要進入妳不應該進去的地方。明天手機別關。巡佐可能會想跟妳談一談白骨的事。」

❖ ❖ ❖

賽門．巴斯蓋特離開了，我回到房間，覺得既愚蠢又火大。我去歷史商城弄到的證據派不上用場，而我還得打給警察來解救我。雙重無能。現在我想要他們調查一堆白骨，卻不能承認是我發現的。簡直是一團糟。我脫掉衣服，洗了個澡，讓腦筋一片空白了半個小時。等我爬出浴缸已經九點多了，我累壞了，但我仍需要打給凱翠娜。我讓手機充了幾分鐘電，讓我的電池有足夠的電力，這才爬上床打電話。

這一次我撥打凱翠娜的手機並沒有屏擋我的號碼，她有權知道我是誰，也就是說開誠佈公。有些問題很難回答。沒有人接，我等了幾分鐘，再撥一次，這一次接通了。

「嗨，凱翠娜，我是莎蒂．李維斯克。我在調查亞德莉安娜的命案，而她的手機上有妳在那晚給她傳簡訊的紀錄——」

一聲驚呼，絕對是女的，然後是嗆到的聲音。隨即線路沉寂。

「靠，」我嘟囔著，重撥電話，但是她的電話關機了。我給了凱翠娜一個出其不意，而很顯然她不想跟我說話，也就是說我更鐵了心要跟她談一談。

我上網查陶器店的電話，冒著被責罵的風險，撥給莉姬的奶奶。

「嗨，抱歉這麼晚打來。我是莎蒂．李維斯克。我想找莉姬。」

「不用道歉，」莉姬的奶奶說。「請等一下。」我能聽到沙沙的翻紙聲。

「我趁便再問一下，不知道妳能不能幫我個忙。我也想聯絡莉姬的朋友凱翠娜，妳能告訴我她姓什麼嗎？」

「凱翠娜．法斯。很早熟的孩子，還不算太壞。」她唸出了莉姬的號碼。

「謝謝妳，」我說。「妳不會也正好知道法斯家的地址吧？」

「我不確定我可以透露這種資訊，面對面的諮詢可能應該由警方來主導。」她的聲音現在沒那麼親切了，我知道我越界了。

「妳說得對，我不應該問的。對不起。」我掛斷了電話，改撥給莉姬。

「你是誰？」莉姬接聽後說。

我重新自我介紹。「莉姬，我需要跟凱翠娜談一談，她接了電話，可我還沒說我是誰她就掛斷了。我知道這種事很有壓力，可我不是警察。就算她說了什麼也不能當證據拿來指控她或是別人，而且我都還沒說她做了什麼錯事呢。」

「那妳幹嘛要找她？」莉姬問。

我遲疑了。莉姬會掛我的電話，立馬打給凱翠娜。我如果想判斷凱翠娜的說詞是否屬實的話，我就不能給她時間準備。我需要緩兵之計。

「我知道她今天晚上在歷史商城，我覺得妳也去了。妳們兩個大概很怕被警察抓，可是老闆司徒華先生還沒有正式報案。」

「不是我。」莉姬立刻就說。

「莉姬，妳們跑出來的時候我就在外面。我知道妳們沒看見我，可是我看見了妳們的臉。妳們跑進去真的不是鬧著玩的，我想問問妳們為什麼要進去。」沉默。「我不會把妳們的名字報告給警察，只要妳們全都同意跟我見面，說個清楚。這是為了安全。我的部分工作就是幫助青少年，我寧可在妳們惹上大麻煩之前幫上忙，而不是等為時已晚的時候。」

吸鼻聲。我猜是在哭。

「我本來就不想去的。」她說。

「沒關係，」我安慰她。「我還沒見過有哪個青少年不會犯錯的。這些小事情並不能代表妳是什麼樣的人，莉姬，只是讓我們知道界線在哪裡，我們能做多少。」

「我只是……」哽咽聲，「……我只是想融入她們。」

「我了解。妳能告訴我妳們進去找什麼嗎？妳們空著手出來，所以顯然不是進去隨便拿東西的。是什麼東西那麼重要讓妳們要犯法？」

我說的話虛偽得害我自己都發抖，溫和的話語之後的威嚇也是。我會很和氣——但別忘了妳可能會惹上警察，最好乖乖聽我的。

「我不知道應不應該說。」她說。

該祭出罰酒了。

「莉姬，今晚的事一定會有流言，彩虹糖是一定會告訴托本莫瑞的人有人闖進他的店裡行竊的。我覺得我也聽到了裡頭有什麼東西被打碎了，所以那也是刑事毀壞。妳現在一定要相信我，我可以給妳一點建議。」

幾下急促的呼吸。這個可憐的女孩子不只是難過而已，她還像是嚇壞了。

「她們要一個水晶，」她說。「那個藍色的。」

「很值錢嗎？」

「太貴了買不起，」她小聲說。我沒注意到價目牌，不過等我掛上電話，我就要去看一下。「我不想惹麻煩，我爸媽會很生氣。」

該用一些安慰來回報她的誠實了。

「妳不會惹上麻煩的。不要跟別人說妳昨晚去哪裡，別傳簡訊也別打電話。也絕對不要讓別的人說。妳們什麼也沒偷，只是犯了一個愚蠢的錯。妳們進店裡的時候門是開著的嗎？」我知道答案，而且很管用。

「對！」莉姬說，第一次變得振奮。「對，是開著的。」

「所以妳們進去店裡，不知道已經打烊了。妳就這樣說就好。如果有人查出是妳跟妳的朋友，只要為誤以為商城還沒打烊道歉，然後說願意為出去時不小心打破的東西賠償，我保證就不會有事了。妳跟我說是正確的做法。」

「謝謝妳。」她說，感激從嘶啞的聲音中滴出來。如果不是有絕對必要，我一定會覺得內疚。

「沒事，」我說。「我還是需要找凱翠娜談一談，可是我想當面跟她談。妳能不能幫我打通電話，跟她說我是真心想幫忙的？」

「妳要我叫她打給妳嗎？」莉姬問。

「時間有點晚了。我覺得我寧可當面跟她談，她可以看見我的臉，真的覺得她可以相信我。明天就可以。」

「也許我可以說服她，」莉姬慢吞吞地說。「可是我不能保證。」

「我完全了解，」我說。「可是我有重要的事情要跟她說。比很晚才到商店去更重要的事。」我讓這句話沉澱個一會兒。「我相信凱翠娜和亞德莉安娜關係很密切。我說得對嗎？」

「呃……」莉姬在掙扎，不知如何回答才對。

「知道嗎，我問妳這個太不公平了，所以我才需要和凱翠娜當面談一談。我真的不想要動用到警察來跟她談，感覺好像會很恐怖。妳覺得呢？」

「一定的。」莉姬說。

「好，那我們就看法一致了。讓凱翠娜跟我聯絡，我們好安排明天的碰面。謝謝妳幫我，莉姬。妳顯然是朋友裡面最理性的一個。」

「我盡量。有時候她們就是不肯聽我的。」她跟我說悄悄話。

「一定是。嘿，妳能把凱翠娜的地址告訴我嗎，這樣我明天就能找到她？」

「好啊，她住在景觀大道的瓦許屋。我現在就打給她。謝謝妳，李維斯克小姐，我覺得好多了。」

「我的榮幸，莉姬，」我說。「我很高興幫得上忙。」

21

隔天早晨房務員來敲門，我呻吟著翻個身，努力看清時鐘：十點三十五分。

「開玩笑，」我嘟嘟囔囔著說，半摔半跳從床上起來，跑向浴室。「可以等一下再來嗎？」清掃推車叮噹響，吱吱呀呀走開了。

昨晚的恐怖經驗出現後遺症了。我的眼袋像兩只巨型卡車輪胎，即使是在微弱的光線下我的皮膚都蠟黃蠟黃的。我本來還想七點半起床，吃早餐，開始工作。我的鬧鐘沒響。我查看手機找原因，這才發覺我握著手機睡著了，忘了要繼續充電。我接上插座，臭罵自己，一面回電郵，一面讓手機吸收一些寶貴的電力。

我妹寄來了胎兒的心跳錄音，力道十足的搏動聲讓我有點暈眩。我回了一張自拍，是我對著鏡頭飛吻，希望蓓卡不會注意到我眼裡的淚光。我好想回家，可是除非是完成了工作，我知道我是不可能離開馬爾島的。寶寶會是一帖良藥，可以彌補我父親緩緩步入遺忘的傷痛，有一個讓蓓卡愛的人，平復被拋棄的心痛，給我一個離家近一點的理由。我等不及要把她抱在懷裡了。

二十分鐘後我終於能查看我的來電紀錄和簡訊了，我看到凱翠娜並沒有聯絡我。我並不十分意外。前晚她掛我的電話，我就懷疑她會關機一陣子。既然我有了她的地址，也就無所謂了。

飯店的早餐時間已經過了，所以我的第一站就是港口的麵包店。我從飯店的那條小巷子小跑步到港口那邊，看到盡頭有一排汽車，有些亮著藍燈，有一串警察、島民和記者在觀看。

我放慢腳步，經過一排店家，向歷史商城前進。等我走到一半，我看到四名穿防護衣的人抬出一只大箱子。我是對的，可是仍免不了內疚，我的口腔裡味道怪怪的。我不是為彩虹糖難過——無論他的地下室裡藏著白骨是為什麼，都不會是好事——而是在難過我也是在違法的行動中發現的，然後把燙手山芋丟給巴斯蓋特。

我快走到封鎖線時內特・卡萊爾打電話給我。

「妳昨晚很忙啊，」他說。「沒有後遺症嗎？」

「我沒事。你是怎麼知道的？」

「我接到電話要我遠端監督搬移骨骸的過程。艾戈巡佐有點火氣大。骨骸會立刻就用飛機送到格拉斯哥給我。妳是怎麼知道東西在地下室的？」

內特不知道內情，讓我不由得納悶巴斯蓋特警員是向哈里斯・艾戈說明了多少。

「意外發現的，」我說。「純粹是瞎貓碰上死耗子，運氣之類的。對了，貝殼跟歷史商城少了的那一個完全吻合。仔細檢驗那些白骨，內特，我相信瑞斯・司徒華一定有什麼見不得人的秘密。」在我旁邊的一輛警車發動了引擎，向前行駛。後座上彩虹糖額頭抵著玻璃，惡狠狠瞪著我。「內特，我得走了。」

我能看到艾戈巡佐在歷史商城裡，就等著他發現我。他幾分鐘後才看到我，馬上兩眼一翻，絲毫無意掩飾。他走出商店，鎂光燈立刻閃個不停。我盡量融入背景裡。

「妳，」艾戈說，指著我。「過來。」我矮身鑽過封鎖線，進了商店。「妳得好好解釋。」

「你怎麼會這麼快就拿到搜索狀的？」我問道。

「我們用了不同的方法，叫作禮貌的請求。彩虹糖讓我們進來的，一點也沒抵抗。而妳，打從妳來島上開始就一直惹麻煩。妳要不要讓我看看這個假設是物證的貝殼放在哪裡？」

我不理會他的話中帶刺，指著左邊後面的房間。走過去時，我又看了那個藍磷灰水晶一眼。約莫八吋高兩吋寬，東西本身就如同價格一樣讓人瞪大眼睛——五百四十九鎊。

進了隔壁房間，我帶領艾戈到擺放的架子。

「我是要看什麼？」他問道。

翎毛筆仍在原位，卻少了說明牌，沒有別的佐證可以證實架上還有別的東西，而灰塵中的輪廓也變得模糊，因為我拿起放下石膏模不止一次而弄亂了原先的痕跡。我責罵自己的手腳不俐落，氣憤我的粗心大意，即使是在如此緊張的情況之下。

「昨晚比較清楚，」我說。「你在偵訊彩虹糖的時候應該要問他貝殼的事。」

「多謝妳的專業建議，」艾戈說。「特別是來自一個昨晚還得勞動我的一名員警來拯救的女人。我聽說妳還哭了，我沒聽錯吧？」我雙手抱胸，任他發洩不滿。「妳還藏著掖著什麼證據不讓我調查嗎？」

「我還以為我們是在分享情資呢，」我說。魯莽無禮，不過他也不配好聲好氣的。

「妳愛幹嘛就幹嘛，不過別再進來這裡了。還有，別去找彩虹糖。從現在開始只有我的手下可以訊問他。聽到了嗎？」

「相信我，不勞你叮嚀。我可以走了嗎？」

「這可能是妳來這裡之後最聰明的一句話了。」艾戈說。

外面克里斯多夫神父焦慮地在張望，他一看到我就伸出手，彷彿我需要有人歡迎我回到外頭的世界。我微笑，揮開他的手。我這陣子已經受夠被拯救了。哈里斯．艾戈走出來跟神父說話，我正好要走開。

「我聽說有人骨，」克里斯多福神父在說。「我在想做個祝福比較好……」

我聽到這裡立馬大步離開。托本莫瑞大概沒有一個人沒聽說我在彩虹糖的地窖裡發現了什麼。

我立刻就打電話給克拉克夫婦，接的人是聽來很疲憊的布蘭登，他呼喚他母親，然後把電話交給她。伊莎貝拉跟我寒暄，聲音緊繃。

「我只是來報告最新情形。一個叫瑞斯．司徒華的人正被警察偵訊，他們在他的地下室裡找到了一個裝了白骨的箱子。白骨會由卡萊爾醫生檢驗，他會判斷是否與亞德莉安娜的案子有關。我是想讓你們先從我這裡聽到。」

「他就是商城的老闆嗎？」伊莎貝拉問。

「對。妳認識他？」

「阿蒂去那兒找過工作，就在她去閒扯淡應徵的同一個時間。她進去放過履歷，後來又去追問過一次，她說覺得不舒服，所以就沒有再去了。」

「我知道了，」我說。「亞德莉安娜沒在店裡買過東西嗎？水晶或是古物？」

「我想沒有。她對那邊賣的東西沒興趣。」

「好。我明天再跟妳聯絡。」我說。

「等等，」伊莎貝拉說。「我想問妳一件事。」

我等著她繼續，但接下來卻是沉默。

「請說。」我說。

「有什麼是我可以做、應該做卻沒做的嗎？我一直問自己我遺漏了什麼。妳發現了簡訊，布蘭登跟我承認了阿蒂藏了魔菇。我不懂如果她有什麼麻煩，我為什麼會看不出來。」她的聲音顫巍巍的，是在奮力忍淚。我真希望她是面對面跟我說的，電話實在不適合這類對話。

「克拉克太太，沒有一位失去孩子的家長會不問這些問題的。妳又不是未卜先知。青少年夭折就像是閃電，你感覺到暴風雨在醞釀，但是你怎麼也料不到會發生什麼事。」

「妳有孩子嗎，李維斯克小姐？我都沒問過。」

「我沒有，」我承認道，感覺我好像在伊莎貝拉最需要我的時候辜負了她。「不過我快要當阿姨了，老實說，感覺上好像我的整個世界都要改變了。」

「沒錯，」伊莎貝拉說。「你會有很小很小的一部分在寶寶的身體裡，寶寶承受的每一塊瘀青，每一句殘忍的話，每一次的拒絕都會壓垮你，給你留下傷疤，而你會覺得很恐怖，直到有一天你忽然發覺結束了，你感受到的那份愛凍結在時空裡了。不會變化，不會成長，也不會受損。而你會渴望再感覺一遍那種每日的痛苦，因為痛是生命。那種可怕的痛苦會變成你今生最美好的感覺。」她深吸一口氣，聲音刺耳，而我不由得想我是否會再接案子。很可能不會了。

我管束自己的情緒，以剛硬的聲音說需要說的話。

「這件事妳是沒有辦法的，一點也沒有。有的人就是會殺人。他們是如何挑選被害人的永遠都只能在事後分析討論。妳對女兒的愛還在，伊莎貝拉，它是永遠不會減少或是死亡的。」

她掛斷了，而我答應自己會打給我妹和我媽，要她把電話拿到我父親的耳邊，然後再聯絡我的朋友——我會跟每一個人說我有多愛他們。

我的手機電量又變低了，要是我打給凱翠娜．法斯，有可能話說到一半就沒電了，讓她有機會拒絕跟我碰面。面對面是比較好的選項。我走那條經過閒扯淡的馬路，走向景觀大道。她家在馬路最後的幾棟，不過仍在鎮界裡。同時也是最小最破舊的。跟那個女孩子散發出的自信耀眼的形象簡直有天壤之別。我敲了門，等待著。

來應門的是一位年長婦人，彎腰駝背，疲憊不堪。

「又是誰啊？」

「哈囉，」我擠出笑臉，想拉近關係。「凱翠娜在家嗎？」

「不在。那個丫頭在我來之前就出去了，八成要天黑以後才會回來。這些天來她爸爸幾乎都沒看見她。我老叫他要看好她，可是我的話我侄子一句也不想聽。」

「他在嗎？」我問。

「不在，傻丫頭。」我極力按捺才沒挑高眉毛。「他是漁夫，天一亮就出去了，漁網滿了才回來。我是來打掃做飯的。凱翠娜已經夠大可以做了，可是她滿腦子胡思亂想，所以我來幫忙。妳是誰？」

「莎蒂，」我說。「妳知道凱翠娜可能會去哪裡嗎？」

「我哪兒知道。不然我打個電話給她？」

「那就太好了。」我說，走進屋去。

小屋的內部也是搖搖欲墜，牆壁上的油漆斑駁，露出了在這裡肆虐的濕氣。地板是傾斜的，有的房間完全沒有門，只剩下樞紐。室內隱隱有股煮蔬菜的味道，而塞進烘乾機的濕衣服恐怕得好幾天才會乾。難怪凱翠娜會選擇把時間花在別的地方。在貧困之中長大對兒童來說是有毀滅性作用的。看著買不起的東西，朋友有的東西你不能承認你也想要，想像中的未來比周遭的任何人都要更難觸及。

凱翠娜的姑婆瞇著眼看著一張紙，一個一個按鍵，我趁這時把頭探進臥室，裡面的牆上貼著海報，一張書桌上凌亂地丟著化妝品。一個破爛不堪的梳妝台鏡子上貼滿了照片。我認出了莉姬，酒吧裡的幾個女生，然後是一張路易斯的照片，還有一張，又一張。路易斯在吧檯，在海邊，在車子裡，坐在一排男生的中間。我不由得微笑。貧窮與否，凱翠娜仍能夠享受生命中的普通事物。找一個妳喜歡的男生，把妳的時間浪費在作白日夢上。我拉開一個抽屜，悄悄翻尋。信件、明信片、貝殼、乾燥花。

「哈囉？」凱翠娜的姑婆大聲喊。

我回到走廊上。「我只是在看凱翠娜的照片，看起來這裡的孩子生活還滿多采多姿的。」

「唷，在小島上生活不容易。他們也只能自己找樂子。她沒接電話。要是妳找到她，跟她說晚餐在烤爐裡，還有她需要整理她的房間。」

「我會轉告她的，」我說。「謝謝妳的熱心幫忙。」

我查看了鎮上的每一家店，包括閒扯淡，都找不到凱翠娜。已經中午了，所以我回飯店去。我上網查藍磷灰石。打磨之後在燈光照射下是深藍綠色的，是一種美麗的水晶。更引人注目的是它有各種的功用。從清潔你的氣場到增強你的靈力和超自然能力，還可以幫你在睡眠中解決問題，我都快要覺得我也需要一個了。不過我想那些女生可能純粹是覺得太漂亮了。

但我需要聚焦的不是藍磷灰石，而是海螺。如果有人費那番手腳去店裡偷出來，那麼他們就是在傳達一個訊息。我搜索記憶中翎毛筆和貝殼的說明文，只想得起來是西班牙無敵艦隊的一艘船，那就是海螺假定的來源。

還真是撲朔迷離。「西西里的聖璜號」停泊在托本莫瑞灣，要求補給。很難想像西班牙無敵艦隊的船會航進蘇格蘭的一個小海港。它映入眼簾時，真不知鎮民是怎麼想的，那麼多眸色深的人，又滿口誇張的腔調。歷史學家估計那艘大帆船搭載了將近三千名士兵、六十名水手、超過二十門大砲。據說船發生了爆炸，引發大火，最終船隻沉沒，無人生還。場面一定很悽慘。尋求援助卻找上了敵人只會有殘忍的結局。

打撈沉船的團隊有不少，成功的寥寥可數。傳說不一而足，有些貼近歷史，有些加油添醋、供人娛樂，最後慢慢演化。最常聽見的故事是西班牙公主和蘇格蘭人。傳說中公主夢到了某座島上有個美男子，就瘋狂地愛上了他。她跟著無敵艦隊航行到蘇格蘭來，搭的就是「西西里的聖璜號」，在靠岸時她看見了夢中情人。那人的妻子看懂了西班牙公主的眼神，就去向馬爾島的女巫求助，請她摧毀帆船。果然，船付之一炬，而公主被困在船上的大火與冰寒的海水之間，終於在大海中香消玉殞。

這是傳說，是讓人圍著營火說，在出海的漫漫長夜中打發時間的。可是這就是我查到的與貝殼的關聯，幾世紀之隔。一位西班牙公主和一名拉丁裔女孩，兩人都是馬爾島上的外地人。皇家血脈以及一頂海草王冠。肺裡充滿了海水。到一片新大陸的旅途終點。一個海螺貝據信曾是西班牙公主船上書桌上的物品，現在則是另一宗神秘死亡的主題。

芙蘿拉的屋子裡有巫術的痕跡，亞德莉安娜的雨靴裡有一袋骨粉。在一圈石柱中守靈。還有那個亞德莉安娜涉入了怪事，是她無法駕馭的事情的警告。我忍不住琢磨亞德莉安娜跪在克里斯多夫神父的面前究竟是告解了什麼。她究竟能涉入什麼事讓她這樣子良心不安？最後我想起了克里斯多夫神父說的那個字眼——奇術——我疑心他是想逼我請他解釋，不過傲氣阻止了我。

字典幫我解惑了，意思是奇蹟出現，緊接著是不那麼中立的闡釋：妖術，戲法，邪術，幻術，巫術，巫毒。我相信克里斯多夫神父是疑心亞德莉安娜涉入的是最不堪的一種。而儘管他嘴巴上說得漂亮，他其實是也想讓我知道的。

22

半夜兩點就有人來敲我的門。我喝了幾杯威士忌來助我入睡，所以醒過來也花了不少時間。

「好啦，」我大聲喊。「等一下行吧？」我套上了牛仔褲和帽T，再拿開安全鏈，注視著走廊。艾戈巡佐面色鐵青，站在那裡，雙手交臂，等著我。「什麼事？」

「凱翠娜．法斯失蹤了，」他說。「我們需要談一談。」

我把門整個拉開，讓他進來。「我能幫什麼忙？」我問道。

「什麼也不必，我要妳什麼事都別做。我只想知道妳今天為什麼會跑到她家去。」

「真的假的？你是在偵訊我？」

「妳他媽的說對了，我一點開玩笑的心情都沒有。她父親今天早晨沒看到她，因為他早早上船了，不想吵醒她。她今天晚上沒回家，誰也聯絡不上她。搜索隊現在正在四處找她，可是我們連她失蹤多久都不知道。」

我到這時才想起來說不定彩虹糖認出了逃出店的女孩子，而他不報警是因為他打算自行處置她們。

「我不想害任何人惹上麻煩，」我說。「跟我保證不會。」

「我什麼也不保證。馬上把妳知道的事告訴我，否則我就找個理由控告妳，叫克拉克家再去找一個私家偵探。」

可嘆的是，哈里斯・艾戈這一次是完全佔上風。

「凱翠娜昨晚在彩虹糖的店裡，不是一個人，跟朋友一起。我驚動了她們，所以她們逃走了，出去時砸毀了什麼東西。彩虹糖下樓來追她們，沒追到。他當下顯然決定不報警，只把碎片掃掉了，鎖上了店門，所以我才會被關在裡面。我今天去凱翠娜家就是為了談這件事的。」

「他媽的，」艾戈嘆口氣說。「我白天看到妳的時候妳就沒想到要跟我說一聲？」

「我那時又不知道凱翠娜失蹤了，我不覺得有什麼關係。」

「就這樣？」他問道。

「就這樣。」我說。我要是迷信的話，就會在背後交叉手指。

「待在這裡，」他說。「我不要妳離開飯店。外面的事情已經夠讓人擔心了。妳好像只會給島上帶來霉運。」

「帶來霉運？我來這裡是因為已經有個女孩子失蹤了，而且還是我找到她的，這叫霉運？巡佐，這是正當的調查，既然我們在談這件事，你要不要解釋一下在亞德莉安娜・克拉克失蹤期間你為什麼基本什麼也沒做，而本地的一個女孩子一天沒接電話，你就突然間動員整個島了？」

「妳是在指控我什麼？」

「很難說，巡佐，你是犯了什麼罪？也許是一點種族歧視？是不是因為她是美國人，所以就不那麼重要？還是因為亞德莉安娜是拉丁裔？也許就只是因為她不是本島人，所以就夠你不那麼重視了。」

「妳太過分了。」他大吼道。

「離開我的房間，」我說。「你沒有權利在這裡對我吼叫。」

「這裡是我的島，」他說，聲音低沉，充滿了威嚇。「離我的人遠遠的。妳被詛咒了。」

他走出去，用力摜上門，我聽到走廊上其他房門在稍後慢慢關上。顯然我們把整間飯店都吵醒了，而人人都利用機會偷聽。

我花了大約三十秒才明白我的疏忽造成的嚴重後果，在這三十秒中我盡量評估了情況，如果我不立刻糾正這個情況，那就有違我的道德義務、我的職業責任以及法律責任。我發現自己的行為不夠嚴謹。

我衝向樓梯間，一次跨兩階，到了樓梯腳就全力衝刺過櫃檯，跑出大門，跑進了花園。沒有艾戈的影子。我又沿著碎石路跑到停車場，也來不及了，我這才發現我連鞋都沒穿。停車場中有一輛汽車正要離開，大燈明亮。我跳著追上去，在車子經過時撞上了引擎蓋，力道之大出乎我的意料。艾戈猛踩煞車，打開了門。

「妳被捕了——」

「我想找凱翠娜是因為她在亞德莉安娜遇害那晚發了簡訊給她，指示她碰面。我昨晚想跟她談這件事，她直接掛電話，然後我就一直聯繫不上她。她很可能有亞德莉安娜命案的線索，接到我的電話就變得心慌，逃走了。」

艾戈嘆氣。「我知道簡訊的事，我們拿到了法庭命令，昨天拿到了通聯紀錄。我正計畫今天要找凱翠娜談一談。可是我從小看著凱翠娜．法斯長大，她絕對不可能會涉入謀殺。現在，凱特的爸爸整個人亂了方寸，他一點也不知道他的女兒為什麼會這樣不聲不響就失蹤。他太太多年前離開了他，他一個人把女兒拉拔大。那妳還知道什麼能幫得上忙的？」

「只有時間線，」我說。「凱翠娜昨晚掛我的電話是在九點半過後一點，那是我最後一次打給她。」

「謝謝妳的線索，」艾戈說。「妳的腳在流血，進去裡面，把門鎖上。妳只能跟我說話。鎮上有些人很生氣。先是彩虹糖，現在又是凱翠娜。全都亂七八糟的。」

「你在偵訊過他之後就釋放他了嗎？」我問道。「你有沒有問他昨晚有沒有看見凱翠娜？」

「妳問了也是白問，」艾戈說。「別靠近商城或是法斯家，還有別扯淡。妳不會喜歡他們的態度的。」

哈里斯．艾戈坐回車上離開了。我一直等到心臟在胸腔裡不再亂跳才緩緩走回飯店。最慘的一點是我漸漸覺得艾戈可能是對的。

我關掉了房裡所有的燈，立在窗前，眺望小鎮。每一棟建築都燈火通明，每個房間都亮著，街上到處都有人，人手一支手電筒，汽車大燈照亮了夜空。

克拉克家會納悶是出了什麼事。即使是在郊區，他們也會被這些活動驚擾。我打給羅伯。

「出了什麼事？」他問。

「凱翠娜．法斯失蹤了，她就是給亞德莉安娜發最後一通簡訊的人。我剛跟艾戈巡佐談過，凱翠娜可能知道什麼跟亞德莉安娜遇害有關的事。」

「妳得找到她，」羅伯說。「無論要什麼代價，要是她有答案，妳需要查出她去了哪裡。」

「我被命令待在飯店裡，」我解釋道。「我白天的時候去找過凱翠娜，我想是我到她家才引起了臆測。」

「臆測？她可能知道是誰殺了我女兒。妳是來工作的，李維斯克女士，所以除非艾戈巡佐在法律上有權要求妳留在房間，否則的話我需要妳去做我付錢給妳做的事，挖出答案來。」電話掛上了。

「幹！」

我允許自己在私下罵髒話，倒在床上，雙手遮著眼睛。無論我採取什麼行動，一定會有後果。代表克拉克家調查，我不得不測試法律的界線，而這牽涉到嚴守秘密。為了在凱翠娜．法斯一事上做正確的事，我就必須食言，出賣克拉克家以及莉姬。

「她為什麼要逃走？」我問天花板。它沒回答我，但是幾個可能是很清楚的：為了保護某個她愛的人，因為恐懼某個讓她害怕的人，或是因為她害怕的是涉入亞德莉安娜之死的後果。躲避我的詢問是一條單行道。凱翠娜會知道她失蹤的話會驚動警方，如此一來她失蹤的理由警察也會了然於胸。最好是留下來，想出一個說法。

除非是有人不想讓她說話。

冷冰冰的現實像一盆冷水當頭澆下。

我打給她的電話。她接了，驚呼一聲，發出嗆到的聲音，然後就掛斷了。

她一個字也沒說。電話一接通我就開始說話。

我站了起來，瞪著門。艾戈巡佐警告過我——事實上是命令我——待在飯店裡。托本莫瑞沒有人想看到我的臉或是回答我的問題。彩虹糖更是最不可能的。

我換上一身黑衣，套上健走靴，確定手套放在口袋裡，拿起了防熊噴劑和頭燈。我盡可能躡手躡腳下去停車場，一路上留意是否有人在監視。羅伯．克拉克說得對。我是來這裡工作的，除非我違法了，否則的話艾戈巡佐也拿我沒轍。

我花了一個小時穿過小島，最繁忙的道路都是繞著托本莫瑞的，讓我更省事，而我發現自己在有車輛經過時就盡可能把身體壓低。出鎮後十哩，路上就沒車了，只有我、公路和野生動物。警察仍在搜找凱翠娜經常出入的地點，朋友家和鎮上一般的休閒娛樂場所。從她的家庭經濟狀況來看，她買不起汽車，所以他們把調查分階段擴大。很好——事實上是非常合乎情理的——不過我向來是那種往壞處想的人。

等我停在最靠近洞穴步道的那條馬路邊緣時，我已經不記得時間了。我完全是憑腎上腺素支撐著，只有缺乏睡眠、驚恐加上絕望才能混合製造出這種狀態來。我已經在質疑自己的想法了，我知道來這裡很荒謬。這裡仍是犯罪現場，封鎖線仍在風中獵獵作響。我爬下岩石堆，進入狹窄的石廊，也就是亞德莉安娜走向死亡的路。

今晚比我第一次來時更冷，比我進去帶布蘭登出來時更嚇人，風聲呼嘯，害我的耳朵好痛。海浪更近，拍打著洞穴口。鹽鑽進了我的口鼻，害我流眼淚，刺痛了我的脖子和臉部。

洞穴口外什麼也沒有。沒有生命跡象，只有螃蟹亂爬，氣我用燈光侵犯了牠們的領域。我繼續前進，腳步聲的回音伴隨著我，像極了鼓聲。

「哈囉？」我大聲喊。沒有回應。我一手握著防熊噴劑，更加深入，知道我的手機在洞裡沒有訊號，深知我應該要有更好的武裝，覺得一個人摸黑到這裡來很蠢，卻也認知到一旦我心意已決，就連十頭牛都拖不回。

我進入下一個穴室，一道閃光讓我停下腳步。我彎腰查看光源，知道不該去碰。岩石上掉了一只耳環，沒有耳環後扣，但是我想不起來亞德莉安娜失蹤時是否有戴耳環。我把頭帶上的三支手電筒拿下一支來，放到耳環旁，確保回程時能再找到。這下子我照路的燈光就變少了，但也表示出口有了標誌，這是很重要的。我穿過一條更窄的石廊，進入了主穴室，來到岩壁前，氣溫更低了。

「有人在嗎？」

我掃瞄遠處的洞穴，先向左轉頭，再向右，瞥見金髮的閃光以及一個女孩的臉孔輪廓，她正倚靠在一塊突出的岩石上。

「喔，凱翠娜，謝天謝地，」我大聲喊，拔腳就跑。「別擔心，妳很安全。拜託不要害怕。」

她直直坐著，背對著我，跟我成對角。她的右臂放在支撐著她的岩石背上，好似在冥想。從這個角度，即使隔著她一米，我也看不出她是生是死。只不過她頭上的那團海草，從她光裸的背上緩緩滴下含鹽的淚滴。我繞著她的側面走，她睜開的眼睛也看不見我的臉。

「凱翠娜。」我輕聲叫，毫無意義。我向她走去，後悔離開了飯店。後悔不能將時光倒轉，恨不得從來沒見過這個可憐的女孩子，在死後的驚恐中長眠。

到處都看不到她的衣服。一只耳環，是一顆清澈的寶石，仍在一邊耳垂上。我盡可能專注在耳環上，許久之後才讓眼睛轉向不得不轉的方向。

全身一絲不掛，雙腿打開，她連一點尊嚴都不剩。嘴巴、下顎被用力往下拽，塞滿了沙子，沙子開始從她的下巴往下流。我乾嘔。硬起頭皮，繼續查看她的身體，尋找地上的暗紅河流的來源。她的左半邊完整，右手那側卻支離破碎。被肢解了。乳房完全不見了。

我放聲尖叫，嘸回嘔吐物，哭了出來。

我環顧四周，用手電筒查看洞穴，我下一個問題的答案就放在凱翠娜的左手上。她的右乳房，小心翼翼地托在她的掌心上，彷彿她在向世界展示她受的苦。

我忘掉了專業，放棄了自制，逃出了麥金儂洞。

23

這一次我並沒有在洞穴外等，而是飛奔回去車上，確定沒有什麼噁心的意外在車裡等我之後才報警。我應該在那裡等他們抵達的，而且我的狀況也不適合開車，可是彼時彼刻，我滿腦子只想要走得越遠越好。

等我駛入飯店停車場，我已經在撥內特・卡萊爾的電話了。

「我聽說了，」他搶在我開口前說。「妳在安全的地方嗎？」

「飯店，」我說。「你要過來嗎？」

「我現在就要去搭直升機。」我查看手錶，現在是早上五點。「我今天大概都會出外勤。」

「沒關係。我只是想先提醒你。很恐怖。她的一邊乳房不見了，她被切割了。還有她的嘴……」我用力呼吸以免嗆到。「……更多沙子。」

「我會照顧她的，莎蒂，」他說。「確保妳自己的安全。不過這一次跟亞德莉安娜會不一樣。她的父母允許我跟妳說話，可是這一個被害人就會有更多限制。不過我想跟妳見面，只要我們都能挪出空來。只是想讓我自己放心妳仍然毫髮無傷。」

「好，我很樂意，」我說。「一路順風，內特。」

接下來我打給克拉克家，是簡短又彆扭的一通電話。我說明小島上會湧入更多的媒體，能聽到伊莎貝拉在背景中哭。年輕女性遇害原本就是受人矚目的事件，再添一名被害人和「連續殺人」這四個字，大眾的興趣就會呈指數增加。不過不幸中的大幸是他們的新住處還沒有曝光，所以他們可以再多隱藏一陣子。

之後，我拿出筆記本，草草做筆記，撕下來放在地板上，佈置出一個巨大的混亂的拼圖，有事實、時間、姓名、地點。寫完之後，我列出了一張需要進一步調查的名單。我的做法不算科學，有些人上榜也不見得有個好理由，但是直覺讓我找到了兩名死亡的女孩，所以我決定要相信自己。

弄完後已經是早晨六點半了。遲早蘭斯．普拉德福特會恢復理智，封鎖我的號碼，但在那之前，我覺得他是個可以討論的對象。

「我這陣子好像不需要鬧鐘了，」他開口就說。聽見他溫暖隨性的聲音讓我覺得舒服多了。「我有什麼能幫得上忙的地方，莎蒂？」

就是這麼簡單的親切觸動了我。某個陌生人熱心地提供協助，絲毫不期待報酬。我盡力憋住哭聲，可是在我呼吸時，卻抑制不住哽咽，然後就一發不可收拾。我哭了大概有五分鐘，不再在乎我是專業人士，理應保持超然的態度。而蘭斯只是用無意義的話安慰我。他不是只聽我哭而已，他還鼓勵我哭出來。我這輩子沒有從陌生人身上體驗過這麼多的溫柔。

「我沒事了，」我說，呼吸仍然不順。「拜託不要認為我平常都是這個樣子的。」

「我倒希望是，」蘭斯說。「我希望妳剛才表現的同理心、誠實、坦率每天都不變。聽我這個老人家一句：每次你想要讓自己變得鐵石心腸，就把那種本能盡量往底下壓，表現得像它壓根就不存在一樣。要忽視情感會越來越容易。然後有一天你忽然就沒有在假裝了，而故事也就只是文字了。到那時候你完全不為所動了，你也就迷失了自我了。所以別道歉，莎蒂。我們哭的時候是在把我們最好的一面釋放出來。」

「你是智者，也是一隻早起的鳥。我就知道我喜歡你。」我設法破涕為笑。

「妳這麼說只是因為妳還沒見過我本人。妳何不告訴我出了什麼事——而且這次也是私下說的。等我放下電話，我保證妳說過的話我一個字也不會記得。」

「這一次，我要你記得。事實上，我真的需要討個大人情，至少我是在請你去幫我討個人情。我們上一次通電話，你說你有個朋友，你說他是警察。又一個女孩死了，蘭斯。我今晚在亞德莉安娜．克拉克被殺的同一個洞穴裡發現了她。只是她死得更慘。她的右乳被切掉了，然後兇手把她的乳房放在她的左手上，好像她在展示。」

「妳說是妳發現她的？妳一個人？」

「對，我一個人。不過我現在回飯店了，而且在找事忙，以免我想到她。你願意幫我嗎？因為我在這裡覺得有點孤單，而且不只一點害怕。」

「跟一個連續殺人犯困在同一座島上，我會說害怕是最合理的反應了。我先拿本筆記簿來。」我能聽到他拉開抽屜翻找。「好了，說吧。」

「我有幾個人需要調查。看你能不能在媒體上或是警方的紀錄裡查到什麼。」

「我不是在抱怨，不過有什麼理由妳不能請當地的警察幫忙？」蘭斯問道。

「等一下你就知道了。寫下來。瑞斯．司徒華，三十幾歲，住在馬爾島歷史商城。我在他的地窖裡找到白骨，他有持有違法圖片的前科。」

「這一個應該很容易查。」蘭斯說。

「下一個就棘手了。賽門．巴斯蓋特警員。」

蘭斯輕吹了一聲口哨，抄下了名字。「這就難怪了，」他說。「妳能告訴我為什麼嗎？」

「他捏造了一個不當駕駛的藉口攔停我，建議我們回我的飯店去上床。我假裝他的話被我全程錄音，反過來勒索他，所以我才知道瑞斯．司徒華的前科紀錄。他突然出現在島上的青少年為亞德莉安娜舉辦的守靈夜上，而凱翠娜——新的被害人——是主角，只不過他那時應該是下班了。」

「還有什麼嗎？」蘭斯問。

「有，我覺得他把我的名字告訴了瑞斯．司徒華，讓他知道我去過他的地窖。不確定是意外或是故意的。」

「妳現在是步步危機。還有別人嗎？」

「這一個我並不覺得光彩，你可以說是來自於我個人的偏見，可是這是我的直覺。這裡有位神父，克里斯多夫神父，潮汐聖徒教會的。亞德莉安娜去找他告解，不是去做禮拜。他知道一些亞德莉安娜在島上涉入的事情，這是他給我的印象，但是他不肯說究竟是什麼。他……」我搜尋著妥貼的字眼。「……認為她的死有正面的效果，態度很狂熱。會眾會增加，害怕的民眾可以恢復信仰。我卻看不出一點哀傷或遺憾，他差不多害我起雞皮疙瘩。」

「我可以查一查，」蘭斯說。「要是他的過去有什麼，很有可能會被消毒遮蓋掉。」

「我知道。」我說。我咬著舌頭。我還有一個名字要給他，可是我要跨越的是極大的倫理界線。

「怎麼了？」蘭斯問道。

「抱歉，下一個人我只是沒辦法決定。」

「還是告訴我吧。如果查不到什麼，也不會有什麼妨礙。如果查出什麼相關的，那妳可能就救下了一條性命。」

蘭斯說得對，可我幾乎沒辦法讓自己說出來。

「布蘭登·克拉克。你絕對不能告訴別人我請你調查他。」

「妳的委託人？」他問。

「委託人的兒子，亞德莉安娜的雙胞胎弟弟。我查不到這對雙胞胎的社群媒體或是學校，也沒有病歷，雖然他們的父親是一家石油公司的會計師，照理說是能負擔得起保險的。另外，他們現在的護照全都是同一天發給的。對一個經常旅行的五口之家來說，這樣的機率有多高？」

「很低，」蘭斯說。「妳是懷疑什麼？」

「我覺得他們離開美國的原因恐怕有鬼，而我只想知道跟布蘭登有沒有關係——例如他之前是否有使用暴力的紀錄，而他們是想讓他躲開追緝。」

「好，不過純屬假設，要是我查到了什麼，妳打算怎麼做？是要去問妳的委託人或是報警？妳總不能冒險去問布蘭登本人吧。」

「船到橋頭自然直，但願不會走上那一步。告訴我我錯了，等這裡完事，我會請你吃一頓牛排大餐，配上我欠你的威士忌，」我承諾道。「你覺得你朋友會幫忙嗎？」

「一定會。他是個好警察。注意安全，親愛的。無論兇手是誰，都還逍遙法外。一個人也別相信。今天晚一點我會打電話給妳，不過如果妳需要我，我的手機隨時都開著。」

「我會的。謝謝你，蘭斯。你也是好人。需要時我會打給你的。」

要我賭的話，我會說接下來的二十四小時我一定睡不著，但是震驚與悲傷讓我的腦袋像陀螺一樣亂轉，重力讓我暈了過去。等我醒來，我的門縫裡有一張字條。

「住在同走廊的二一四房，不想打擾妳。午夜之前我都醒著，明天一大早就走。內特。」

我甩甩頭，讓混亂的腦袋恢復一些理性，我看著手錶，一時間不曉得是上午或下午。結果樓下飄來的香味是晚餐，而不是早餐，現在是晚上八點。我睡了一天，彌補了一週來的失眠和惡夢。我換了衣服，頭髮沒梳，連鞋都沒穿，就輕手輕腳走到內特的房間去。

來開門的人似乎從我們第一次見面之後就變老了。也可能是我自己變老了。

「進來，」他說。「妳的樣子跟我的心情一樣。」

我選了窗下的小沙發，縮起腳。內特為我們倆倒飲料，遞給我一杯。

「我睡了一整天，」我說。「我不懂怎麼會這樣。」

「妳的腎上腺分泌了過多的皮質酮，經過那樣的驚嚇之後睡覺是免不了的。」

「你是怎麼應付的？我是說，我見識過不少，可是那樣的殘酷、那樣的痛苦，要不受影響是不可能的。」

內特坐在床上，伸長雙腿。「官方的說法是我們是在為死者以及家屬發言，我們是他們得到解釋、正義、結局的最大希望——隨你怎麼說。一旦你讓感情作祟，你就沒辦法超然客觀地做這份工作了。」

「那非官方的說法呢？」

「沒有一個慘死的被害人的臉孔是我想不起來的，我一個都沒忘記過。已經烙印在我的腦子裡了。還有別的悲劇——車禍、未經診斷的疾病、用藥過量、房屋失火。都很恐怖，都是不必要的死亡。可是暴力在屍體的身上會留下一種壓力，很難形容。就像是恐懼是唯一殘存下來的東西，即使心臟已經停止跳動了。對我來說，恐懼是另一種可以辨認的傷勢，跟子彈孔或是刀傷無異。」

他穿著白色T恤和灰色慢跑褲，一瞬間我發現自己在希望我曾在班夫的眾多滑雪酒吧裡遇見他，我們可以在爐火前聊天歡笑，沒有後果，然後計畫早晨要去征服哪一座山。眼前只是可望而不可即，我們之間仍橫亙著一道職業的深淵。

「你能談談今天嗎？」我輕聲問。

「妳真的想聽？」

「我其實是想散步，我需要到戶外去。屋裡太熱了，我覺得有點像困在籠子裡。要不要一起來？」

「好啊，」內特說。「不過好像應該穿上鞋子。」

我換上適合的衣物，跟他在大廳會合。我們走得很慢，避開聊天，朝港口前進。鎮外的馬路太黑了，晚上還是別走為妙。

小鎮蒙上了一層靜默。倒不是說晚上這個時候街道通常是熙來攘往的，但是連炸魚薯條店都沒有客人進出。便利商店的燈光昏暗，除了內特跟我之外，港口的正面連一個人都沒有。我們的腳步悠閒，兩個人都忽然覺得不妥當。托本莫瑞變成了一個默默監視的外星世界。

我吸口氣，準備說話，伸手去碰內特的手，而他也不約而同把一條胳臂伸到我前面來，我們兩個都發覺了我們走進的矯揉造作。

兩個男人從小路出現，手持武器，另外兩個擋在我們後面，四個人都是陌生人。內特放鬆身體，兩手插入口袋，朝最靠近我們的人友善地點頭。

「晚安，」他說。「有什麼不對嗎？」

「島上所有五十歲以下的女人全部宵禁，從太陽下山後一個小時起到黎明之前，」那人說。「她不應該出來。」

我一聽他用「她」來說我就火大，卻聰明得不表現出來。萬一有麻煩，內特要付出的代價可比我高多了。

「這樣啊。我是驗屍官內特．卡萊爾。我會全力以赴把傷害亞德莉安娜和凱翠娜的人揪出來，起訴定罪。」

「你跟她在一起幹嘛？她來了之後就一直在管閒事。」另一個人說。

內特懶洋洋地聳聳肩。「李維斯克女士做的正是我在做的事。設法理清這裡發生的事，看能不能讓你們的妻兒姊妹再次平安。」

有個男的拿球棒拍在另一隻手上，結果只是讓他像個卡通裡的惡棍。

「這是做什麼？」我問他。

「我們在站哨，甜心，」他說。「在妳跟這邊的這個人真的做你們的工作之前，總得有人來讓這個地方安全啊。」

「還真有組織，」我喃喃說。「是艾戈巡佐想出來的主意嗎？」

「哈里斯．艾戈沒能阻止凱翠娜．法斯被殘害，不是嗎？我們巡邏不需要他的許可。」

「沒錯，沒錯，」內特說。「你們說的宵禁有道理。我們應該走了。」

「等一下。我們聽說她昨天跑到法斯家，而凱翠娜也正好失蹤。」他對內特說，提到我時朝我的方向點頭。「比利．法斯有話要說。」

「是凱翠娜的爸爸嗎？」我問。內特按住我的胳臂阻止我。「你可以跟他說我很樂意跟他談一談。我沒有什麼可隱瞞的，而且我很願意幫忙。」

「這裡沒有人要妳。」我們背後的某個人說。

我轉過去面對他，很清楚背對著一個炫耀武器的人是有風險的。

「你們還有比在這裡更好的事做，」我說。「有人把亞德莉安娜和凱翠娜的衣物藏了起來。有人把這兩個女孩抓進車裡。好好想一想吧。你們認識的人裡有誰在最近整理汽車內部，可能想要擦掉DNA的嗎？」

四個人看著彼此。我起碼可以為內特做一件事，就是轉移他們的注意，讓我們能全身而退，而不把情況變得更惡劣。

「要是你們想到了什麼，就去跟艾戈巡佐說，或是打到警方的匿名熱線。要是很緊急，甚至可以告訴我。謝謝了，各位。」我說，挽住內特的胳臂，繞過他們，朝飯店的方向而去。

「這件事一定會以暴力收場，」內特說。「義警幾乎一定會冤枉好人。」

「小鎮在沸點上了，這也難怪。」

「妳昨天真的去過凱翠娜家？」他問道。

「對，可是我完全不知道她那時已經失蹤了。你能建立起死亡時間嗎？」

「她在妳找到她之前的晚上死的。我還不能說是幾點，不過我認為是介於晚上十點到半夜四點之間。」

「那我去她家時她已經死了。警察在現場找到兇器了嗎？」我問道。

「沒有。我們有一組很大的團隊在翻找洞穴和公路之間的岩石堆和樹林，目前還沒有發現。」

回到飯店後，我們二話不說就一起回內特的房間，各自佔了跟出去前一樣的位子。

「你能告訴我多少？」我問。

「妳看過屍體了，所以妳差不多是都知道了。」

「我看見了她的背，她的頭髮反射了我的手電筒光，所以我第一眼就看到背部。如果她是溺死後被拖進洞穴的最遠端，她怎麼會沒有擦傷？她的皮膚仍完好無傷。」我這才明白了這句話的錯誤。「至少是她的那一邊。」

「她不是溺死的，」內特說。「頭上的海草是同一種的，使用沙子的手法一致，但是受限於完全的事後驗屍，我初步的檢驗發現她是因為大量失血而死於心臟衰竭。她的體內血液量不足，無法讓她的心臟跳動。」

「可那就是說……」我手臂上和後頸上的寒毛倒豎。

「對，她的乳房被切掉時她仍活著。如果她那時已經死了，就不會有妳看見的那麼大面積的流血了。」

「怎麼會？」我想問個更連貫的問題，可最後只說得出這三個字。

「這個階段還不夠科學，不過我認為他是從後面用一條手臂箍住她的脖子，用另一隻手切割，如此一來，他就能在她流血時抓牢她。」

「那為什麼把乳房放在她的左手裡？這一定有象徵意義，可象徵什麼呢？」我問他。

「等妳查出來，妳應該要讓我知道，」內特說。「我可以告訴妳經過，但恐怕我讀過的教科書都沒辦法解釋人類為什麼會如此邪惡殘暴。」

我離開了，腦子裡還響著這句話。走了幾米回到自己的房間，我知道內特說得對。我可以把所有的犯罪機制交給警察、鑑識人員和病理學家。為了揪出殺害亞德莉安娜和凱翠娜的兇手，我真正需要做的事是找出他們的動機。

24

翌晨我離開飯店，打算去克拉克家進一步說明凱翠娜之死的情況，正巧遇上一長排黑衣肅穆的人魚貫穿過小鎮。我跟上去，低著頭，稍微踢高腳跟，盡全力讓自己的出現像是巧合。不出幾分鐘我就站在一旁觀看致哀的隊伍走進了潮汐聖徒教會。克里斯多夫神父站在門前，以堅定的握手或是輕拍肩膀和每個人打招呼。這不是喪禮。凱翠娜的屍體要很久之後才會歸還給家屬，要等到警方使盡渾身解數揪出兇手之後。這是比較具象徵意義的儀式，是一整個傷逝的社會與殤者家屬同悲同感，是好事，也是應該做的事。只不過沒有人想要對亞德莉安娜的家人表現出同樣的支持。

我靠著一棵樹，離教會遠遠的，思忖著你得在一座島上生活多久才能算是他們的一分子？一年？十年？或是得整整一個世代？克拉克家永遠不會知道。

「這是怎麼回事？」我轉頭發現布蘭登站在我旁邊，好像是因為我想著他的家人而現身的。

「為凱翠娜舉行的儀式。」我解釋道。

布蘭登的嘴唇扭出冷笑。「他們知道凱翠娜要為我姊姊的死負責嗎？」

「布蘭登，現在時間地點都不對。凱翠娜的家人也承受了跟你們一樣多的心痛。」我的聲音保持溫和，但是每個字都不容質疑。

還有一些遲到的人。

「妳不覺得我們有權知道她為什麼要我姊姊半夜三更去跟她會合，而她卻連一個字都沒跟警察說嗎？這些人在坐進教堂之前應該要知道真相。」他繼續大聲說話。有兩個過馬路的人犀利地瞅了我們一眼。我握住布蘭登的胳臂，把他拉遠。

「跟這些人交惡只會更難為亞德莉安娜伸張正義。我知道你覺得不公平，可是我要請你回家去。拜託，讓我做我的工作。」

「妳的工作？妳知不知道凱翠娜有多嫉妒阿蒂？她在我姊姊搬來之前是大家矚目的焦點，鎮上最漂亮的女孩子，搞不好還是全島最漂亮的。可是卻跟這裡其他的女生一樣扭曲可悲。我姊姊連一點機會也沒有。」

「但她也死了，」我說。「被殘忍地殺害。」他僵住，憤怒從臉上流逝。「無論凱翠娜給自己惹了什麼麻煩，她都付出了代價。」

布蘭登沒吭聲，心裡的天人交戰讓他招架不住。我也感覺到了。我一直在找凱翠娜，想叫她回答有關亞德莉安娜之死的一些關鍵問題，而現在我僅有的線索也斷了。

「我會走。」布蘭登說，聲音顫抖。儘管他的體型像成人，又滿心憤恨，他還是個孩子。他離開時低頭看著地下。

「嘿。」我跟上他，握住他的胳臂。「我覺得你好像知道什麼我不知道的事。現在是分享的好時機了。」

他把胳臂抽開，這個舉動是抑鬱多於憤怒。

「他們在她身上施咒，」他說。「那個教會裡的每一個人都知道。」

我看著他走。

這句話應該很荒唐，是一個傷痛欲絕的手足在胡言亂語，因為他太憤怒，需要什麼妖怪和巫術的陰謀論來為他的損失討個公道。

但話說回來，芙蘿拉的屋子。藥草，燒灼痕跡。我到現在還沒接觸過芙蘿拉的父親賈思伯，而且我也仍不知道哈里斯・艾戈為什麼執意要警告我不得插手。種種的情事，再加上在我心裡像有蜘蛛在爬的感覺，就像眼角有條影陰，每次我轉頭它就消失無蹤。

「要進來嗎？」巴斯蓋特警員在馬路對面喊道。他又瞧了一眼漸行漸遠的布蘭登，這才回頭看我。「要開始了。」

「好啊。」我說。我的背流下了一道汗水，既冰冷又緩慢。

「妳還好吧？妳的樣子不太妙，」巴斯蓋特說。「妳需要坐下來嗎？」

一時間我的肺吸不進空氣，世界變得模糊，好像我是坐在旋轉木馬上。幾秒鐘之後才逐漸清晰。

「我沒事，」我說，想輕鬆帶過。「沒吃早餐。」我說。

他示意我走在他前面，進入教會，關上了門，有人開始彈奏鋼琴。我走過去站到後面，藏身於人群中。教堂擠得水洩不通，少數的幾排椅子被家屬朋友佔滿了。凱翠娜的父親在最前面，由他姑姑和別人安慰著。要不是智慧型手機和名牌運動鞋，這些來致哀的島民還真像是上一個世紀的人。

有人唱起了聖歌，是個男人，純淨得一如泉水。克里斯多夫神父耐心等待著，看樣子像是在教會最遠的角落裡禱告。一直等到一曲終了他才上前來。

「朋友們，」他開口說。「威廉。」他的目光導向比利，凱翠娜的父親，點個頭。「你們有許多人會問天父我們今天怎麼可能會在一起。如果有天主，祂為什麼會允許如此可怕的事情發生在我們這個親密的社區中？」有人喃喃附和。「而我打算回答你們的問題。但是首先我要請大家一起禱告，也許透過信仰可以讓我們看得更加清晰。」他低下頭，開始唱誦，大約一半的會眾也跟著唱。我睜大眼睛，左右張望。哈里斯．艾戈來了，面色灰白，筋疲力盡。我猜他勢必得回答一些尖銳的問題，誰叫他宣稱亞德莉安娜的命案是偶發事件，兇手對島民不構成威脅。這種觀點行不通了。我還認出幾張在閒扯淡出現過的臉孔。凱翠娜的女性朋友聚在一起，奮力壓低哭聲。禱告結束後，克里斯多夫神父滿意地點頭。

「好，我們在這裡，」他說。「聚集在一起從彼此身上汲取力量。我們每個人思索我們的生命、我們自身的生命以及我們所愛之人的生命之脆弱易逝，我們變得謙卑。在憾事中被提醒需要每一天都向彼此表達我們的愛，被敦促我們不能把每一天看作理所當然之事。凱翠娜出生在這座島上，她在這裡生活了一輩子，而她被無法言說的邪惡行為奪走了。」

這句話引起眾多附和，回應的聲音更響亮。

「所以天父為什麼讓這種事發生？祂的眼光為什麼在危急時刻從這孩子身上掠過？她為什麼沒有得到保護？」克里斯多夫神父繼續說道。福音佈道之多超出了我的預期。會眾屏息以待他的答案。哈里斯．艾戈轉頭評估氣氛，發現了我的目光，他挑高眉毛，反倒洩漏出更多的情緒。

「答案是邪惡在今天也像在從前一樣存在著。雖然是一隻人手揮舞刀子，切割凱翠娜的身體……」我盯著哈里斯．艾戈的眼睛不放，等著看他會怎麼做。群眾自然是不會在事發後不久就容忍如此殘酷的佈道的。巡佐咬緊了牙關，盯著看他腳下的石板。「可是你們以為主是在只有祂的真空裡行動嗎？不，不，並不是。」

教堂嗡嗡響，空氣都因情緒而帶電。

「邪惡現在是如此熟悉的一幕，我們看見它的臉也不會震驚。色情圖片在我們的螢幕上出現，在我們的街道上妄稱你神的名，年輕人不顧道德或後果隨意交媾。邪惡無所不在。一旦讓它進來，它就會找到立足點。邪惡扭曲心靈，控制感官。邪惡入侵了我們的社區。」

這句話真的讓一些人發出了附和的叫喊，還有人鼓掌。克里斯多夫神父滿面紅光，所有的目光都在他身上，就連青少年都不哭了，一條生命線拋給了他們。想要用一種恐怖的、空洞的、無用的情緒來卸下你的心智嗎？歡迎取用仇恨和責怪，你的傷心阻斷劑。

「這個邪惡，這種破壞，這種……虐待狂，」他大聲吼出最後三個字。「不是在這裡誕生的，是漂泊過來的。邪惡隨時都在尋找可以定居的新地方。小小的邪惡行為就像是一顆顆水銀，會找到彼此，融合在一起，形成一大塊。滲透每一條裂縫，毒害、摧毀、破壞。那是外來的元素，外觀可能閃耀美麗——甚至會反射你自己的臉孔——但它還是毒藥。」

會眾吐出一口氣，克里斯多夫神父讓氣氛安定下來。就跟每一個高明的演說家一般，他知道在高潮之前需要拉低音階。

「讓我們把凱翠娜放在心裡，願我們在她經常出入的所有地方看到她。回想起她參加過的那些適合年輕女性的良好的、潔淨的活動。」

我的女性主義頸毛豎了起來，緊接著是我的調查本能。這句話無論怎麼看都很古怪。對，過時又充滿了父權思想，但也很怪誕。鎮民應該回想的是什麼「良好的、潔淨的」活動，又是拿來跟凱翠娜做過的什麼事對比？會是亞德莉安娜跟克里斯多夫神父告解的事嗎？

「我們在社區、在家中、在良心上一定要提高警覺。我們應該驅逐會侵犯我們，破壞我們的傳統、打亂我們私下冥思的人。」

眼睛紛紛轉向我，我早該料到的。陌生人，帶來悲傷的人。我左邊有人低聲罵了句「賤女人」，卻沒有誰制止。管他是不是聖所，氣氛已經多了一種私刑的味道，突然間我覺得非常需要出去。不過唯一的門在前面，我可不要挑這個節骨眼上走過會眾和凱翠娜父親的面前。

「我們必須拒絕那些不接受神到他們靈魂的人，並且要他們噤聲。驅逐那些信奉無神論或更壞的邪教的人，大聲指出他們來。指出那些走在我們之間卻不是我們同類的人。」

我的手心冒汗。克里斯多夫神父如魚得水。如果可以讓時光倒流，我一開始絕不會走進教會來。

「那些給我們的年輕女性和女孩子立下壞榜樣的人，那些進入我們的家和我們的工作場所，不請自來，不合法，批評他們不懂的事的人。」

說到這裡，克里斯多夫神父筆直看著我，顯然就是在說我闖入彩虹糖地下室的事，而我忍不住想他是怎麼知道這件事的。

「我們會為凱翠娜伸張正義，」他說。壓根就沒提到亞德莉安娜，一個字也沒有。這時我已經像布蘭登剛才一樣火冒三丈了。「主會給我們帶來正義，祂會透過我們行動，確保那個兇徒被找到被懲罰。我們要求祂讓我們其他的年輕女性安全。我要求你們幫忙，把那些年輕女性和女孩子關在室內，安全地在她們父兄丈夫警覺的眼睛之下。」

他停下來歇口氣，這漫長戲劇性的一刻根本就是從公開演說手冊裡抄下來的。氣得我咬牙切齒。

最後，聲音輕柔得幾乎聽不到，語氣是那麼的哀傷、尊重、優雅，我都懷疑之前那些噴毒液的長篇大論是我自己想像出來的了。他說：「讓我們祈禱。」

每個人都低著頭，唯獨我把頭抬高。狹小的空間裡擠了太多身體，開始發臭了。說完阿門之後，比利．法斯率先站了起來。克里斯多夫神父也湊上去，其餘會眾莊重地站著，讓門口的兩人有私密的一刻。

然後他們三三兩兩出去，速度如烏龜，而我站在後面，所以我差不多會是最後一個出去的。我一看到隊伍中出現空檔就往前站，聽著他們閒聊，表達同情與震驚。快到門口時，我感覺到頸後一陣熱熱濕濕的，我用手一摸，立馬知道有人吐我口水。我讓到一邊，轉身看是誰跟在我後面，準備在必要時處理一場爭執。有些事情我就是不能容忍。

結果是哈里斯．艾戈握住我的手肘，硬把我帶了出去，一面往我的耳裡嘟囔著：「現在不行，這裡不行。」出了教會大門他才停下來，高舉雙手表示投降。「我看到了，但沒看到是誰，我很抱歉。不過現在不是妳鬧事的時候，現在大家正熱血沸騰。」

我們後方傳來甩耳光的聲音，我們一齊轉頭看是怎麼回事。

一名年長婦人正面對面站在克里斯多夫神父之前，他一隻手撫著臉頰，巴斯蓋特警員上前來把她拉走。大多數的島民都離開了，留下來的人都驚愕沉默地看著這一幕。

「她是誰？」我問哈里斯．艾戈，但他已經大步朝事發地過去了，把老婦人匆匆從另一個方向送走。

我留在原地，看著賽門．巴斯蓋特友好地按著克里斯多夫的肩膀。克里斯多夫神父點點頭，好像還眨了眨眼睛。

我走回飯店，在心中重播這一幕。這兩人好像對於老婦人的攻擊都不驚訝，巴斯蓋特也沒問克里斯多夫神父是否知道挨耳光是為了什麼，他們當下就了解了情況。這兩個男人有什麼秘密，而我一想到就覺得噁心反胃。

25
小島

女孩子來到阿洛思城堡，一如既往，三個月一次。有的從托本莫瑞南下，有的路程較近，從榭倫北上。她們默默接近頹廢的城牆，站在古老大廳的中央，俯瞰馬爾海峽。女性在這裡聚會有七百年左名的歷史了，四周的城堡興旺，飽經戰亂，由一個氏族嬗遞到一個氏族，像個不起眼的獎品，然後崩塌成一塊塊的石頭，光榮的歷史變得黯淡。

對有些女孩子來說，歷史是重要的，其他人則只覺得這裡不過就是島上的一個地方，是個集合地點，讓她們能忘掉家裡的紛爭，擱置瑣碎的口角、麻煩、需求和欲望。單純地活著，在夜裡，在短短的時間裡。觀光客不會拍照，本地人不會目瞪口呆。黑暗中，只有小島是證人。

風從岩縫中吹奏出狂野的音樂，海浪捲起貝殼，掠過海水與沙子銜接處的石頭，為樂聲添加打擊樂。

她們在殘存的牆根上生火，為這個目的帶來了乾柴，還有火柴，雖然按理是該用燧石的。現代生活到底還是入侵了。她們的臉上沒有化妝，身上沒搽香水。她們披散著頭髮，衣著簡單樸素。冷冽的空氣不允許她們裸體，不過她們並不會把低溫放在心上。火在她們的血液中燃燒，為她們保暖。那些夜晚，有的是多巴胺和腎上腺素供給她們身體的燃料。

她們三五成群到來，以悠長的擁抱歡迎彼此，感覺她們的姐妹的心跳，陶醉在歸屬感之中。她們以小扁瓶帶來加香料和蜂蜜的熱酒。到齊之後，她們開始了，一把把的乾燥藥草拋向火堆，站成半圓，面對著歷經了幾世紀的城堡。呼吸。

在她們心中，她們召喚出風笛手，在峭壁頂端吹奏。吸氣，吐氣。

她們讓風吹打她們的身體，鞭笞她們寬鬆的衣服，讓衣服鼓脹成颯颯作響的翅膀，一綹綹的頭髮甩打她們的頭頸背。鹹水噴飛四射。皮膚因震驚與生命而刺痛。吸氣，吐氣。

一名年長婦人從她們身後出現，走向火堆，跪下來，一隻手劃過最熱的火焰再收回去，高舉著手臂讓空氣舒緩她的手。女孩子向彼此伸手，手牽著手瞪著火堆。吸氣，吐氣。

空中充滿了濃濃的往日香氣。煤炭，紫石南，繡線菊，血根草，香桃木。是島上的香草，只缺少貫葉連翹，據說可以擊退女巫。無稽之談，但是負面思想在這樣的儀式中是沒有立足之地的。吸氣，吐氣。

年長的婦女從口袋中掏出了一把刀子，緊握住有刻痕的石刀柄，將燒傷的掌心朝天，割下去。女孩子們一個接一個過來，大拇指在鮮血中沾一下，在各自的額頭上畫一個長鵝卵形。生命之圈，延伸到極限卻不斷，自它願意彎曲的心態中汲取力量。

然後開始尖叫。

先是一個女生，接著是另一個，再一個。哭喪女妖的哀泣，並不是像民俗中所說為了某個所愛之人消逝而哭，而是為她們自己而哭，哭她們要成為母親、要結婚、要持家、要恭順、要遵守各種傳統和刻板觀念。哭她們失去了愛穿什麼就穿什麼的自由，時時刻刻需要惦記著是否會被認為招蜂引蝶。哭她們失去了想拿自己的身體怎樣就怎樣的權利，唯恐會招來批評、閒話、謠言和標籤。哭她們失去了拒絕平庸、保持自由精神的權利。

尖叫聲變弱，舞蹈開始了，起先是緩慢的動作，四肢如水般擺動，接著加快，更急迫，她們的身體交纏在一起，直到月光減弱，再分不出誰是誰。她們停下來喝酒，酒汁從嘴巴流到脖子上，濺濕了她們的衣服。她們旋轉大笑，扭動咧嘴。筋疲力竭地倒在地上，面朝下，用臉頰去摩擦泥巴。

「靜止。」老婦說。

所有人都像死人，一動不動，讓每一束肌肉都融入泥土床裡。

「好，向上看。」她說。

她們不約而同翻身仰躺，凝視著無垠的夜空，絲毫不受城市的燈光污染。木柴燃盡，月亮也被雲層遮住，星光反映在島上女孩的眼中。最後她們哭了，釋放掉輕蔑和侮辱、欺凌和冒犯、爭吵和侵害。

老婦人走向火堆，添加木頭，讓火焰新生。她從口袋裡掏出一顆紅水晶，放在中央的木頭上，叫出每個女孩的名字。她們一驚，坐了起來，彷彿是在深沉的睡眠中在一個陌生的地方驚醒，手腳並用，爬向火堆。

每一個都對著水晶低聲說出一個名字，呈上一個肖像——一張手繪的圖畫，一張照片或是一個粗製的玩偶。每一個都有她們的理由，有些比別人更合理。小島聆聽，也聽進去了，知道了她們的不滿。老婦人握住每個女孩的手，兩人一塊拿住肖像，放進火裡燃燒。她們的指頭燒出水泡，皮焦肉爛。復仇是要付出代價的。自然的世界裡沒有免費的東西。

完全滿足了之後，她們踩熄火堆，拿出水晶，拿起扁酒瓶，擁抱彼此道別，各自回家。阿洛思城堡屹立不搖，一如往常，默默歡迎船隻捕完魚，探過險，打完仗後回航，盯著馬爾島的人民，保衛他們的海岸。

26

我踩到了塞到我門縫下的字條，把紙踩皺了。我撿了起來，丟到床上。我從迷你吧檯那拿了一瓶過小的伏特加，撬開瓶蓋，一口喝光。烈酒辣喉但同時什麼味道也沒有，不過還是有效。我抓住字條，躺在床上看。

親愛的李維斯克小姐，我很感激您繼續在我們這裡留宿，不過恐怕我們不能夠再招待您了。您也了解島上的突發事態讓我們無法再履行提供您食宿的協議。您今晚可以繼續住，但是我要請您最遲在明天早晨十點之前退房。

感激不盡，

最後海灣客棧經理

說是徹底的震驚是騙人的，不過也讓我了解了現實。既然我的飯店房間已經被入侵過一次，說不定搬走也是件好事。我開始查看島上其他的飯店。第一家不接受新的訂房，第二家也是，到第三家我懂了。馬爾島目前是歇業狀態。他們不想要記者、攝影師、犯罪現場觀光客或是島外人，而且他們也絕對不想要我。

行。不過克拉克家卻想，他們比之前更需要有人為他們據理力爭。我有準備工作得做，還有人要見，沒時間可浪費了。

首先，我到小鎮邊緣的一家戶外用品店去，店雖小卻貨物齊全，而且老闆從我一進門就說個不停。我逮住機會說明我立刻就要離開馬爾島，想在回加拿大之前去本島健行。我帶著一個單人帳篷離開，容易搭建和偽裝。我不需要和仲冬的天氣搏鬥，所以我需要的東西相當輕量。

我正在把睡袋捲收好，內特的第二通簡訊來了。

「檢驗結果到。亞德莉安娜雨靴中的灰色粉末——磨碎的貓骨。也許是誤當毒品賣？」

「稀釋用吧。」我答覆道。

製毒者用來稀釋毒品的東西不勝枚舉，我見過太多了。從滑石粉、洗衣粉、咖啡因和阿斯匹靈到磚塵、石英、葡萄糖和苯佐卡因，應有盡有。有些可以提升毒品的效力，偶爾稀釋劑比毒品本身更致命。通常都是毒販為了增加利潤才摻進不明物質，愚弄吸毒者。磨碎的動物骨頭倒是我頭一次聽說。感覺太費工了，還得先清洗再壓碎再細磨。

另一個可能已經在我的腦子裡形成了一朵暴雨雲了。為了深入調查，我得再闖一次閒扯淡，不過我是希望可以在那裡看見兩張友善的臉孔。

蕊秋在吧檯後，路易斯在整理桌子。慶幸自己的好運，我點了三明治和氣泡水，為了彌補我出格的一大早飲酒行為。我找了個座位。

蕊秋幫我送上三明治，擔憂地看了我一眼。

「妳沒事吧？我聽說了一些事。」蕊秋的輕描淡寫逗笑了我。

「反正就這樣，」我聳聳肩，向前傾，手肘放在桌上，壓低聲音。「有謠言，都不具體，可是我覺得亞德莉安娜和凱翠娜，甚至連多年以前的芙蘿拉．企德都跟某種的——怎麼說呢——邪教有關。」

「啊，不，那是我們講給小孩子聽，要他們乖乖上床睡覺或是吃完飯的故事。都是胡說八道。當然，觀光客喜歡聽馬爾島女巫的故事。不會是超自然的東西殺死了那些可憐的女孩子的，對吧？」

「這一點我的看法跟妳一樣。聽著，妳不是讓我去員工的櫃子那裡去看亞德莉安娜的東西嗎，凱翠娜有沒有在那裡放東西？」

「昨天巴斯蓋特警員代替比利．法斯來把東西都拿走了。不過我也不能讓妳再下去了，我先生說要鎖起來。」蕊秋朝大門看了一眼。「他今天去本島補貨，所以妳可以看一下。」

「很感激妳的幫忙，」我說。「如果妳能再幫我最後一個忙，我從此就不再來麻煩妳，妳也不必幫我打仗了。這裡誰跟凱翠娜最熟？除了她現有的朋友圈之外，有誰可以讓我有點不同的觀點的？」

她扭過頭去叫路易斯。

「這孩子也許可以幫上忙。凱翠娜迷戀他好一陣子了，每次他來打工，她就坐在這裡對著他流口水。不確定是怎麼了，後來熱情就燃燒殆盡了。」路易斯來到我的桌邊，手裡仍擦著酒杯。

「莎蒂有些問題要問你，」蕊秋小聲說，同時把菜單交給我。「別坐下，長話短說。」她朝我眨眨眼。

我草草看了一眼菜單，胡亂指著一個菜品，再開口。

「農家派好吃嗎？」我問道。

「只要妳不吃素，」他說。「妳想知道什麼？」

「如果凱翠娜發簡訊給亞德莉安娜要她去某處，你覺得亞德莉安娜會去嗎？」

「看情況。我知道亞德莉安娜想要融入，交朋友。凱翠娜好像總是什麼事都少不了她。我猜如果她喜歡妳，那別人也會接受妳。可是真正的問題是，為什麼凱翠娜要發簡訊給亞德莉安娜？」

「什麼意思？」

「我覺得凱翠娜不喜歡亞德莉安娜。我跟妳說過了——島上出現了另一個漂亮的女孩子，她好像很嫉妒。凱翠娜不喜歡有對手。」

這是我第二次聽見了。

「要是凱翠娜認為她和亞德莉安娜變成朋友可以比自己一個人吸引更多注意呢？她們兩個要是站在一起可會是目光的焦點啊。」

「我得去顧吧檯了，」他說。「不過凱翠娜不是個願意分享的人。如果她決定對亞德莉安娜好，那也是因為她想要什麼。是真的嗎，是妳找到她的？」我點頭。「我不懂是怎麼回事。我爸說她的死法和亞德莉安娜不一樣。妳覺得他們會抓到兇手嗎？」

「會，」我說。「遲早會有鑑識證據或是目擊證人。要隱藏起來幾乎是不可能的，尤其是在一個小社會裡。凱翠娜有一陣子迷戀過你，是吧？」

「那是別人說的，可是我們沒有約會過。凱翠娜不錯，只是不是我的型。我不想說什麼……」他一句話沒說完。「現在說感覺不公平。」

「她有男朋友嗎？」

他扭頭看，附近一個人也沒有。

「有幾個，」他說。「她爸常常不在家，有時候一出海就是好幾天。我猜她是覺得寂寞，這一點我替她難過。我爸覺得她可能是交錯了朋友，這方面她的朋友會比較知道。」

「我會找她們談一談。在你走之前，亞德莉安娜的雨靴裡有一小袋粉末，化驗結果是磨碎的貓骨。你知道是什麼意義嗎？」

賽門．巴斯蓋特晃了進來，坐在吧檯前。

「靠，我得走了。磨碎的貓骨很像是凱翠娜跟她那一票會搞的東西。有一次她們讓我喝了某種薑茶，後來有一個跟我的朋友吹牛說那是愛情魔藥。」

「大概只是好玩吧。」我說。

「一點也不好玩。害我病了兩三天。誰知道她們在裡面摻了什麼。」

路易斯拿起菜單，回到吧檯。

巴斯蓋特警員等了三、四分鐘才拿起啤酒杯，走過來我這邊坐下。他挨得太近，完全沒必要，所以我又往旁邊挪了挪。

「路易斯是個好看的孩子。喜歡吃幼齒的是吧？」

「哈里斯・艾戈知道你這樣說他的兒子嗎？恐怕他不會喜歡吧。」

「我不知道加拿大人這麼沒有幽默感欸。」他說，喝完了啤酒。

「目前馬爾島上沒發生多少讓我笑得出來的事，」我說。「你跟克里斯多夫神父顯然有交情。是你告訴他我去過彩虹糖的地下室的？」

「那是為了工作上的理由。妳發現的骨頭在正式指認出身分之後需要安葬。」

「前提是不是犯罪調查物證，就算如此也不需要把我的名字說出來。」他不回答。「那個狠狠打了他一巴掌的女人是誰？」

「跟妳無關。那是私人恩怨。克里斯多夫神父不願意控告她，他是個好人，很能鼓舞人心。」

「是喔，他主張把女人關起來，把一切權勢再交到男人手裡，是不是有點太熱心了。」

他挨過來，對著我的耳朵說話。

「要是凱翠娜・法斯在家裡，有人看管，她就不會死。要是亞德莉安娜・克拉克沒有半夜三更溜出去，她現在就還會在吧檯後面倒酒。說不定把我們的女孩子看緊一點就不會出錯。」

我把剩下的三明治推開，站了起來。

「可你現在卻坐在這裡對著我噴酒氣，而不是去追查殺害她們的兇手。你問過克里斯多夫神父他對亞德莉安娜知道多少嗎？她都找他告解。」

巴斯蓋特瞪大的眼睛告訴我他並不知道這件事。

「我想說妳明天就要離島了，」他說。嗯，馬爾島的八卦網倒真是可靠。不曉得店主是在我買完帳篷之後等了幾分鐘才把流言傳播出去的？「真是可惜了。妳跟我可以變朋友的。」

「是啊，我的損失，」我說。「不過我相信你很快就能找到一個甜美的島上女孩，對你言聽計從的。」

我的下一站是陶器店，去找莉姬。可憐的女孩子紅著眼睛站在櫃檯後，她的奶奶則用吸塵器打掃著已經纖毫不染的地板。沒必要假裝我是為別的事情來的了。

「我不想說話。」莉姬說，搶在我還沒機會開口之前。

「妳當然不會想，伊莉莎白，」她奶奶說。「不過恐怕妳不說也不行。除非這個兇手被抓到，否則誰也不安全。妳想知道什麼，李維斯克小姐？」

「凱翠娜的事情，」我說。「她的私生活。我們可以到窗子比較少的地方談一談嗎？」

不到五分鐘商店就打烊了，門上的牌子翻了過來，我們坐在樓上的起居室裡——這裡是簡樸卻溫馨的幾個房間，感覺安全悠閒，跟外頭的野蠻世界形成強烈的對比。我等著咖啡倒好了才開口。

「莉姬，凱翠娜有男朋友嗎？」

「沒有，嗯，是有一些，可是沒有特別的。她有時會跟幾個男生出去。」

「有新的嗎？不是島上的人，或是年紀比她大的？」

「沒有，只有本地的。差不多都是白痴。只是為了好玩。」莉姬解釋道。

「她有沒有說過在社群媒體上認識了什麼人？」

「沒有，誰會大老遠跑到馬爾來啊？所以我們才一天到晚說要離開這裡，誰會想要嫁給這裡的人啊。」

「那路易斯呢？」我問，把一塊餅乾掰成兩半。「凱翠娜不是喜歡他嗎？」

「欸，誰對他沒有一點幻想呢。可是他們沒有出去過。」

「是路易斯還是凱翠娜的決定？」莉姬聳聳肩，卻沒回答。「他是不是有一次被騙喝下了什麼愛情魔藥？結果出了狀況，害他生病？」

「那只是一些藥草，凱特只是在開玩笑。是他自己想太多。」她翻了個白眼。

「是誰給他的？」我問。

「我忘了，不過是凱翠娜的主意。他說了她什麼？他現在不應該說她壞話，她都——」

「他沒有說壞話，是我問他跟凱翠娜有多熟，他只是把想得起來的事情告訴我。妳知不知道凱翠娜在亞德莉安娜死的那天晚上傳簡訊給她？」

「她才沒有，我不相信。」莉姬說，直勾勾看著我的眼睛，堅決不信。

「妳怎麼會這麼肯定？」我問道。

「不可能只有她們兩個。我們是凱特的死黨。凱翠娜對於亞德莉安娜遇害也很難過，要是她那天晚上見過她，或是同意要見她，她會告訴我們的。」

「簡訊是從凱翠娜的手機傳送的，我看過通聯紀錄，我甚至還撥了那個號碼，她接了。」

「亂講，」莉姬說。「妳可能覺得凱翠娜做了什麼，可是我告訴妳，不可能。」

「凱翠娜的手機有安全設定嗎？密碼或是指紋登入之類的？」

「有臉部掃描，別人都進不去。她的手機一天到晚放在口袋裡，除非是在充電。那是一支安卓，跟我的一樣，只是比較舊。我們試過用我們自己的臉來解開對方的手機，只是好玩，結果不行。會不會是被人駭進去了？」她說。

「很難辦到，」我說。「對不起，還有一件事。妳大概很累了。」女孩傷心地點個頭。

「妳們去歷史商城的那晚——妳們想拿的藍磷灰石水晶——妳們究竟是想要怎麼用？」

漫長的停頓，莉姬咬著指甲。

「我不記得了。凱翠娜要拿來做什麼，我覺得不好。奶奶，我可以去躺下來嗎，拜託？」

她奶奶先看著我。

「我問完了，」我說。「謝謝妳跟我談。」

莉姬消失到裡間，我喝完咖啡。

「島上有傳言，」她奶奶說。「說妳老是挑錯時間跑到不該出現的地方，而且妳似乎知道太多了。我們收到警告，不讓妳接近這些女孩了。」

「那妳為什麼沒聽？」

「蘇格蘭孕育出強韌的女性。我可不是傻瓜。這個瘋子還沒有落網之前，我孫女不應該晚上出去。不過我的家我自己管，不需要男人來指指點點。我認識的絕大部分女人都跟我有一樣的感覺，即使她們是因為太傷心所以現在不會找架吵。我希望妳不會讓這裡的男人把妳趕走。」

「讓他們以為我要走了比較好，」我說。「至少是在目前。」

「抓到他，拜託。為了我們。我受不了不能在鎮上隨意行走，老是在懷疑是哪一個我認識了四、五十年的男人能這麼心狠心辣。」

「我會盡力，」我說。「把門鎖上，看好莉姬，誰也別相信。」

可惜我沒有聰明到自己聽從自己的建議。

27

我盡量利用最後一晚睡在室內的好處，在餐廳吃了一頓熱食，洗了個澡，盡可能多睡。我很早就醒了，收拾好東西，溜出飯店，悄無聲息。我已經通知克拉克家我要離開飯店，因為他們是付帳單的人，我把鑰匙留在無人的櫃檯上。現在是七點半，天色仍黑。海上吹來了一片冷冽的霧，我知道未來幾天或幾週——無論我注定要在馬爾島上待多久——都不會輕鬆舒服。但我不怎麼在意。我的肚子裡有一把火，卻跟我的背包裡那瓶喝了一些的樂加維林威士忌一點關係也沒有。

八點，便利商店開了，我買了一些東西——基本的食物，使用期限長，方便攜帶，包括米、奶粉、燕麥粥。接著我把車交還給租車公司，跟他們說我不需要了，順便詢問渡輪時間，強化我要離開小島的印象。這種花招維持不了多久，不過我需要一些預留空間。克拉克家是唯一知道真相的人。接下來幾天我計畫只接他們、內特．卡萊爾以及我的新記者朋友蘭斯．普拉德福特的來電。

圖書館座落在托本莫瑞高中的後部，只有一名圖書館員在給乾淨的桌子撢灰塵，我一進去她就對我點頭，寒暄兼警告，要我保持肅靜。我也不知道是為什麼，圖書館裡又沒有別人。

我在小說部打發了一點時間，同時打量本地史的架子。圖書館員古怪地瞧了我一眼，開始推著古老的推車，把少量的幾本書歸放到原位。取得借書證是不可能的事，而坐在這裡看一整天的書也不可能，我還得跋涉好幾哩路呢。

我悄悄把一本書藏進帽T下，忙著抑制住緊接而來的羞愧臉紅。偷竊不是我會做的事。要是我有機會能去歷史商城買一本馬爾島的民俗史，那我就會去用買的。雖然非常時刻需要非常手段，但是我仍然發誓等我再折回托本莫瑞，我會來歸還這本書。我穿過馬路，往紀念公園的一張長椅過去，那兒沒有人，可以打電話。蘭斯．普拉德福特果然是第一響就接聽了。

「如果妳打來是要告訴我又找到了一具屍體，那我就要跳上渡輪把妳弄出那裡了。」蘭斯說。

我笑了。有人準備火速過來拯救我正是我需要聽見的話。

「沒必要，」我跟他說。「我沒有你想像的那麼柔弱。」

「這點我毫不懷疑，可是我聽說島上又發生了很多事。義警的宵禁，男人帶著武器在街上巡邏──妳怎麼能分辨誰是好人誰是壞人？」

「我現在就在研究，」我說。「我被趕出飯店了，蘭斯。你要是需要找我，從今以後手機是唯一的方式，別忘了我連備用電池都沒有，更別說收訊了。要是你等了一整天才接到我的電話，可別心慌。」

「那妳要去哪裡？」他問道。

「我要去露營。這裡比起我習慣的環境好多了，而且我睡帳篷的次數多得都數不清了。這麼一來我就能確定不會有人知道我在哪裡。說真的，我還滿期待的呢。大自然是紓壓和思慮過度的最佳解方。」

「妳不喜歡有結實的牆圍住妳？」蘭斯問道。

「我曾在丟下所有的裝備之後在半山腰上碰上暴風雪。我能行。」我跟他說。自然之母儘管殘酷卻不是一個揮著刀的男人，一心只想要用血來寫下他們的亢奮情緒。

「那好吧。我猜妳是想知道我查到了什麼。答案是非常少。妳那個警察——賽門・巴斯蓋特——唯一的紀錄是他參與的逮捕行動或是事件。馬爾島的犯罪率很低。巴斯蓋特逮捕過幾次犯人，都是一般的犯罪。我的朋友倒是查到了之前一宗家庭事件，他住在格拉斯哥時，她的一個前女友打給九九九說被侵擾，等警察趕到後，現場一片安靜，女孩說她是反應過度。沒查到什麼，也沒有逮人。算是茶壺裡的風暴，那是九年前的事情。」

「那克里斯多夫神父呢？」

「從法屬圭亞那搬到蘇格蘭來念大學，取得心理學的一級學位，之後又進了神學院。成為神父之後他主持過許多教區，但是我沒有自己去深挖，我不知道他是不是留下了什麼謎團。不過他似乎是在慢慢往上爬。」

「所以跑到馬爾島來當一小群會眾的神父是讓人出乎意料的事。」我說。

「也許他是想比較接近上帝，多花一點時間冥想。」蘭斯建議道。

「對，也可能是他就是喜歡在他的小城堡裡當國王，」我說，再接著說：「我還是對布蘭登．克拉克有興趣。有什麼消息嗎？」

「這一個就沒輒了，」蘭斯說。「什麼也沒有，真的是什麼也沒有。我們甚至還查了國際刑警的通緝名單，怕他們是為了迴避什麼官司才跑到別的國家的。」

「我就怕你會這麼說。照理說我也應該在加州查到什麼紀錄的，結果是一片空白。」

「妳上次問過他們的護照——全都是同一天核發的。這種事幾乎從所未見。即使是夫妻——大多數的成人在認識他們的伴侶之前就有護照了，也就是說他們會需要在不同的時間更新。通常年份也會不同，不只是月份。」

「還有呢？」我說。

「除非你是更改了基本資料，像是取得了別國的國籍，一家人的護照就一起核發。或是房屋毀於大火，護照也一起燒毀，所以他們需要全家一起重新申請。總之是匪夷所思的事。」

「匪夷所思到應該要有個紀錄，或是他們會跟我說的。」我說。蘭斯不吭聲。「我會再進一步調查。」

「換了我我也會，」他小聲說。「亞德莉安娜是第一名被害人，比起之後發生的事，她更可能帶妳抓到兇手。要是她的過去有什麼是妳不知道的，那妳目前就只是看到事情的一半。」

「謝了，蘭斯。可以麻煩你繼續查嗎，以防萬一？如果是什麼重要的事情找不到我，那就聯絡內特．卡萊爾，他是格拉斯哥伊莉莎白女王大學的病理學家團隊。他會想知道你要說的事情。」

「如果我要求妳每天打一次電話或是傳簡訊來，讓我知道妳沒吃下什麼毒莓或是陷進泥炭沼裡，這樣會很專制嗎？」

「不專制，只是沒必要。我差不多什麼都會，而且我住在帳篷裡就跟住在家裡一樣自在。等我離開馬爾島之後，我的第一站就是你家，我們要一塊喝一杯。」

「就這麼說定了，」蘭斯說。「就像我父親愛說的那句話：勇往直前，一直到變成笨蛋，然後就沒命地跑。」

「我會記住的。謝了，蘭斯。保重。」

我把書塞進背包裡，站起來查看天空。雲很多，但不會下雨，而且溫度適宜。在出鎮之後我還有一件事要做，這件事早該在我發現我的委託人表裡不一時就該做的了。

28

伊莎貝拉．克拉克來開門時正在安慰哭鬧的露娜，她跟我當初見到時幾乎是變了一個人，那麼瘦，跟紙片一樣，臉上或是衣服上都沒有顏色。

「有消息嗎？」她問道。

「沒有。」我說，不等她邀請就走了進去。以後都會像這樣硬闖了。「羅伯在嗎？」

「跟布蘭登出去走路了。他們需要一點空間。越來越……」她含糊地揮了揮手。死寂，我心裡想。這個家裡的每一個人都死了一丁點，是阿蒂帶走的。露娜在她母親的懷裡扭動，下唇不高興地緊緊抿著。「很抱歉，妳來得不巧。」

「伊莎貝拉，我在調查是否有什麼能把亞德莉安娜和凱翠娜連接起來的線索。我需要再一次檢查她的物品。妳是否介意給我鑰匙，讓我回到你們的家裡？」

伊莎貝拉皺眉嘆氣。

「好吧，不過盡量別弄亂東西。」

「當然，我了解。對了，妳知不知道亞德莉安娜都去那個天主教會找克里斯多夫神父告解？他說不是去做禮拜，不過她顯然是有什麼心事。」

「她跟他說了什麼？」伊莎貝拉問，話說得很嚴厲，我一時半刻沒反應過來。哀傷不是一種情緒，而是一種狀態。在我的經驗裡，那是一種攻擊的過程，各種情緒隨著每一道關卡改變——從哀愁到憤怒，迷惑到孤寂，仇恨到認命。而伊莎貝拉此刻的表情卻介於憤怒和恐懼之間。蘭斯未出口的懷疑果然是正確的。

「他不肯說，」我說。「妳也知道告解是絕對機密的，不能破例。」

她點頭，走向廚房，從鉤子上取下一串鑰匙，遞到我面前，在我伸手去接時又縮回了手。

「妳如果查到了什麼就要告訴我的，對吧？」她問道。

我毫不猶豫。「當然，妳是我的委託人，我知道的任何線索都會轉告給妳——」

「我要聽的不是妳這一行的標準答案，」她堅持道，踏入了我的空間，激切地瞪著我的眼睛。「有沒有一種，怎麼說呢，一種法律規定妳必須把一切都告訴我的？」

「刑法，沒有，不過我們簽了合約，而坦誠相告就是你們付我錢的其中一項服務。」

伊莎貝拉低聲以西班牙語咒罵——有些話無論你會不會外語都翻譯得出來。

「妳是有什麼特別擔憂的事嗎？我目前知道的事情每一件都告訴你們了。」

她的肩膀下垂，退開了。

「沒有，沒有，」伊莎貝拉說。「我是在擔心可能妳告訴了羅伯，他卻瞞著我。他不想害我難過。」她挑著脫線的衣袖，皺起眉頭。「妳必須告訴我們兩個，對吧？」

「對。」我說，同時在心裡思忖如果我在分享線索時可能會造成危險，那我會到什麼程度才會同意不透露消息。

住。

「我不需要保護。」她柔聲說，彷彿看穿了我的心思。她再一次遞出鑰匙，這一次讓我握住。

「歸還時我會放到信箱裡。」我自己出去了。

十五分鐘後我就在他們家裡了。記者早就猜出克拉克家拋下了房子，所以也從他們的門口消失了。進去時我很慶幸窗帘百葉窗都是合上的。我給大門上了兩道鎖，這才去檢查廚房門，我還推了把椅子擋住門，如此一來就算有鑰匙開門也無法在不驚動我的情況下進來。

我上樓到亞德莉安娜的臥室，坐在她的床上一會兒。我並不是真的相信在這裡能找到什麼，只是想再一次感覺到她。我真希望能見到她本人。當然，大家經常這樣說過世的人。我們的描述都染上美麗的色彩，披上尊敬的亮眼外衣。如果我們真得說實話，那可就天下大亂了。我祖父就是個好例子。他是高階軍官，為了國家犧牲奉獻，無私無我，而且還定期做慈善，跟他忠實的妻子聯手拉拔大了四個孩子。他是那種會說精采故事的人，在男孩子堆裡受歡迎，高爾夫打得很普通。在他的葬禮上沒有人說在他打輸了球，或是他的股票下跌，或是他受夠了那些男孩之後，他會變得惡毒，先是說話夾槍帶棒，如果再受激，也會一巴掌打到他太太的臉上。從來不是用拳頭——這一點算他還有分寸。從來不用腳踢，也從不會拿起武器，可是他摑耳光的功力可不是蓋的。在他的葬禮上我們盡責地站著，有人流淚，有人把他說得很偉大。然後我奶奶回家，燒掉了他的每一件衣服、每一張照片，每一樣小東西，然後她在營火邊喝白酒慶祝。沒有人會老老實實地說死者是個什麼樣的人。

亞德莉安娜有什麼秘密是沒說出來的？

我晃進走廊裡，布蘭登的房間也查不出什麼來的，所以我反倒往羅伯和伊莎貝拉的主臥室走去。房間整齊乾淨，浴室櫃裡沒有出格的東西。我甚至不知道我是在找什麼，所以就更棘手了。他們的床底下，鞋子裡，吊掛著的長褲口袋，書皮下，什麼都沒有。該去找樓下了，可我去過那些房間很多次。廚房只是功能良好的廚房，小書房裡只有一張光禿禿的書桌和書架，另外就是客廳。

他們離開得極倉促，屋子卻仍一絲不苟。其實用寥落來形容更合適。伊莎貝拉並不高興我來這裡，我決定要做點什麼來彌補她。在漆黑的夜裡他們來不及收拾多一點東西，露娜的床上仍留著玩具，還有一些拼圖和組裝玩具。我跑到樓下去從洗碗槽底下抓了個垃圾袋，再奔上樓，能裝多少就裝多少，一面想像著露娜拿回她的東西時的笑臉。差不多裝好了。我正要離開，忽然看見架上一隻大泰迪熊，它穿著印花圖案棉裙，臉上綻開大大的笑容，熱情地張開雙臂。光是看著它就讓我心情好多了。我一腳踩上露娜的床，測試重量，再伸長手臂，結果第一次沒抓著，反而把玩具熊敲掉了，它落在小女孩的枕頭上。

我拿了起來，給它一個擁抱。摟抱玩具有一種感覺，你把它抱得緊緊的，就像是得到了一種忘不了的安慰。我有三個童年最愛的玩偶，現在都還放在我的衣櫃架子上。儘管想過要丟掉，卻始終狠不下心來。有時我會想像我安頓下來，有了一段持續的關係，將來可以把玩具傳給我的兒子或是女兒。

我把泰迪熊轉個身，放進袋子裡，注意到它背上的標籤。是幼兒園會提供給家長的，方便辨認出是哪個孩子的所有物。

我把泰迪熊從袋子裡拿出來，坐在床沿上。露娜．懷爾德。露娜不是個很常見的名字。泰迪熊之前的主人也叫露娜的機率有多高？

零，我的腦子給我回答。這隻泰迪熊屬於別人的機會等於零，只有可能是我委託人的女兒。只是現在我完全不知道我究竟是在為誰工作，而他們又為什麼沒有告訴我他們的真名。我一次跨兩級，下了樓，準備再回他們的臨時寄居地去。

羅伯和布蘭登在我抵達之前已經回來了。我笑盈盈看著露娜，舉起了垃圾袋。

「我這裡有一些妳可能很想念的東西。」我跟她說。她伸出雙臂，眼睛發亮。

「妳真好心。」羅伯說，伸出一隻手要拿回房屋鑰匙。

「我要回房了。」布蘭登說。我可不願意會談如此展開。

「我覺得我們應該趁露娜忙著玩玩具的時候在一塊聊一聊，」我說。「你何不留在樓下？」不過這並不是徵詢。

「捏捏樂！」露娜吱吱叫，開心壞了。

「還有更好的，」我說。我刻意把泰迪熊留到最後，再誇張地掏出來。「我覺得這隻泰迪熊一直在想妳！」

「花花！」她大喊，伸長了手臂。

「妳確定這個是妳的嗎？它的背上寫了別人的名字喔。我必須確定我給對了人。」

「她是我的，她是！」露娜叫嚷道。我交給她，她就匆匆忙忙跑上樓了。

羅伯和伊莎貝拉瞪著彼此，布蘭登則凝視著窗外。

「就說她會發現的。」男孩面無表情地說。

我走進客廳坐下。「那麼你們是懷爾德先生太太？」

「這和阿蒂的死一點關係也沒有，」羅伯說。「完全不相干。」

「我們請莎蒂來調查就是來確定是不相干的事，這才是重點，」伊莎貝拉糾正他。「可是凱翠娜又死了，我們也沒把握了。」

「我需要知道一切。如果亞德莉安娜受到什麼威脅而你們又沒告訴我——」

「威脅不是針對她的，」羅伯說，沉坐在扶手椅內。伊莎貝拉靠著牆，雙臂抱胸。「是我。全都是我的錯。」

「你毀了我們的人生，」布蘭登說。「阿蒂跟我失去了一切。」

「我們都一樣。」伊莎貝拉柔聲說。

「妳可以離開他啊，」布蘭登說。「我們不必跟著他到這個見鬼的爛地方來。阿蒂也就不會死。」

「你以為我還不知道嗎？」羅伯說。

說。

「冷靜點，慢慢說，一個字都別漏掉，我才能幫得上忙，要是你們還要我幫忙的話。」我

「妳也許就離開最好，」羅伯說。「妳已經拼湊出了我們需要知道的事情了。」

「這話不對，」伊莎貝拉說。「無論是誰殺死凱翠娜的一定也牽涉了阿蒂的死，我要他們為他們做的事坐牢！」

「阿蒂死了！」羅伯喊道。「再怎麼樣也彌補不了。」

「對，是彌補不了，可是我需要知道，羅伯。我需要所有的真相。我想知道為什麼會發生這種事，」伊莎貝拉說。羅伯雙手抱頭，她走到他身邊，抱住他，親吻他的頭頂。「把所有的事都告訴莎蒂，拜託。我沒辦法再這樣下去了，我們需要一點確定。」

他點頭，擦臉，清喉嚨。

「好。可是這是機密，是生死交關的事情，妳的和我們的。我們不是加州人，過去十年我們是住在拉斯維加斯，在那之前是紐約。我是個年輕的會計師，急著賺錢，攀上頂峰。後來我得到一個工作機會，是為一家大型賭場擔任首席內部會計，那好像是我的美夢成真了。薪資優渥，而且少了住在紐約的開銷，我們就能夠買一棟真正的好房子、好車，到外國度假，大展身手。」

「我姊姊死了，」布蘭登說。「而你還在說那些我們買得起的東西？」

我仔細盯著布蘭登。我在他臉上見過的憤怒，我當時以為是針對殺害他姊姊的兇手的，又

回來了，只是這次他責怪的是他的父親。可憐的孩子被四分五裂了，這麼多的憤怒卻無處安放。

「我很擅長我的工作，可能是太擅長了。我知道該把錢送到哪裡，如何透過開銷來沖銷利潤。我以為自己很聰明，其實我是踩在法律的紅線上了。賭場隸屬於一個大集團，其他的老闆也想要我的服務。我變成了一名專精洗錢的會計師。」

伊莎貝拉在揉眼睛。她累壞了，誰都看得出來，但是我現在拼湊出來的女人是已經疲憊好長一段時間的女人了——可能長達多年——在她的女兒被殘殺之前。

「躲得了一時躲不了一世。我還以為要來審查帳目的會是國稅局，想不到來的是聯邦調查局。有家賭場的老闆被捕了，他為了他所謂的『娛樂』高端賭客，走私女人到美國來。我完全不知道，我也絕對不會幫忙那種事情。可是這讓他們有理由來調查。」

「喔，拜託，」布蘭登打斷了他。「他做了交易，把探員要的那些賭場老闆的東西全都給他們，他就可以不必被起訴。」

「你在審判中作證？」我問道。

「不需要。我給他們的證物可以鋪平一條馬路，所有的被告都認罪了。他們都坐牢了，只不過刑期沒有那麼長。問題是聯邦調查局給我的證人保護計畫不是全面的。新護照，消失的時間。他們跟英國政府協商，允許我們住在這裡。我有足夠的錢存在外國銀行裡，我們不用工作也不愁吃穿，雖然不能過得很奢華，還是過得下去。」

「阿蒂卻沒活下去。」布蘭登說。

他父親氣沖沖地瞪著他。

「你是在擔心亞德莉安娜的死可能是為了報復你把賭場老闆賣給了聯邦調查局？」我問。

「所以你才會找我來查案，而不信任警察？」

伊莎貝拉和羅伯都點頭。

「我需要確定我們剩下的兩個孩子沒有危險。」伊莎貝拉說。

「我可以自己照顧自己。」布蘭登低聲嘀咕。

「可曾有過針對亞德莉安娜的威脅，或是針對你們的？」

「有很多，在我們離開賭場之前。我們刪除了孩子們的社群媒體帳戶、手機紀錄，換了姓氏，不過為了孩子們，我們讓他們保留原名。伊莎貝拉跟我則放棄了原名——在我們搬來這裡之前，我們是丹尼斯和愛兒瑪．懷爾德——改用中間名。」

「你就是因為這個原因才把亞德莉安娜的手機藏起來，不讓我或警方知道的嗎？」真相水落石出的速度很快。

羅伯點頭。「我不能確定手機裡有什麼，總是有可能阿蒂會提到我們的過去，或是聯絡老朋友。」

「你們搬到蘇格蘭之後有人威脅過你們嗎？」

「這我們就不知道了。我們很低調，不拍照，也避開觀光客。我們搬來之後差不多就是待在家裡。可是亞德莉安娜不肯聽，她想交朋友，想要有社交生活。」伊莎貝拉說。

「可是殺害阿蒂的是本地人，對吧？跟我的錯沒有關係？」羅伯的眼睛仍在流淚。他背負的沉重內疚太多了，堤壩崩裂了。他犯了法，置家人於險境，害他們拋下他們熟知以及熱愛的一切。然後他的女兒死了，無論如何都是他的錯。一群太有錢又肆無忌憚的人渴望報復，買兇殺人，又或者是某個心理變態迷戀上了那個有異國風情、帶著美國腔的美麗女孩，把她淹死，為了滿足他部分的變態幻想。無論是哪一種，都是羅伯把他們帶到這邊來的，而阿蒂再也走不了了。

「我覺得不是買兇殺人，」我說，不過我從沒接過扯上黑幫的案子。「如果是，他們就會讓你知道亞德莉安娜的死是報復，讓你知道你的身分曝光了。可是順便殺了凱翠娜？何必留下來做這一票呢？太冒險了，也沒必要。」

「我還是要知道殺害她的兇手是誰，」伊莎貝拉說。「阿蒂需要安息。」

「我會全力以赴，」我說。「我們顯然不能把你們的過去告訴警方。只要情資進了國家資料庫，就不再安全了。那你們所有人就都會有危險。你作證指認的那些人，他們的口袋很深吧？深到即使在坐牢也能花錢買人幫他們幹骯髒活？」

羅伯低著頭。「輕而易舉。」他說。

「好。」我沒有別的話說了，我得回頭重新評估我對亞德莉安娜的死有關的線索，看我是否遺漏了什麼。而這麼做需要時間、寧靜以及一顆清楚的頭腦。「我會去露營，不過不會離托本莫瑞太遠，走路不會超過一小時。你們可以打電話給我，我就會直接過來。目前呢，越少人知道我還在調查越好。」

「好的，」羅伯說。他站起來，送我到門口。「莎蒂，對不起。我們覺得不告訴妳最好，就讓妳調查，看能查到什麼。」

「我懂。」我說。

他輕輕關上了門。我擔心他——擔心他們全家。在所有的擔憂中我卻沒想到要照顧自己，我連想都沒想過要查看是否有人在監視我或跟蹤我，所以我才沒有注意到有一雙眼睛盯著我離開小鎮的路線。我開始健行，一次也沒想到可能有人會監視著我。

29

我取道西南向的公路離開了托本莫瑞，往山區走。房屋漸漸稀疏，我低著頭，腳步對準了托本莫瑞露營區的方向。這地方沒有一點不好，事實上，它標榜熱水澡和沖水馬桶，我知道這些設備十二小時之後我就會想念。快到時，我神往地看了一眼它的碎石道，繼續往前走。現在是下午一兩點，氣溫是最高的時候。天空上的雲偶爾被微弱的陽光穿透，不過不會下雨，而且氣象預報也說未來幾天都是這樣的天氣。路旁的草是褐色的，但是離開柏油路面再向北邊深入就是一片茂密的森林。我繼續向前走。

一個小時之後，我保持相同的步調，來到了皮歐拉許湖的尖端。我離開公路，順著一條小溪往上走出林線，翻過鐵絲網圍籬，進入林地。從那兒開始我就靠我的羅盤指路，不過深入一會兒之後我就來到了一處空地，正合我意。

我搬了大石頭來圍了一個圈，做了個火坑，接著去撿木頭。小溪供應流水，還有足夠的空間搭帳篷，我夫復何求。低矮的地勢加上樹林掩蓋，炊煙就不會輕易洩漏我的位置。即使如此，我也不會讓營火燒旺，而且只在煮開水和食物時才生火。

搭好露營地花了我整整兩個小時，不過我在忙碌時明白這是我在枕頭底下發現海草皇冠之後第一次真正感覺安全，即使是在戶外，樹林卻讓人安心，在這裡，我可能會遇上的最可怕的東西就是少見的蝮蛇。太陽會在六點半下山，所以我只有最後的一小時日光可以煮飯。我丟了幾條香腸到平底鍋裡，加入碎洋蔥和肉汁粉，這才發覺我有多餓。我從背包裡拿出從圖書館順手牽來的書，背靠著一株大樹，一面等著香腸燉好一面打發時間。

我從頭開始翻閱，不確定是要找什麼。作者辛辛苦苦地研究了這座島的歷史，石柱圈，維京人入侵，歷年來將馬爾島劃入領土的各個王國，真可以說是一部巨著。神話和傳說在一半之後才提到，我很訝異這一章的篇幅。錫盤放在大腿上，冒氣的黑咖啡在我的馬克杯裡，我讀了起來。

麥金儂洞很早就提到了。我在尋找青少年會感興趣的地方時查過它的歷史，卻漏掉了神話部分，在洞穴深處，有塊扁平的大石頭，叫「芬格之桌」，據說是個聖壇。另一個傳說則說有位風笛手帶著一幫探險家進入了洞穴，測量洞穴的深度，有名女巫因為他們擅闖神聖的洞穴而震怒，殺死了探險家，獨留風笛手一條性命，條件是他在往洞口走時必須一直吹奏風笛，直到他走進旭日的晨曦之中。他接受了挑戰，開始往洞口走，卻越走越累，喘不過氣來。他的演奏一停，女巫就攻擊。後來就在洞口發現了他殘破的屍體。

馬爾島在幾世紀來都是女巫傳說的搖籃，散播了不僅一個傳說，而是數不清的故事，許多都提到這裡不是只有一個女巫，而是有一支女巫族在小島上生活了一個又一個世紀。

肚子填飽了，頭髮也全是柴火的煙味，混亂的資訊堵塞了我的思路——從羅伯．克拉克的自白到凱翠娜．法斯的紀念儀式。我的眼睛漸漸睜不開，我也不抗拒。樹木的粗大樹幹夠舒服，身下的土地也夠溫暖。一陣清風帶走了我想保持清醒的努力，書本在我的大腿上合住。

我醒來時臉上有隻蟲子，我去撢開牠的一堆腳，大腿上的書掉了下去，我用另一隻手在黑暗中摸索。營火早已燃盡了，只留下熱熱的灰燼和一縷輕煙。我的肩膀疼痛，我伸了個懶腰，準備爬進帳篷裡睡覺了。就在這時，一陣砰砰聲在樹林裡迴盪。我靜立不動，一隻手扶著樹，左右轉頭，等著聲音再響。

砰砰砰砰。

起初似乎來自四面八方，像個彈珠在樹木間撞來撞去，可如果我轉個九十度，音量就會加大。離開營地不是明智之舉，可是這聲音感覺很近，我應該很快就能找到來源。我聽得出每一次聲響之後的餘韻，知道哪一擊較重、哪一擊較輕。聲音並沒有遙遠到讓人把它當作無意義的噪音。

我一直等到下一次的節奏再起，這一次更急促、更堅持。這不是機器的聲響——完全不像引擎或機械。而是人製造的聲音，是鼓聲。如果有人想要我現身，那他們還滿聰明的。森林裡有別人，我當然不會爬進帳篷裡。

我發現自己忘了事先下載這地區的地圖，真恨透了自己的鼠目寸光，這下子沒辦法在GPS上定位了。幸好，羅盤就是為這種情況下預備的。我一手握著手電筒，灰色圓帽遮住我的頭髮，黑色手套和暗色衣服，最後我踢了些土到營火上，這才出發去尋找噪音的來處，先往公路走，再往北到皮歐拉許湖的最北端。

只要鼓聲一傳來我就停步。它難以捉摸，有時聲音模糊，有時似乎就在附近，端視我四周的樹林有多濃密。半輪明月讓我走起來輕鬆許多，在我經過林線邊緣時幫我照路，一米外有道鐵絲籬笆，籬笆後是灌木叢，一路蔓延到公路邊。我查看左右兩邊，口袋裡裝著防熊噴劑，讓我有些安全保障。我帶著手機以備需要時拍照，或是突然有訊號，但除此之外，我的武裝真的是少得可憐。不過這也是我擅長的事。不是外交——我並沒有讓自己在托本莫瑞有好人緣——而是健行、追蹤、狩獵，這才是我拿手的事。

我進入開闊地面時壓低身體，等待著鼓聲再響。這次聲音傳來比較輕快，而且韻律更悠揚。我往湖邊走，這才明白我誤判得有多嚴重。平靜的湖面就像一個擴音器，鼓聲撞擊水面，傳送得更遠，更清楚。我原以為聲音就在我那段森林的邊緣之外，結果卻根本是從湖的對岸來的。至於有多遠就只有天知道了。我從看過的地圖上知道南邊的山是苗朵爾南丹姆，山下是更多的林地，除了步行之外沒有別的辦法。

我快跑穿過公路，繞過湖的首端，我在這裡仍然沒有遮掩，所以我一直等跑進林線才停下來。水面烏黑如鏡。我再看一遍羅盤。我從營地向南南東方向移動。

鼓聲再起，這次伴隨著人類的吶喊聲。女人的聲音，不是尖叫，而是召喚。沒有詞藻，發自喉部。聲音來源跟我之間沒有了湖水阻隔，我的耳朵更容易分辨方向了，所以我的腳步更篤定，地勢漸漸向下。合理。聲音會往山下傳，越過湖面。我在對岸聽到的是回音。

我懊悔不已，收起了手電筒；光束劃過黑暗會驚動他人，宣告我的存在。濃密的樹冠層讓月光失去了作用，我笨拙地摸黑而行，希望不會攪擾了森林中的許多生物，或是絆到倒木。所以我只能拖著腳步前進，雙手前伸，摸索著是否有樹，以腳尖來尋找立足點。我有兩次險些摔跤，幸虧我抓住了樹枝。下一聲穿過林地的呼號充滿了野性。現在鼓聲停歇了。夜晚活了起來，在我頭頂上的一片空曠的高原上。

「來！」呼聲清晰入耳，我嚇得僵住，很確定我被看見了。

「家！」另一個聲音喊。

「活！」這個聲音較年輕，調門較高。

「在！」

「我們！」凱旋的結尾，然後鼓聲再起，節奏快捷，像奔騰的心跳。

我矮身向前挪，心臟怦怦跳，跟隨著鼓聲，聽在我的耳朵裡心跳聲和鼓聲一樣響亮。沒有中央的火堆，沒有舞蹈，壓根就沒有我腦子裡那些陳腐的畫面。這裡沒有豎立的石頭或是古老的祭壇，只是一片沒有樹木生長的區域，在我藏身地的對面只能看到一條小路進出。

那些女人都裸體，只覆著紅褐色、黏土似的東西，就連她們的臉蛋和頭髮都用礦物遮住了。我數了數，一共九個人，纖腰和結實的身體說出了她們的年輕。我抬起頭，冒險仔細看一眼她們在做什麼。每一位女性都放了一隻死掉的動物到空地的中央，跪下來，用雙手挖地。而有名年長的婦人，她的灰髮並沒有完全被黏土覆蓋住，上前來，手裡拿著一個中空的石頭，裡頭必定是裝著可燃的油。竄升的火焰有催眠的效果。

「凱翠娜，姐妹，妳會活在我們每個人心裡以及這座島上的每一種生物的靈魂裡。我們什麼也沒有被奪走，什麼也沒失去，什麼也沒有過去，什麼也不會永久。」

女孩子們瘋狂地挖掘。洞挖得夠大之後，每一個都把她們的死亡動物放到洞裡。那名婦人走向每一個小墳墓，滴了幾滴油進去。她們向後坐下，仰面向天，黑煙飄在她們的頭上。

我輪流看每一個女孩子，想要辨認出她們的五官，但是黑暗、煙霧和黏土合力遮蔽了她們，我又不能冒險把頭從林間探出來。風中飄送著燒焦的獸毛，我別開臉躲避臭味。

這是我唯一得到的警告。時間不夠我行動。我沒辦法移動、逃跑，或是避開攻擊，無論我的反應有多快速。等我的眼睛看到我身後的人影時，他已經揮舞樹枝，力道又猛又準，不到一秒鐘就把我打趴了。

我的腦筋慢半拍，在明白發生了何事時還有時間思索，依此順序：我覺得活不過今晚了，我想到誰也不知道要到哪裡找我的屍體，我想到我再也不能歸還那本偷走的書了。

我只對了一部分。

30

搖晃，像在漂浮，跳動，下墜。然後我落地了，臀部撞到什麼又堅硬又粗糙的東西，我的背也隨之撞上。我的腦袋裡有一支管弦樂團在演奏，五音不全，而且太響亮。很快痛楚就跟著噪音一起悸動。呼吸很艱難，我設法舉起手來找出原因，但不可思議的是我的雙臂被困在背後。

這下子我完全清醒了，我的回憶像一列快車衝入車站，讓我看見了模模糊糊的最後幾秒鐘：樹枝用力揮擊下來，我的一邊太陽穴是目標。這個標靶選得很好。我倒抽一口氣，僵住，再小口小口呼吸，用力拉扯著綁住我手腕的繩子，身體滑向右邊，發現沒有什麼東西可以抓住，最後我利用雙腿才阻止了下墜之勢。

伸手不見五指。除了我自己的驚慌之外，萬籟俱寂。一點道理也沒有。我強迫自己關機，我只能這麼做。文風不動，冷靜下來，摸清我在哪裡，出了什麼事，再重新開機。即便是在黑暗中，我仍閉上眼睛，不再抗拒自己的氣管，以鼻孔吸入淺促的、放鬆的氣息。我知道自己有麻煩了。可能是此生最大的麻煩。我也知道驚慌失措是沒辦法讓我脫險的。

我輕輕移動雙腿，了解了情況。我跨坐在一個圓柱體上，兩腿各在一邊，位置剛好讓腳碰不到地面。雙手被綁在身後，我盡量伸長手去感覺柱子的質感，我恍然大悟——卻太遲了——樹皮擦傷了我的指尖。我用核心肌群用力穩住身體，腳踝在我被放置的樹枝底下交叉，我再次睜開眼睛。

這一次我的眼睛開始適應了微弱的光線。儘管樹冠層濃密，我的頭也在痛，我還是能看出地面可能是在七呎之下。我轉動脖子去評估周遭，馬上明白了為什麼有東西扎著我的皮膚。繩索。

沒有緊到完全阻斷我的氣管，但也不夠鬆到讓我不會大吃一驚。我得把繩子從脖子上弄掉。可是我的手被反綁在後面，哪有可能辦到，所以我得要把手臂從兩條腿底下繞上來，改變位置。只是萬一我判斷失誤，側面滑倒……

「妳就會吊死，」一個男人在下方說。他從樹底走出來，他顯然是一直在那裡等我恢復意識。「妳要是掉、掉、掉下樹枝，繩子不夠長，妳碰不到地上。」這句話就足以讓我聽出他的聲音了。瑞斯．司徒華，又名彩虹糖，就站在我的下方，把我的一條命握在手心裡。「妳有在聽嗎？」他拉扯了一下手上的繩子，我的一隻手腕被拉到一邊，連帶扯動了我的身體。

我使勁用大腿坐穩，努力保持平衡。我脖子上的繩套當然是綁在我面前的樹枝上，第二條繩子從我的手牽到彩虹糖的手上，如此一來他才能玩弄我，把我從樹枝上拉下來吊死。我盡力預判眼前這個兇徒的行動，我的呼吸太快，沒辦法組織連貫的字句。那麼我是不會被丟在洞穴裡了，除非這只是他計畫中的第一階段。

「說、說、說話啊！」他怒吼，又拉了一下，這次更用力。

我的心裡有兩種不同的驚慌在激烈交戰。一個是知道如果我說錯了話會有什麼後果，一個是知道我再沉默下去他就會脾氣失控，照樣殺了我。

「你要我說什麼？」我問道。

「我要妳說對不起！」他大吼。「妳跑進我家。我從來沒有說妳可以跑進我家！」

他的激動會殺了我，他每說一個字都會拉扯繩子一下。

「你說得對，」我柔聲說。「瑞斯，對不起。我進店裡的時候門是開著的，那些女孩子跑出去之後我就被鎖住了。」

「可是妳藏了起來，」他咆哮道。「妳偷偷摸摸的，妳進了我的地下室。」

他開始來回踱步，我把身體向前傾，靠向樹枝，盡力穩住身體。尖叫只會讓他把我的嘴巴塞住。鼓聲以及女性的吟唱聲已經停止了，我完全不知道他把我拖行了多遠，或是我昏迷了多久。

「妳沒有權、權利。」他說，聲音變得比較小。他一隻腳踩在最低的樹枝上，朝我攀登一步。

他的動作讓我納悶他是如何把我弄上樹的，不過圍繞著樹的樹枝形成了一道天然的樓梯。即使如此，他也很強壯。個子是不算多高，卻結實有勁，而從我手腕上綁得死緊的繩索來看，他也知道如何打結。那我掙脫那個絞刑套的機會可不太妙。

「我好害怕，」我老老實實跟他說。「我被困在店裡以後我好害怕。我不認識你，我也不確定要是我承認我在店裡會發生什麼事。不過這樣也不能拿來為我做的事當藉口。」

「妳為什麼要到地下室去？」他質問道。

他又攀上一根樹枝了，他和我手腕之間的繩子變鬆了。

「我會到地下室去只有一個原因，我想找後門。我只是想出去。拜託，瑞斯，如果你放我下來，我會把事情經過全都告訴你。我不是想害你惹上麻煩，只是一場誤會。」

「妳知道妳做了什麼嗎？」他大吼。

再上一步。他暫時消失在樹幹的後方，再從另一側現身。他的頭和我的大腿齊高，我不確定是否應該迎視他的眼睛。感覺上筆直瞪著下方的地面比較安全。我的呼吸又熱又酸，脖子上的繩索把我的皮膚擦破了。我努力凝聚的定力正消散在夜空中。

「我報了警。請你了解，我看到骨頭，我完全嚇壞了。我確定一定有個合理的解釋。我根本就沒有指控你什麼罪。」

「妳以為是我殺了那些女孩子，」彩虹糖說，踩上了最後一根樹枝，現在我們臉對著臉。「是不是？」

他的聲音狠毒。在這一刻，我一點也不想知道。她們的痛苦與恐懼對我來說太沉重了，在這根樹枝上盡力保持平衡，為了寶貴的生命戰戰兢兢，努力掙脫手上的繩子，把皮膚都擦破了。

「我知道鎮上的女孩子是怎麼看我的。她們嘻嘻哈哈，指指點點。」

「拜託……拜託別傷害我。」

我的胸口一陣痛，感覺像是一把小鏟子插進土裡，既冰冷又狠心。

「那些女孩很殘忍，」他往下說。「她們看著我好像我什麼也不是。」

「青少年不了解他們有多傷人，」我說。「他們有時很卑鄙，因為他們不會想到後果。要是他們知道他們造成你多少痛苦——」

「我很高興她們死了！」他大聲吼出最後兩個字，伸手抓住我的臉，捏我的臉頰，把我拉向他。

我用力往後躲，可是我的腿再沒力氣保持平衡，所以我向側面倒，靠著他支撐，肩膀抵著他的胸口，臉孔跟他的不到一吋遠。

「妳覺得她們害怕嗎？」他問道。

「當然怕。」我說。

「妳害怕嗎？」

我的哽咽聲響徹了夜空，跟個孩子似的，絕望無助。

「妳應該害怕，」他說。「所有漂亮的女孩都是。」

「你不必這麼做，」我說。「我真的很對不起。」

他更用力捏，我的牙齒咬到頰肉，我嚐到了血。

「妳把我爸從我這裡搶走了。」他也哭了，我們的眼淚一起從我們的臉頰上往下流，他的鼻子噴氣到我的下巴上，他的呼吸吹進我的口裡。「我需要他。」

我的頭像一團漿糊，缺氧，肌肉顫抖。他的話一點道理也沒有。

「嗄？」我只發得出這個聲音。

「我把拔！」他大吼。「他們把他拿走了。妳告訴了他們，然後他就來把他拿走了。」

他一邊吼叫一邊搖晃我，我的兩腿軟綿綿的，完全失去了力量。我在樹枝上左右滑動，就像個破娃娃任人擺布。

「我不懂。」我跟他說。

「我沒有傷、傷害誰，都是妳害的，他們把他搶走了。」

我的腦袋終於解析了他的話。

「那副骸骨……」我嘎聲說。「……是你父親？」

「他愛、愛我！」他尖叫道。

他狠狠甩了我一巴掌，我的頭向樹幹飛去，在淡黃的月光之下瞥見他的牙齒，他正咧開嘴。

我用力繃緊腹部肌肉，阻止自己摔落，腳跟牢牢踢進樹幹裡，身體使勁一挺，額頭撞上他的額頭，不准自己閉上眼睛，才能直接瞄準目標不失手。

彩虹糖向後仰，我被綁住的手腕也隨著他一塊向前飛，他把繩子一端纏在他的手上，他緊攀著樹枝阻止自己的跌勢，我也摔在他的身體上。

「賤貨！」他大聲尖叫。「妳他媽的賤貨！」這下子又不結巴了。

要從這根樹枝上落地除了摔下去之外沒有別的法子，他的計畫反正也就是這樣。我還有時間希望我的體重足以讓我一下子就折斷脖子吊死，我不想要他爬下樹去拉開我的腳，任我掙扎亂踢，拚命喘息，不想讓他在我斷氣之前的幾分鐘死盯著我。

他拚命要拉繩子，我朝他的臉吐口水，狠狠瞪著他。就算我要死了，那我也要他看著我的臉，讓我的表情陰魂不散糾纏他到他嚥氣的那一天。部分的我並不真的以為他會良心不安。我們自己的死亡的實際情況幾乎是不可能理解的。

然後拉力來了，先是手腕，離得最遠的肩膀首當其衝，我的脖子朝相反方向甩，身體向一側傾，雙腿摩擦著粗糙的樹皮，即使還隔著牛仔褲，撕扯，阻滯。卻不足以阻止我的跌勢，或是拯救我。

我歪斜到無法導正的角度，彩虹糖在我從他面前墜落時放開了繩子。我的腳踝是最後離開樹枝的，仍努力要夾緊，卻是弱軟無力。

我只知道繩套拉緊，我的兩條腿在我的面前，像在盪鞦韆。隨著光線消逝，我聽到尖叫聲。還有那麼痛，那麼可怕的劇痛，我很高興隨它而去。

31

我又往下摔，我是撞到地面才知道的。我的頭頂上有拉高的說話聲，一男一女。繩索緊緊纏住我的脖子，但是卻有一縷空氣鑽進了我的肺葉。我看不見。世界在我的四周遲緩運轉，我躺在那兒等待著接下來發生的事。恐懼變成了認命。我的兩手仍被綁著，兩腿無力，舌頭腫脹，突出在嘴唇外。我用鼻子吸入少量的空氣。失去意識儘管短暫卻還比較舒服。

一隻涼涼的手落在我的額頭上，穩穩按住我，而我頸子上的繩套鬆開了。

「妳沒事了，」一個女人說。「躺著別動。」

好像我還做得了別的事似的。

「她活該！」彩虹糖大吼大叫。

「你回家去，」女人說。「我會照顧她。」

「她應該死。」彩虹糖說。

「你在難過，」女人說。我手腕上的繩子拉扯了一下，突然間我的胳臂就自由了。不過我還是沒有動。「我了解，可是這不是發洩哀傷的辦法。你父親不會想要你後半輩子都在監獄裡度過的。」

彩虹糖發出憤怒的叫聲，同時兩腳亂跺，就在我的頭頂幾吋。

女人的手離開了我的身上。要是我還有力氣，我就會再度心生恐懼，可是我整個人都虛脫了。力氣被榨乾了。我轉頭看著樹葉，等待著最後一擊。

「再敢碰她，我就會親自去報警。照我說的做。回去，讓我照顧她。你一開始就不應該來這裡。這樣不對，你監視她。」

「我恨妳。」彩虹糖說，不過不是在抗議，而是在使性子。

「你當然恨我，你有理由恨。不過我不會再說一遍，別把我惹惱了。」

一陣停頓。沙沙的腳步聲，距我的腦袋很近的小樹枝斷裂聲，接著走遠。我的頭旁邊有動作，手指溫柔地觸摸我的脖子。

「他走了。我來把妳扶起來。」她說。一條胳臂滑到了我的肩膀下，握住了我的手，她把我拉成坐姿。

「我看不見。」我低聲說，一說話喉嚨就像有火燒過。

「妳的脖子承受了太大的壓力，造成妳眼珠外突，血管爆裂，」她說。「過一陣子就會消腫。妳能走嗎？」

我專注在腿上，軟弱發抖，卻沒有摔斷骨頭。我點頭。她用胳臂環住我的腰，緊緊扶著我，我們一塊從地上起來。光是這一個動作，站起來花的力氣就把我掏空了。我的頭落在她的肩上。

「妳是誰？」我問道。

「一個朋友。現在還是先專心把一隻腳舉到另一腳的前面去。」

「頭暈。」我口齒不清地說。

「欸，一定的。我們需要走到我那裡，在那裡我可以好好照顧妳。」

「警察……救護車。」我說，沒力氣說出完整的句子。

「恐怕沒辦法。我們需要先談一談。我想解釋為什麼我兒子會對妳做出這種事情。」

我凝聚僅存的一丁點力量，抬起了頭，把她推開，跌跌撞撞退後一步。

「妳兒子？」

她一手按住我的肩膀。「一時半刻說不清楚。讓我幫妳。」

我又退開。「叫警察。」

「我不能這麼對他。他目前的情況已經是我的錯了。」

我伸出雙手，摸索著附近的樹，想靠在樹上思索該怎麼辦。彩虹糖就算不是眼下的威脅，可是這個說要幫助我的女人卻身分不明。我要醫生、止痛藥、一張舒服的床、一個能告訴我為什麼我會失明的人。我要警察過來做筆錄，逮捕彩虹糖，把他關起來，讓他永遠不能再靠近我。

我摸索著口袋找手機。

「在我這裡，」女人說。「還有妳的防熊噴劑。」

我朝她的聲音伸出手。

「對不起，」她說。「我不能把手機還妳。」

我想對她尖叫，揪住她搖晃，讓她知道真正的恐懼是什麼。但是我反而哭了起來，而且為此痛恨自己。

「莎蒂，」她說。「妳叫莎蒂對吧？我聽過滿多人說妳的。我跳上那棵樹，用我隨身攜帶的刀子割斷了繩子。我阻止了瑞斯傷害妳，我也會保證妳的安全，我發誓。我知道妳還在害怕，可是我很擅長治療。我只是想要一個好好談一談的機會。要是明天妳決定妳仍然需要報警，那我不會——我不能——阻止妳。妳沒有必要怕我，其實恰恰相反。」

她牢牢握住我的右手，把那罐防熊噴劑塞過來。

「為什麼？」我低聲說。

「我要帶妳回我的屋子去。妳現在有武裝了，要是覺得害怕或是受威脅，妳可以使用。另一個選擇是我帶領妳到公路邊，妳在那邊等上一個晚上，看早晨有沒有經過的車子載妳一程。如果妳要這樣，那我就帶妳過去。」

我考慮著。這個女人什麼也不欠我，但是她無疑已經救了我一命。彩虹糖也照她的吩咐走了。要是我在公路邊等救援，我也不能擔保不會再碰到麻煩。

「好吧。」我低聲說，喉嚨又緊又痛。我需要水和休息。

「好，」她說。「我叫希爾妲。把妳的胳臂放在我的肩膀上，讓我來帶領妳。妳現在看不見，所以大概要走十五分鐘。妳可以嗎？」

我又點頭，把自己交給她。不然我還能怎麼樣？我不知道我們走的是哪個方向或是走在什麼地方，她帶著我走，一路順暢，沒有絆到什麼，也沒撞上什麼，只偶爾有蜘蛛絲拂過我的臉，而我一點也不在乎。我的全身沒有一處不痛，我的胸膛以上沒有一處不腫脹。我的眼睛前漸漸有一團灰黑色在游移，彷彿我瞪著電視太久，但是比起我剛墜落的徹底黝黑，這樣可是一種進步。我只要轉頭，頸後的瘀傷就會宣告它的存在。我也不敢去摸彩虹糖用樹枝敲昏我的那個腫包。

而再來呢？他母親會努力說服我他只是個被誤解的脆弱男人，對我一點惡意也沒有。

「再幾步，」她說。「慢慢走。」

金屬鑰匙聲，然後是鎖嘎嘎不從，不過一扇門終於吱呀響，我能聞到麵包、藥草、香料和肥皂的味道。她攙我進去，讓我在一張矮椅上坐下。我立刻就感到舒服。雖然不豪華，但是知道自己在屋裡，有牆壁和一扇門介於我和外在世界之間就夠了。我向後靠，閉著眼睛。

一根火柴劃燃了。我聞著硫磺味，聽到火種點著的嗶剝聲。溫和的熱氣很舒服。

「我要給妳一點東西喝，」她說。「只是茶，不過我會加蜂蜜，可以舒緩妳的喉嚨痛。妳也需要一些冰塊。」

我能聽到她去忙——鍋、門、攪拌、移動。她給了我兩只亞麻袋，裡面裝了碎冰，我把一個放在頸背上，一個按在頭頂。她給我的茶苦中帶甜，我帶著苦瓜臉喝，但是治療喉嚨的效果幾乎是立即見效。疼痛開始減輕，變成麻痺，但是麻痺很好。我忽地想到我可能喝的是毒藥，不過給我毒藥一點也沒有必要。如果她打算要殺我，何必還從彩虹糖手中救下我？

「我要幫妳的脖子搽藥膏，」她說。「皮膚都紅了，而且妳會有嚴重的瘀傷，不過這個可以讓妳痊癒得更快一些。妳對綿羊油過敏嗎？」

「不會，」我說。「謝謝妳。」

她拍拍我的手。我喝完了茶，向後靠，讓她在我被繩子磨破的皮膚上搽了一層乳液。之後她脫下我的鞋襪，給我披上毛毯，點燃了幾根蠟燭。每點亮一根，我就能看到一小團模糊的光迸發。我的視力在逐漸恢復中。

「吸點冰塊，」她說。我張開嘴巴，她放了一塊冰到我的舌頭上。「可以消腫。」

我簡直不敢去想我的鬼樣子。我看過吊死的人，他們的眼白因溢血而變紅，舌頭伸出來，頸子上有變黑的痕跡，因為抓刷自己的喉嚨而指甲破裂。我能逃過一劫完全是因為希爾妲割斷繩索的速度夠快，但是我仍能感覺得到，我的跡近錯失的後果。

婦人在屋子裡移動，輕聲哼唱，整理環境。她在燒蘋果木，我能從煙氣中嗅到蘋果味。

「妳跟那些女孩子在一起？」我問道，慢慢吐出每個字，知道我的聲音不清楚。

希爾妲停下手邊的事，出現在我的側面，拉過一張小凳子，跟我一塊坐在火前。

「是的，」她說。「我們是在緬懷凱翠娜。」

「為什麼要殺那些動物？」我問道。

「喔，」她倒抽口氣。「喔，不是的，妳看錯了。那些都是屍體，早就死了。在公路邊或是獵人的陷阱裡找到的。我們把牠們的屍體歸還給大地，這是生育與再生的一個過程。」

我從她放在我大腿上的碗裡又拿了一塊冰，一面吸吮一面思索。

「是妳的兒子殺了凱翠娜嗎？」我問道。「還有亞德莉安娜？」

希爾妲探身添柴。現在我能就著閃動的火光看到她的輪廓了。

「如果我相信是他做的，我就會親手處理。」她說。我想問她這是什麼意思，但是現在越來越暖了，而且我累壞了。她給我的茶很濃，裡面的藥草讓人頭暈。

「想殺我。」我說，不確定她是否能了解我的話，或是我自己想像自己這麼說的。

「我知道，不過他是受了刺激。凱翠娜和亞德莉安娜，儘管傷人，對他卻不構成真正的威脅，瑞斯也知道。他的人生很辛苦，莎蒂。我辜負了他，他是這麼覺得的。我很確定他父親一直都這麼灌輸他。」

「怎麼會？」我問道。

「我拒絕接受在這裡以及在世界的大多數地方女子的傳統角色。我跟瑞斯的父親有肉體的交合，沒有戀情，沒有婚姻，純粹是一種偶一為之的肉體安排。後來我懷孕了，他覺得我應該要嫁給他。我沒有。後來我生下了孩子，人人都假設我會搬到鎮上，跟他一塊把孩子撫養長大。我也沒有。」

「為什麼？」我問道。

我的頭像鉛一樣重，我快沒辦法保持清醒了。

「因為女人不見得就得要照別人的吩咐做事。當母親並不會讓我們有母性，有孩子並不表示我們就得要遵從男人強加給我們的標準。我家族的女性幾百年來都率性而為。這孩子有父親，有一棟房子，還有個大家庭。他們有店鋪，有生意，有他們的常規慣例。我一個也不想要。我為什麼應該要？男人到處播種，然後一走了之。憑什麼女人就不能覺得自己也可以做相同的決定？」

我飄入了夢鄉，再也無力抗拒睡魔，而這個問題在我的腦海中盤桓。希爾妲說得對。我妹妹的未婚夫在她發現自己懷孕之後，二話不說就掉頭跑了。我們都不屑他的選擇和他的行為，卻不驚訝，不覺得驚愕。那種事就是男人偶爾會做的事。換作是個女人，標準就不同了，簡直就是倒退回中古世紀的道德標準。

在這裡，馬爾島女巫有她們自己的規矩。一代又一代的女性，住在荒煙蔓草之間，把腐敗的動物埋進土裡。拒絕社會規範，拒絕臣服。

歷史上比比皆是罪過比這更小的女人被罵成女巫。

32

我醒來時太陽已經爬過樹冠了。希爾妲把我的腳抬到了一張凳子上，又幫我蓋了條毯子，還給我墊了個細長的枕頭。不過我把睡這麼久的原因歸因到她給我喝的藥草茶上。我緩緩移動，很清楚到了某個時候我就會感覺到身上的各種傷勢。我兩腳落在地板上，身體向前彎。除了手腕上有些微變紅之外，我的頸部以下居然都還不錯。

我東張西望找鏡子，這才發覺我的視力恢復正常了。繩子套住我脖子的時間沒有更長，我真是走運。要是希爾妲晚個幾秒割斷繩子，缺氧對我的大腦與眼睛造成的傷害恐怕不堪設想，前提是我還能活得下來的話。

周遭環境舒適，但都只有基本的設備。爐火顯然是主要的熱力與光線來源，舉目所見沒有電器。木屋整潔，窗戶乾淨，前門結實，最遠的那面牆上覆滿了架子，全都排滿了瓶瓶罐罐，都仔細地貼著標籤，井井有條。一個獨立式的壁爐，前後都有開口，指向另一端的臥室。我俯身看一眼，立刻感覺到脖子痛。我雖然幸運，不過我可沒能全身而退。

該試著站起來了。我緊抓著椅背，動作不緊不慢，不過站起來時我已經能站穩了。我伸手去摸頭，摸到了一個腫塊，小心地按了按。又痛又軟，不過沒有開放性傷口。希爾妲說到做到，把我照顧得非常好。

「哈囉？」我出聲喊。「希爾妲？」沒有人回答。我的聲音也變得比較有力了。我晃到那些架子前，拿起一個瓶子又一個瓶子。香料我倒是知道，藥草就不行了，葉子、樹皮、苔蘚、粉末。

「喝茶嗎？」她問道，從裡間出來。

「它又會讓我睡覺嗎？」

「妳今天的聲音滿有力的，所以我覺得不需要了。哪裡痛嗎？」

「脖子和喉嚨有一點。我還以為會更慘呢。」

「我來看看，」她說，往爐火裡添了一些木柴，在一個巨大的水槽裡洗手。我等著她準備好，再讓她以指尖輕輕碰觸我的脖子。「還不錯，」她說。「妳痊癒得很快。不過暫時只能吃軟質的食物。我會煮麥片粥。」

看著她實在令人著迷。她有一間冷藏室，在地下，向下挖了幾呎，裡頭有一大桶的冰塊，顯然是沒融化過。希爾妲自給自足，可以感覺很耗時間，也很辛苦。她開始煮牛奶，倒燕麥片，我則去欣賞風景。木屋是在林地的高處，我看得到遠處的湖泊，聽得到附近有一隻山羊在叫。

「我知道妳是誰。」我說，轉身轉得太快了，拉到僵硬的脖子。

「是嗎？」她微笑道。

「妳在凱翠娜的紀念禮拜之後甩了克里斯多夫神父一耳光。」

「欸，那是他活該，而且我還打少了。『驅逐那些信奉無神論或更壞的邪教的人。』他是想要島上的每一個女人回到穿長裙、關在廚房裡洗這個洗那個的時代，那個東西。誰不接受他的做法，就把我們當魔鬼。」希爾妲把一只沉重的平底鍋放到火上，輕輕攪動。「在那場禮拜中妳沒感覺到他對鎮民的影響嗎？」

「有，」我說。「而且我不同意他的說法，不過打本地神父耳光可沒有什麼幫助。」

「妳以為只是因為他說的話？他的佈道和批評就沒有什麼影響？我可沒想到妳有這麼天真。」

我注意到我的手機放在窗台上，就伸手過去拿。

「省省心吧，妳的電池耗盡了。」她說，頭也不回。

「可惡，妳有沒有……」

我話才說一半就明白了我有多笨。這個女人的生活是斷絕充電器、網路、媒體和二十四小時通訊的。

希爾妲舀了熱氣蒸騰的一份麥片粥到碗裡。「過來跟我一塊坐。」她拍了拍旁邊的椅子，輕輕吹著早餐。我想起了我自己的母親在我們小時候也是這樣對我和妹妹的，頓時一陣後悔，真希望現在是在家裡，有人需要我，我遵守承諾，等待著小寶寶誕生。就快了，我跟自己保證。

我坐下來，接過碗，她還給我蜂蜜調味。

「克里斯多夫神父知道一些亞德莉安娜和凱翠娜的事情。」我說，吃了一小口湯匙尖端的粥，心裡在猜測我喉嚨內部的瘀傷有多嚴重。

「我不確定亞德莉安娜跟他是什麼關係，」希爾妲說。「但是凱翠娜不是神父的粉絲。我滿肯定她的告解只限於妄稱神的名，有不純潔的想法，說不定還有偷喝威士忌。反正他也會聽到傳聞。大家都喜歡去跟神父說長道短。我猜是因為同時可以感覺有點邪惡，又有點滌罪的作用。那個效果可是很刺激的。」

「什麼傳聞？我昨晚看見的那種嗎？」

「妳覺得妳看到了什麼？」她問。

「應該是某種儀式吧，全都是年輕的女人。有點像……」

「不用咬文嚼字。我昨晚割斷了繩子救了妳，我們可以有話直說。」

「我本來要說異教徒的，」我說。「麥片粥很好吃。」

「異教徒這個說法倒是說得不錯，」希爾妲說。「不過聽起來比實際上要誇大。異教指的是崇拜大自然、生命的循環，不把我們周遭的一切分輕重——樹木、石頭、天氣和塵土。通常也會拒絕主流宗教，卻並不是排外。」

「克里斯多夫神父認為是更可怕的東西。」我說。

「我們覺得是自然而然的事他卻只看見魔鬼。他聽說有年輕女孩在月光下裸體跳舞，就想像出是縱情聲色和墮落。我知道他不止一次要凱翠娜詳細描述，可是她不肯告訴他他想聽的話。」

我放下湯匙，讓喉嚨休息一下。

「妳認識亞德莉安娜嗎？」

「認識，只是不太熟。她才剛開始參加我們的聚會。是凱翠娜第一個建議她來的。新人必須由團體裡的某個人背書。」

「那凱翠娜和亞德莉安娜是朋友嗎？我知道的是凱翠娜在阿蒂搬來時是相當嫉妒她的。」

希爾妲聳聳肩。「十幾歲的女孩子，哪一個不是前後矛盾又善變的？」

我又舀了一匙麥片粥，卻發現自己吃飽了。我把碗放在爐子上，問出那個我一直想問的問題。

「昨晚妳兒子一定在看妳的儀式，我猜那就是他發現我的原因。妳不擔心他躲在灌木叢裡看那些裸體的女孩子，即使她們用黏土還是什麼的覆住了身體？」

「妳真的想問什麼就問，乾脆一點。」希爾妲說。

「好吧。有鑑於此──他對看那些年輕女孩的興趣，他對我的暴力，他不喜歡凱翠娜和亞德莉安娜──妳怎麼能確定他沒有殺害她們？」

她拿起我的碗，連同她的一起放到水槽裡。

「亞德莉安娜被害期間，瑞斯跟我住在一起。兩天兩夜。我病了，他來照顧我。妳覺得亞德莉安娜，那個美麗的女孩子，會跟我的兒子一起出去嗎？」

有道理，而且也是我一直在自問的事情。亞德莉安娜的屍體上沒有跡象可以證明她在淹死之前被粗暴對待過，所以彩虹糖要如何說服她坐上車子，再大老遠把她載到麥金儂洞呢？

「我知道他的情況，」希爾妲接著說。「他從來沒有正式看過醫生——他父親放不下面子——不過他怪怪的。像個孩子，說話衝動，容易發脾氣、使性子。他到了一個階段之後感情上好像就沒有再發育了。他完全全依賴他的父親，不僅是在日常生活上，而且也靠他指引、支持。我個人是覺得他這樣對瑞斯不對，把他保護得太好。他完全不能應付殘酷世界上的生活，所以把他父親的遺骨從地窖裡移走才會對他來說是那麼的痛苦。」

「他父親的骨骸怎麼會在地窖裡？」

「大概是四年前又多一點吧，他父親的葬禮之後幾個月，警察發現有人去挖墓，棺材空了。哈里斯．艾戈通知了我——他們懷疑是瑞斯。我要求他們不要管。如果是瑞斯幹的，他也只是在填補一種需要。如果是別人，我不想害瑞斯難過，知道他父親不見了。艾戈跟我同意不需要讓別人知道，所以沒有正式的警方紀錄，也沒有調查。瑞斯一直身處在黑暗之中，不過之後他似乎平靜下來了。他並不真的是個危險的人。」

「這話不對，他差點殺了我。」我提醒她。「要不是妳出現，他就成功了。」

「妳奪走了他在這個世上唯一的一點安慰。知道他父親仍在那棟屋子裡陪著他讓他能夠繼續過日子。哈里斯．艾戈跟我一直就疑心是瑞斯拿走了遺骨，所以後來妳報警我們也不意外。瑞斯在艾戈調查期間就被保釋了，反正他又不可能會離開小島。我聽說骨骸正在檢驗，確認是他父親的，不過他在死前幾年腿骨折過，所以不用多久就可以知道結果了。」

「那這件事就這麼算了?」

希爾妲輕輕聳肩。「起訴瑞斯也不會有什麼好事。他並沒有蓄意傷害誰。墳墓被盜唯一會難過的人只有瑞斯他自己。哈里斯・艾戈在事發當時同意不聲張,所以何必現在拿來大作文章呢?這個小島會照顧自己人,莎蒂,無論好壞。現在是比較美好的時代。」

「既然妳兒子這麼不穩定,還把他父親的骨骸放在地下室裡,那妳不覺得他需要專業協助?他顯然很危險。」

「對妳危險,我承認,可是他也相信妳想為了那兩個女孩的事把他關進牢裡。從我們這段對話來看,他的假設也不是不合理的。」

「他願意為了這個原因就殺死我,妳不擔心嗎?」

「他是個孩子,」她說。「孩子會踩死昆蟲,扯掉蜘蛛的腳。他們不會想到痛苦、死亡或後果。他們只懂得用這種方法來表達他們自己自私的小情緒。瑞斯仍沒有從喪父之慟中走出來,他覺得迷失,他沒有能力清楚表達,當然更沒辦法處理強大的感情,解決心理問題。」

「那他就需要監督。」

「這點妳可能是對的,我會跟鎮上的人談一談,請他們幫我留意他。不過這是個完全風暴,莎蒂。白骨,死掉的女孩,大家的懷疑。他並不是總是這個樣子的。他只是一時間控制不住。我保證,我會幫他找到他需要的協助。要是他再傷害別人,我也沒辦法心安。」

「那妳是百分之百確定他跟阿蒂或凱翠娜的事無關了?」

「對。不過告訴我，」希爾妲說。「是妳在洞穴裡找到可憐的凱翠娜的屍體的，對嗎？」

我點頭。「我聽說了一些讓我擔心的事，是跟我們的歷史有關的事。屍體被切割了？」

我閉上眼睛，幾乎不敢去重溫那一刻。

「對，」我說。「兇手切下了她的乳房。」

「在殺死她之前。是她的右邊乳房吧？」

我張開眼睛端詳希爾妲的臉。

「沒錯。」我說。

她端了一杯熱水給我，我能聞到薄荷和檸檬汁的味道。她又坐下來，凝視著爐火的餘燼。

「妳聽說過港口海底的西班牙大帆船嗎？」希爾妲問道。

「嗯，來尋找真愛的西班牙公主。它跟亞德莉安娜的屍體也有關係。怎麼？」

「傳說的後續記載得比較少，流入了民間傳說而不是有分量的歷史書裡。西班牙國王失去了愛女傷心不已，誓言復仇。他派遣了另一艘船到馬爾島來，船在夜深人靜的時候悄悄靠岸，國王聽說了是女巫造成帆船沉沒的，就下令士兵務必要讓那個女巫受到懲罰，叫他們重傷在島上找到的每一個女人。」

「他們是怎麼做的？」我問道。

「他們把每一個找到的女人的右乳割了下來，」她說。「就像殺死凱翠娜的兇手一樣。」

我順著希爾妲的視線看著閃爍不定的餘燼和冒煙的柴灰，麥片粥突然很難消化。

「他們把女巫殺了嗎？」我問道。這是個可笑的問題，不過我想知道故事的結局。

「沒有，」希爾妲說。「她應該是活下來了。」

「一點道理也沒有。為什麼要重複幾百年前的神話？就算凱翠娜涉及了……」

「巫術？妳可以直說。雖然不正確，不過我並不覺得刺耳。」

「要是有人認為凱翠娜涉及巫術，還是不能解釋他們為什麼要切下她的乳房。」

「特別是我的兒子，儘管我沒能善盡母職，他卻從不認為我或是我的行為是邪惡的。不是他做的，不過一定是島上的人。某人知道我們的傳說以及我們的做法，甚至是最隱密的部分。」

「有人知道傳說——卻不是許多人，如果是古老的民間傳說，對吧？」

「沒錯。這些故事以前是一家人圍在火爐邊說的，一代傳一代。現代幾乎沒有幾家人會一起消磨時間了，或是關心讓他們有今天的過去。」希爾妲說。

「妳對芙蘿拉・企德知道多少？」我問道。

「另一個悲劇。她的爸媽也跟著毀了，其實是整個社區都跟著毀了。」

「企德家的農舍裡仍然有抵擋女巫的符咒。」

「我不意外，」希爾妲說。「直到今天都還有很多人對於我們是什麼人非常無知。」

「妳們是什麼人？既然妳知道別人是怎麼說的，為什麼還要繼續這麼做？巫術不是真的，魔法不是真的。所以重點在哪裡？」

「妳脖子上的皮膚怎麼樣了？」她問道。

我都沒想到要檢查。我立刻摸了摸，幾乎都癒合了。

「快好了。」我說。

「對，藥草和我加上的木炭會比任何一種化學藥劑都能幫妳更快速痊癒，樹根也含有天然的止痛成分，我總是用在藥膏和藥劑裡。我們忽視這些東西，寧可吃藥丸動手術。不過這不是那些女孩子來找我的原因。她們失去了對自己的認識。她們拍照片，等著別人來認可。她們看見了不是她們所能企及的世界，對她們的世界開始不滿。她們被淹沒在社群媒體中，那也是迷思和傳說，就跟你會聽見的任何巫術故事一樣。不是真實的，卻具破壞力。傷害了她們，妨礙了她們。我把她們暫時帶回現實，我讓她們了解周遭的世界是搏動的、活生生的東西，而她們是其中的一分子。她們關掉可惡的手機，把自己的手弄髒。她們溝通分享，感激賜予她們生命的地球。巫術一直都是這樣的。女性向別的女性伸出手，治療粗暴的父親和丈夫造成的瘀傷，讓生產可以忍受，讓她們的損失可以忍受。男人懼怕我們因為我們向彼此道出真相。」

「讓女孩子們相信超現實的力量不會危險嗎？我看到她們去妳兒子的店裡想偷竊一個藍磷灰石水晶，那不是無傷大雅的玩鬧，她們很可能會惹上大麻煩。」

希爾妲微微搖頭。

「她們不應該那麼做的。磷灰石富有很大的力量，卻一點也不能增加妳的靈力，傳說是這麼說的。想知道妳的情人是否忠實？那這就是妳要的石頭。而且自古就傳說藍磷灰石可以抑制食慾，幫助妳減肥。我的推斷是一群女孩子時時刻刻看到的都是修圖過的皮包骨女孩照片，就想要模仿，而她們認為那塊石頭是減少幾磅肉的最快途徑。這讓我覺得傷心。」希爾妲向後坐，對著天花板沉思。

「讓她們的腦子裡裝那麼多的神秘主義和古老傳說不危險嗎？」

「我倒覺得讓她們相信什麼化妝、歌詞、自拍、男朋友的要危險多了。」

「可現在兩個女孩子死了，」我說。「頭上戴著海草皇冠，雨靴裡偷偷藏著磨碎的貓骨。」

希爾妲笑了起來，尖銳、憤怒，嚇了我一跳。

「又扯上磨碎的貓骨了嗎？是不是還有一支掃把？」

「我不懂。」我說，眼睛不由自主地在她架上的瓶瓶罐罐上游移。

「妳看到的都是植物和礦物，不是電影和書本裡的那些花樣。我們不磨碎骨頭，」她說，拍拍我的膝蓋。「妳覺得我們能把自己變成蝙蝠嗎？」

「那些女孩子在說什麼魔菇。這也是妳鼓勵的嗎？」

「要我說啊，那總比喝酒好。比較少化學物質和添加劑。不過我並沒有鼓勵她們，我大概是可以多做一點來勸阻她們的。」

「據說凱翠娜給路易斯．艾戈喝了愛情靈藥，卻害他生病。妳知道這件事嗎？」

「不知道，不過我也並不意外。藥草和香料放錯了就會造成強烈的胃痛。可是貓骨頭？我倒覺得有人太費力想要佈置線索來栽贓我。」

「妳有敵人？」我問道。

「誰沒有呢，」希爾妲說。「通常他們僅止於吐我們口水，罵髒話。以前每隔個一百年就會有人來試圖清除我們。妳有能力揪出罪魁禍首嗎，莎蒂．李維斯克？這就是妳被送來我們這裡的原因嗎？」

「我不知道，」我老實跟她說。「不過我會竭盡所能阻止更多命案發生。誰也不應該像那樣子慘死。」

「我擔心的卻是妳，」希爾妲說。「妳在追逐邪惡。而且還期待能認出它的面孔。事情沒有那麼簡單。」

「我是在追逐證據，」我說。「不過謝謝妳的關心，還有謝謝妳昨晚救了我。我很感激妳及時找到我。」

「妳會還這個人情的，」她說。「至少妳會盡力。有時候無論我們有多努力，邪惡就是會佔上風。」

33

希爾妲陪我走回我的帳篷，悄悄在樹林間移動，不時驚擾了兔子和鹿。她的腳步之輕盈，我健行探險了多年也沒能學會。可能是因為我還記得前夜的儀式，也可能是她給我喝的藥草茶仍在我的體內，可是她與自然的合而為一，她與自然世界的融洽，卻好像是完全可信的。她帶著愛憐撫摸樹木，拂開臉上的蜘蛛網，宛如那是一份禮物，而且臉上始終帶著甜美的笑容，彷彿她是穿過了摯愛的家園的一道門。我欣賞她，也對她深深著迷。要拒絕做母親的傳統觀念，或是面對這類決定會導致的批評可不是容易的事。在許多方面，離開小島到別處安身還更輕鬆一些，但是那麼一來她就得要徹底拋棄她的孩子了。

「妳也感覺到了，」希爾妲說，站在湖邊扭過頭來。「我可以從妳的臉上看到。」

我聳肩，呼吸冷冽的十月空氣、松針、石南和泥炭。

「如果妳是指戶外的話，那，對，我喜歡戶外。它的純樸讓人著迷。讓妳不得不面對腦袋裡的聲音。不過如果你不喜歡自己，那戶外就會讓你很難過。只有你和一座山，你是無路可逃的。」

希爾妲停下來握住我的手。我由著她，同時回望她的注視。

「妳覺得心安理得嗎，莎蒂？說真的？對那些妳愛的人沒有什麼沒說的話？」

我的直覺是把手抽開，但是她像個磁鐵，她的力量太難以抗拒了。倒不是說我感到威脅。而是她似乎看見太多的我，彷彿我是裸體，我的人生中的一切隱藏的秘密全都刺在我的皮膚上。羞愧的瞬間，那些讓人心頭騷動的羞辱，最不起眼的一個摩擦就會著火，秘密的希望，深埋的欲望。

「我是心安理得，」我答道。「就跟任何一個有缺點的人類一樣。」

「那就好。」她點頭。

我的帳篷在望，她擁抱我，動作又快又猛，讓我詫異極了，連回應的時間都沒有。

「我們很快會再見的。」她說，悄然消失，小樹枝不肯在她的腳下折斷，枯葉也讓她輕輕通過。

我給手機裝上了備用電池，正走在去托本莫瑞的半途上，手機就開始響動，通知我有語音郵件。首先是我媽，她在奇怪為什麼我隔這麼久都沒消息，跟我說我妹很疲倦，正在經歷假性宮縮。我默默記下要在晚上打給她們兩個，讓蘇格蘭和班夫間的時差差不多。

第二通是巴斯蓋特警員打的，要我確認我的去向。我立刻就刪除了。巴斯蓋特無權知道我的任何事。我的想像力召喚出他在洛赫布伊的石柱圈的那張臉，盯著凱翠娜率眾集會，跳舞，是所有人的目光焦點。公平一點的話，要不注意凱翠娜很難。她有一種野性，一種性自信，讓她在同輩的朋友中鶴立雞群。小鎮會讓特別的人更加突出。

最後一通是內特．卡萊爾打的。

「莎蒂，」他的聲音忽遠忽近，斷斷續續的。我把音量放大。「我在回馬爾島的路上。哈里斯．艾戈要我在鎮民大會上發言，通常我不做這種事，不過小島上發生命案對社區的影響會不成比例，艾戈認為發布有限的事實總比讓島民繼續胡亂臆測要好。我會先見兩個被害人的家屬，說明我對案子的結論。希望能在克拉克家或是飯店看到妳。打給我。」

「靠，」我痛罵自己動作不夠快。我的手錶告訴我我已經浪費半天了。

加快步伐，我直接往克拉克家去。內特的手機直接轉入語音信箱。我想小跑，但是喉嚨的瘀傷和頭頂的腫包讓我不能跑。到了羅伯和伊莎貝拉的家門外，一看見那輛閃亮的黑色汽車我就知道我來晚了。

要是我有經過一面鏡子，我就不會進去了。要是我想到我沒換衣服沒洗澡，我也不會進去。可是我的腳不肯停，只敲了敲門就握住了門把，把我的背包扔在門廳裡，往裡就走。

「嗨，對不起，我來得太晚了。內特，我沒接到你的——」

「聖母馬利亞，」伊莎貝拉以西班牙語驚呼，從椅子上站起來，抓住了羅伯的胳臂。

「搞什麼鬼？」布蘭登在角落的椅子上說。

內特大步朝我過來，把我的臉轉向窗子。「我需要送妳到醫院，」他說。「告訴我出了什麼事。」

「啊，我能借用你們的浴室嗎？」我不等回答就躲進門廳，我知道我需要鏡子。而我看見的可真不漂亮。

脖子上紫一塊紅一塊黑一塊，像夏季布丁，頭髮裡有乾掉的血，眼球裡有幾條小血管在壓力下爆裂，我一副鬼樣。難怪大家看到我的反應是那麼激烈。我潑了些水到臉上，用香皂把雙手仔細清洗了一遍，用手指梳理頭髮。解釋是免不了的。也真怪，我外表的傷勢看起來那麼嚴重，可是內在卻已經覺得在癒合了。內特在門外等我。

「我要妳去看醫生，」他小聲說。「現在就去。」

「只是瘀血。有些腫脹。沒有永久傷害。」

「真的？因為我覺得是有人用絞索套住了妳的脖子，我見過夠多的屍體，所以瞞不過我。」

我只是不懂會是誰，又是為什麼？難道是妳自己做的？」

「喔，得了，內特，我們認識的時間雖然不長，不過我不覺得你會相信是我自己做的。」

「那麼是誰？」

「我會告訴你的，不過無論你告訴克拉克家什麼，我真的都需要知道。」內特雙臂抱胸，做出那種表情——懷疑摻雜因關心而起的氣惱。「你可以親自幫我檢查，要是你堅持，我會去看醫生。」

「妳需要什麼嗎？」伊莎貝拉問，出現在門廳。

「不用，我快好了，」我說，繞過內特，重新進入客廳。「在內特再說話之前，我應該要向你們解釋。我昨晚在森林裡露營，遇上了……」我沒事先想好說詞，而現在要訴諸語言，感覺太奸險太像八點檔，不像真的。「……島民的某種集會，年輕女性，為紀念凱翠娜舉行的一個儀式。我在看的時候被某人攻擊了，不過我設法逃走了。我的傷看起來很糟，其實還好。其中一位女性發現了我，照顧了我。你們沒有什麼事情需要擔心。」

「儀式是為凱翠娜舉行的？」布蘭登說。「所以謠言是真的？妳親眼看見的。她一定是其中一個。」

「什麼其中一個？」伊莎貝拉問。「你們兩個說的話我完全聽不懂。」

「她們是女巫，」布蘭登說。「這裡的女生開口閉口都是那個。她們晚上跑去石柱圈，做一些怪裡怪氣的狗屁，詛咒別人。我就說這裡有這種事。」他最後一句話是針對我的，他的語氣憤怒又指責。

我坐了下來。

「其實不是巫術，」我平靜地說。「至少不是恐怖電影和神話裡描繪的那樣。我認為它是在讓年輕的女性回來和周遭的世界聯繫，而謠言把它扭曲成了違反它的原意的東西了。」

「妳怎麼會知道這麼多？」羅伯問道。

「昨晚救了我的人叫希爾妲，她像是她們的，可以說是導師吧。她真的非常溫和，而且很真誠。」

「我不知道這個有什麼關係——」羅伯說。

「她認識亞德莉安娜，」我打斷了他。「她們在她失蹤前不久見過，不過在我們研判殺害她們的兇手是誰的時候，我們應該知道凱翠娜和阿蒂之間有另一種的關聯。」

「莎蒂，」內特靜靜地說。「我們應該談一談。」

「所以凱翠娜才能把阿蒂引誘出去嗎？」布蘭登問道。「邀請她三更半夜去參加變態的儀式？她們是給我姊姊洗腦了嗎？」

「我相信事情不是那樣的，」我跟他保證。「希爾妲住在皮歐拉許湖北邊的森林小木屋裡，過著簡樸的生活。她不是怪物，布蘭登。」

「阿蒂被兇手用貝殼強姦了，妳忘了嗎？凱翠娜傳的簡訊讓她晚上偷溜出去，慘遭殺害。妳是在幫她說話？」羅伯問道。

「因為凱翠娜也死了。無論她在阿蒂遇害上是什麼角色，她們現在都是連續殺人犯的被害人。」

「媽咪，為什麼大家都在大喊大叫？」露娜出現在門口。

她的小嘴在發抖，奮力忍住眼淚。伊莎貝拉跑過去，我的頭也跟著暈眩。太多的可能，太多的痛苦和悲傷。

「莎蒂！」我聽到內特大喊，然後他向前疾衝，房間轉了個九十度。我的右膝碰到了什麼，同時有人抓住了我。說話聲褪去，我最後聽見的聲音是女孩的哭聲。似乎是過了許久許久世界才再度正常，而這時我已經躺在內特的汽車後座，車子正在行進。

「內特？」我說。

「躺著別動。我帶妳去看醫生。」

「拜託不要。我沒事。只是事情一下子太多了。帶我到營地？」我問他。

「我們要這麼辦，」他說，駛向一處路口，快速扭頭看了看我躺的地方。「我要幫妳檢查，只要我不覺得有什麼疑慮，我就同意不帶妳去醫院，不過妳今晚得待在我的飯店裡——我住進了另外一家飯店。原來此時此刻不受歡迎的人物不只妳一個，妳可以在今晚的鎮民大會之前休息。」

我同意了。內特又默默駕駛了幾分鐘才轉入鎮郊的一處停車場，是一家叫「潮變」的民宿。他去辦入住登記，我站在他後面瞪著地板，覺得內疚，主要是因為老闆投給我們的眼神，而不是真的良心有愧。房間寬敞舒適，有一張超級大床，還能看見外頭的田野。內特不說話，但是他的想法卻響亮得足以填滿寂靜。他命令我在床上坐下來，然後彎下腰幫我解開健行靴的鞋帶，再消失到浴室裡，水聲嘩啦啦流入浴缸裡，真是一種轉移注意力的好事。

他檢查了我的眼睛、脈搏、呼吸，觸診我的脖子，查看了我的口腔耳朵。

「妳需要消炎藥和強效止痛藥，頸部也需要照X光。大約一個星期妳的舌頭和喉嚨才會復元。」

「希爾妲昨晚給我喝了一種草藥，幫助睡眠非常有效。今天早晨我的喉嚨真的沒有那麼痛了。」

「妳沒問是什麼草藥——妳就直接喝了？妳在想什麼啊？」

「嗯，她才剛救了我一命，割斷了纏著我脖子的繩子，擺脫了攻擊我的人，把我帶到她家，什麼意外也沒發生。到那時候我已經覺得相當信任她了。」

「那攻擊者是誰？」

我揉著太陽穴。我頭痛，而且睡在真正的床上太吸引人了，我不想吵架。

「她兒子。」我跟他說。

「莎蒂，既然妳知道是誰攻擊妳的，我們應該要報警。妳差一點就死了。對妳這麼做的人——」

「瑞斯．司徒華，又名彩虹糖。撇開一個技術細節不談之外，我差不多是非法入侵了他的產業，躲在他的地下室裡，搜查他的東西，發現了他父親的白骨，害得白骨被拿走，也害他被拘留訊問，為了一樁古早的小罪，而他可能是被他的室友利用了。」

「那些都不重要。要是他攻擊過妳，他可能就會再攻擊一次。」

「我不相信他會。他雖然是成人的身體心理卻是個孩子，我奪走了在這世上他最寶貴的東西，這才觸發了他。他是脆弱，心智又不成熟，不過他會聽他母親的話。鎮民都知道他的能力有限，他們合起來照顧他。我已經把他傷害得夠多了，雖然我不會寫信跟他道歉，可是他對我做的事只是在反映我給他造成的痛苦。就這樣。而且鄭重聲明，我不認為是他殺害亞德莉安娜的。」

內特一隻手輕輕放在我的脖子上，大拇指沿著被繩索摩擦出來的紅線移動。

「不要再冒險了，」他小聲說。「我希望將來有一天能跟妳談不是命案的事。」

我點頭，站了起來，才能夠轉身掩飾爬上我臉頰的紅暈。洗澡水裝滿了，他泡咖啡，去拿放在門外的那盤三明治。

「把咖啡喝完，盡量多吃，然後去洗澡。」他說，踢掉了鞋子，從袋子裡抽出一疊厚厚的檔案。

「這裡的員工會以為我們是情侶。」我微笑著說，往話裡加入更多輕鬆意味，一邊啜飲咖啡，其實心裡沒有那麼輕快。

「看妳這副德性，他們比較有可能會覺得我是愛虐待的伴侶，把妳押作人質。」

「喔，慘了，我沒想到。對不起。」

熱咖啡害我的喉嚨痛，但我不在乎。內特看資料，我又吃又喝，他只在我進浴室裡抬起頭。

「門打開一條縫，」他說。「萬一妳又昏過去，我要能暢通無阻地進去。」

我琢磨著是不是要回個滑稽的調情話，但是在另一面鏡子瞥見了我自己，話就乾涸在嘴邊了。如果說有哪個女人是內特不會有興趣的，那鐵定是此時此刻的我。我那一身的傷，只比屍體強一點。

「我要妳保持警覺直到我確定沒有腦震盪為止。從頭到尾把昨晚的事情說一遍。」

我泡進熱水裡，娓娓道來。他只聽我說，沒有評論，但即使隔著一段距離，我也能聽到他的舌頭偶爾嘖嘖響，還嘆氣。

「妳是怎麼知道要去哪裡找那些女人的？」他問道。

「我不知道。完全是地理和物理。她們弄出的聲響往下坡傳，在湖面上彈跳，就像有擴音機一樣。距離我紮營的地方滿遠的。」

「而她就剛好在緊要關頭找到了妳，割斷繩子？妳有沒有想過她可能也是同謀？」

我把頭埋進水裡，拖延時間，同時思索。

「她似乎……怎麼說呢……很親切。真實。我大概也替她難過。她住在這裡不可能很輕鬆。」我說的時候就覺得很彆腳。

「我還是覺得妳應該告訴哈里斯・艾戈。」

「內特，拜託，我不確定這麼做正不正確。」我站起來，知道一起身就會又頭暈，我呻吟了一聲。

他立馬站了起來，兩手抓著毛巾，把我包好，幫我把腳抬過浴缸邊緣，扶著我到床上。我躺下來，享受柔軟的枕頭。

「妳險些死掉。那我就得過來拿妳的屍體，準備解剖。打電話給妳愛的人。妳需要現實一點，妳差點就走上那一步了。」

「我睡覺的時候你會留下來嗎？」我問道，握住他的手。我的手在他的手上感覺好小，又小又安全。

「我會，」他說。「妳可以睡四個小時，然後就得去開會了。我不會丟下妳一個人的。」

「好，」我說。「反正我也想去。」他把被子幫我塞好，我閉上了眼睛。「嘿，內特，剛才在克拉克家，你說我們需要談一談。談什麼？」

「不急。」他說，坐到房間對面的扶手椅上。

「唉唷，不要神神秘秘的。」我快睡著了，想再聽他的聲音一會兒。

「好吧，是跟兇手有關的。我拼湊了我現有的所有線索，卻少了一樣。除了海草皇冠、案發地點、口腔裡的沙子之外，兩具屍體之間一點關聯也沒有。」

「你在說什麼？」我口齒不清地說，像陀螺在打轉。

「目前我完全沒有證據可以確認兩個女孩是同一個人殺害的，」他說。「沒有可以在法庭中作證的。」

他的話遙遠模糊，一點道理也沒有。我糊裡糊塗睡著了，心裡在奇怪這麼小的一個地方怎麼可能會被這麼強大的邪惡吞噬。

34

小島

那位病理學家是另一個物種。在他眼中我們的世界是一個多細胞生物，每個部分互相維持。他之前來過馬爾島，仔細地查看意外死亡者的遺體——一名因心臟病發作而死亡的二十歲青年，一個不明原因服毒的婦女，一個從未被診斷出罹癌的兒童。內特．卡萊爾醫生，放在屍體身上的雙手溫和，對家屬說話的聲音溫和，知道生與死都在同一個光譜上，不是各別的事件。他懷著哀傷來到小島，心中遺憾，為了他即將要看見的事物，同時抱著征服奪走人命的那個禽獸的願望。每一次他都來得太晚，無法做他希望他能做的善事。有時他夢想著在活人的身上行醫，可以在家族聚會中說點成功的故事，但是他對自己的工作很拿手——死者喜歡他，他也知道。

他的世界裡他最渴望能改變的一點就是他自己的家。他的家空洞冰冷。他是個廚藝高明的人，卻沒有為另一個人做飯的喜悅。他的地毯乾淨，每樣家具都擦拭過，但是他渴望混亂，有另一條生命與他的衝擊、碰撞、交織。在格拉斯哥的漫漫長夜中有具溫暖的身體依偎著他。以前也有過女人，不少個。她們都停駐了相當一段時間，卻發現她們在做下承諾之前就飄然遠去。沒有一個能為自己的離去給出一個令人信服的理由，但是內特．卡萊爾能懂。

他知道他能洗掉死亡的氣味，洗掉手上的驗屍化學藥劑，立下規矩絕不談工作，除非是有人提出了一個明確的問題，然後他粉飾細節，以免太過驚悚。但是他覺察到那一長列走在他的陰影中的鬼魂。尚未破解的案子。始終得不到完整結論的那些死亡。他生命中的女人看見了那些陰影跟著他，他會逮到她們瞪著眼睛，知道她們在納悶他為什麼會選擇過這種一隻手伸進屍體中的人生。這種事太常見了，死者的亡靈躺在他和情人之間，而他變得警戒。

那個加拿大人看見了糾纏著他的鬼魂，卻反倒被吸引過來。他的心思敏銳，面對問題時井然有序，而她喜歡。他的眼神親切，而她早已不止一次迷失在他的眼神中。內特．卡萊爾是逝者與生者之間的通譯，他的工作感覺像是她自己的職業的延伸。

內特擔心她。打從第一眼看到她他就在擔心。她有一種像燃燒的鎂帶一樣熾熱的光芒，嚇到了他。要想像那種光芒變暗或是熄滅實在是太容易了，而他想更認識她，允許他自己也被她更了解。

莎蒂睡覺時，內特把工作放到一邊，從椅子上起身，猶豫了一下才伸出手，溫柔地把落在她眼睛上的頭髮向後撥，指間的髮絲如絲綢。他喜歡她野性難馴，不唯唯諾諾，在戶外比在室內更自在。她的潑辣因為不凡的同理心而馴良，而且她想要打破任何阻擋在她和真相之間的障礙。她看著他時，他覺得像引擎點火，隆隆聲標誌出旅途的起點。

他跪在她的床畔，檢查她臉上的雀斑，注意到她的睫毛好金黃，然後才轉而查看她頸上的勒痕。他的呼吸卡在喉間。莎蒂咕噥了什麼話，伸展一下才陷入更深的睡眠中。有半秒鐘的時間，他擔心她會醒過來，發現他在這裡，俯視著她。但，比起擔心，他更希望她醒來，那他就不得不解釋他是多麼無法把眼光從她身上移開，以及在她談到案子解決之後要造訪格拉斯哥時，他的小腹到胸膛有多麼滿溢著興奮。

在他心裡，他們走在高地小徑上，冷風在四周呼嘯，而他在一片石南地上牽著她的手。他們會找一家農舍留宿，生堆火，依循每一種套路。談話聊天。什麼也不隱藏，什麼也不粉飾。掏空他們自己，以便再為彼此盛滿。

他站起來走向窗子，希望這種逐漸變強的牽絆不是出於他的想像。莎蒂．李維斯克是一股有待處理的力量，而他等不及要動手了。

小島全部都感覺到了。愛的生發是死亡的相反，它是一朵含苞的蓓蕾，嬌弱卻充滿了精氣神。它是一劑解藥，可以一清污染了馬爾島氣氛的恐怖。內特．卡萊爾和莎蒂．李維斯克開始平衡了亞德莉安娜與凱翠娜被害的天秤。

35

我又從樹枝上摔下來，猛地一驚，坐了起來，在夢裡的繩套扯緊我的脖子之前掙脫。內特坐在床腳，輕輕搖晃我的腳踝。

「放心，」他說。「妳很安全。」

我不由自主抬手摸脖子，檢查繩子是否還在。

「幾點了？」然後我想起了他跟我說的最後一句話。它跟著我進入黑暗中，像條鰻魚，滑不溜丟。我知道我應該要搖醒自己來處理，進一步質問內特，可是我實在是神困力乏。「你覺得有兩個兇手？」我在他還沒回答我第一個問題之前就問。

「我沒有這樣說，」他是這麼回答的。他走向他的袋子，拿出一條深藍色領帶，開始打領帶。「只是剛做的假設。『連續殺人犯』這個說法散播得很廣。可是我手上的是兩名年輕的女性——」

「彼此認識，而且在同一個圈子裡活動。」我打岔道。

「我說的是直接證據而不是間接證據，」內特說。「所以，兩名年輕女性，一個溺死，另一個因大量失血而心臟衰竭。一個被用貝殼性侵，另一個沒有這種攻擊的痕跡。」

「還有海草皇冠。」我提醒他。

「對，用同一種海草做的，可是在這裡很常見。亞德莉安娜的是細心編成的，有人很費功夫。凱翠娜的則一團糟，匆匆纏繞起來的。」

「還有那個放在我的飯店房間裡的呢？」

「更接近亞德莉安娜的，」他說。「妳會跟我說她們口裡的沙子，而且妳是對的。這是兩件命案裡的相同點。可是仔細想一想，莎蒂。怎麼可能會不一樣呢？你打開別人的嘴，盡力往裡塞沙子，你就完了。這種事在緊密的社區中是傳得很快的。我懷疑馬爾島上還會有人沒聽說過這一個特別的細節的，所以模仿犯罪就很容易了。」

「這是臆測，不是結論。」我說，拉過床單裹住身體，從背包裡拿出乾淨衣服，再進去浴室著裝。

「我說的重點是我有幾個參考點，兩宗命案的相同點，可是我還不到可以斷定是同一人所為的地步。」

穿好內衣後，我把門拉開一條縫，看著他的臉。

「你是想跟我說什麼，內特？」

「如果兩宗命案的動機不同，那麼也許兩個女孩吸引的是不同的兇手。這種事以前也發生過。殺害凱翠娜的人可以很方便地複製幾處亞德莉安娜死亡的特點，轉移對他或是死者本人的注意。艾戈巡佐在管控犯罪現場情報方面並不嚴謹。島上的每一名警員都住在同一個社區裡，而他們全都在追問答案：警員沒有一個跟家人朋友討論案情的機率有多高？所以我想問妳在調查亞德莉安娜的命案上有什麼進展，任何只針對她的事。想要弄清楚這裡究竟是怎麼回事，一定得從她身上著手。」

我拿梳子梳頭髮，盡量衡量該告訴他多少，知道我再也不能自己守著情報了。

「好吧，」我說，從袋子裡拿出幾乎沒碰的化妝品，拿遮瑕膏塗抹臉上和頸上的瘀血。「克拉克家在美國惹了一點麻煩，是那種會讓你一夜之間搬到另一個國家的麻煩。不是什麼違法的事。羅伯在審判中作證，卻沒能得到證人保護，不過有些人可能有動機和方法來報復。我不需要告訴你，這是絕對機密。」

「了解。」內特套上鞋子，綁好鞋帶。「所以亞德莉安娜的死可能是仇殺，或是傳話給羅伯，讓他知道他被找到了。」

「有可能，」我說。「可是有點太麻煩了。尤其是亞德莉安娜完全清楚他們為什麼要從美國逃走，有美國人接近她，她一定會提防——事實上是任何陌生人——更何況還是半夜三更出去幽會。另外就是使用了歷史商城裡的貝殼，這是與本地的民間傳說有關的，還利用洞穴隱藏她的屍體。何必花那麼多不必要的力氣？」

「妳是在假設某個人大老遠跑到這裡來，一個外鄉人，不明白本地的風俗習慣和小島的環境。如果他們選擇更簡單的做法，雇個已經在這裡的人來殺死亞德莉安娜呢？聽起來羅伯・克拉克無論是惹上了誰，對方都有本事可以買兇殺人。」

「那你要怎麼找出你要殺的那個人？」我問著浴室鏡中的自己。

內特幫我回答了。「雇一個駭客，隨便找一個有相關前科的人。提供他們足夠的金錢，或是找信用評分，研究出誰已經有困難了。支付比特幣，從蘇格蘭本島找到人來幹活，他在這裡比較不那麼惹眼。重賞之下必有勇夫。」

阿洛思堂座落在主街上，建築樸實無華，講究實際，被選定為內特向島上任何想參加的民眾談話的會場。記者被摒除在外，只留一家本地的報社。哈里斯・艾戈跟他的手下站在門口確保不會有缺乏正當理由跑來的閒雜人等。就連羅伯和布蘭登・克拉克都決定要出席，伊莎貝拉則在家裡照顧露娜。我戴圍巾遮掩住脖子，再用帽子來減少臉孔被看見的機會，跟內特提早抵達，選了中間偏側面的位子坐下。

會堂很快就坐滿了，十五排椅子，每排十張，中間空出一條走道。內特和哈里斯・艾戈站在舞台上。左邊第一排是為克拉克家保留的，右邊則是凱翠娜的父親以及他的大家族。

我盯著門看島民進來。不見彩虹糖的蹤跡。賽門・巴斯蓋特已經留意到我，投給我好奇的表情，不過也怪我煞費苦心給別人留下我要離開了的印象。不過我不裝了——我已經被攻擊過一次。我出現在大庭廣眾之前比較安全，如此一來誰想要傷害我就沒有那麼容易卸責。

還有幾張面孔我認得。閒扯淡的老闆娘蕊秋和她先生，路易斯・艾戈也跟在他們後面，大概是因為他不能跟他父親一起坐吧。陶器店的莉姬的奶奶，不過莉姬沒來。那晚在鎮上自行宵禁、阻攔我和內特的男人。克里斯多夫神父以及每一個去教會為凱翠娜禱告的人，只不見希爾妲。沒有一張椅子是空的，晚到的人都站在兩邊。

哈里斯．艾戈站起來主持今晚的大會。他的模樣就跟我的感覺一樣。倒不是說他的脖子上套了繩套被人從樹上推下去，不過也好看不到哪裡去。他拿起麥克風，拍了拍，製造出嘎嘎的怪聲，傳遍了會堂。

「不好意思，」他說。有人笑有人喃喃埋怨。「好，大家都知道為什麼來這裡。這位先生，」他比了比內特，「是格拉斯哥來的病理學家，他是來回答我們對於亞德莉安娜和凱翠娜的死亡的問題的。有話要說就舉手，說話聲音大點，不然我們聽不到。還有，大家都聚集在這裡，講話要檢點一點。」哈里斯．艾戈坐下了。

內特好整以暇，一手緊抓著一張紙，另一手抓著我沒見他戴過的眼鏡。他在舞台中威風凜凜，既專業又使人敬重，但是態度很放鬆。他脫掉了外套，捲起了衣袖，就像是在說：我是來工作的，跟在座的每一位都差不多，不過我們還是要劃點界線。

「晚安，」他說。「很遺憾是極不幸的事件讓我來和各位講話的。我的工作和警察的不一樣，儘管我的一個職責是在調查中和警察合作，以及在逮捕犯人之後協助建立一件有事實根據的案子。不過我的工作中最重要的一點卻是和亡者的家屬以及親近的人溝通，確保他們知悉案子的真相，讓我們能夠盡快有所進展，蒐集到所有相關的資料。」

羅伯．克拉克伸長手去搭住兒子的肩膀，但是布蘭登卻躲開了。即便如此，我仍很高興他們來了。他們需要島民的支持，而不是八卦和猜忌。躲起來並不能幫助調查，或是改善警方的態度。

我趁這個機會瞧瞧四周。內特的話仍在我的腦海中激蕩。殺手當然不會大搖大擺出現在馬爾島上，但是克拉克家有錢有勢的敵人在拉斯維加斯雇用某個更接近當地的人，這個假設卻叫人擔心。我敢打賭坐在阿洛思堂裡的半數人都有金錢上的煩惱。賺旅遊財原本就有季節性，也更受景氣的影響。即使是在最繁榮的時代，馬爾島上也明顯沒有人致富，想要在這裡找到一個人願意為賺快外違反一些法律不會是什麼難事。不過殺人畢竟不是運毒或是詐騙，也不是看見搶劫裝聾作啞或是在自家車庫裡種大麻；殺人並不僅是施展本領而已，而是直接向心理變態沉淪。

這時內特在摘述兩件案子，說得模稜兩可。地點，時間，簡單一句話總結死因。主要是他的驗屍過程，他的團隊的鉅細靡遺，再次保證一切都處得妥當謹慎。另外還拋出了一些科學名詞。許多都枯燥乏味，但是我看出了他的目的。這個社區對於被隱瞞的反應不好，最好還是在敘述上斟酌輕重。

他沒提到海螺，也沒提被切下的乳房，而且他對於殘暴的程度也是草草帶過。內特這麼做或許是對了，消息雖然已經傳開了，不過他可不要火上加油。

想到海螺就讓我不舒服，好似我忘了有扇門沒鎖，或是忘了關瓦斯。只有我能證明貝殼曾在歷史商城中被各種水晶以及與小島的歷史與神話相關的用具圍繞，而且它跟架上灰塵中的輪廓是一模一樣的。我的腦袋簡直就像是市集，一團混亂。

「我們幾時可以埋葬我們的死者？」有人大聲喊。

「遺體不能歸還、不能得到安葬，這種時候情況總是很棘手，會造成沮喪，使得過程更加漫長煎熬。這點我們非常清楚。不過，事有輕重緩急，我們必須確定遺體由我們保管，萬一需要額外的檢驗，重複查核證物，或是以防有人對程序有什麼疑慮。如果兇手因為鑑識上的爭議而獲釋，對誰都沒有好處。請放心，我們正在全速處理。亞德莉安娜和凱翠娜都被莊嚴小心地照顧著。我還不能確定可以歸還遺體的日期。」

「有採到指紋嗎？」另一人問道。

「並沒有，」內特說。「亞德莉安娜的遺體在海水裡浸泡了一段時間，後來又長期暴露在洞穴裡。凱翠娜發現的時間比較快，並沒有泡在水裡。我本以為會有指紋或是皮膚細胞，卻都沒有發現，我不得不認為攻擊者可能戴了手套。」

腳步聲在後面通往玄關的樓梯上響起，不止一兩個人，我發覺，別人也紛紛轉頭，但是有更多人堅定又刻意地跺腳。內特越過眾人與我視線交會，我聳聳肩表達我的困惑。

女孩子們一個接一個進來，包括莉姬，她臉色蒼白，表情僵硬。我查看她奶奶的表情，並沒看到驚詫。就算她不知道孫女有什麼打算，她至少也猜到了另有文章。女孩群裡的其他人我確定出現在森林中的儀式裡，有些我在閒扯淡見過，幾個是陌生臉孔，可能是別的村子的。押陣的是希爾妲，嚴厲果斷。她們來到了中央的走道，兩個兩個，每個都是一身灰色——不是長袍，而是披掛了一些布，達到長袍的效果。她們行動一致，有條不紊。她們是一個整體。她們停了下來，希爾妲卻繼續從她們之間穿過，來到前面。除了腳步聲之外，會堂裡簡直就像海床一樣寂靜。托本莫瑞屏息以待。

「我們向為亞德莉安娜哀傷的人致哀，」希爾妲朝羅伯的方向舉起一隻手。「向為凱翠娜哀傷的人致哀。」她一手放在心口上，看著凱翠娜的父親。「我們把這兩個女孩放在心裡、在回憶裡、在小島的意識裡。」

「妳不應該來這裡！」有個男人在會堂對面大喊。

「這些女孩子有宵禁令。」另一個人也跟著喊。

「宵禁令完全沒有法律根據，」希爾妲說。「是托本莫瑞的男人強加於她們的——不是警方——也沒有和女性商量。沒有問過我們的意見，不問我們需不需要。難道這裡有人相信亞德莉安娜或是凱翠娜是死於女人之手？犯下這些罪的是男人，憑什麼卻要女人的行動受限制？」

「這點我們還不能確定。」內特說。

希爾妲兇巴巴地抬頭瞪他。

「是嗎？」她問道。「卡萊爾醫生，告訴我，你見過多少殘忍的命案是由女人對另一個女人下手的？」

「是沒有多少，」內特說。「但是卻發生過，所以有此可能，而根據數據就驟下結論，那就錯了。」

「但是這兩個女孩子並沒有乖乖向死亡臣服，是不是？她們被虐打、被控制、被壓制，那就需要力氣以及恐懼的力量。」

「沒錯，」內特答道。「但是順服可以用威脅或是武器來達到目的。」

「你的直覺怎麼說，卡萊爾醫生？」希爾妲問道。「兇手是男人還是女人？我知道我的直覺怎麼說。是一個男人殺害那些女孩子的。」她一個轉身，一根控訴的手指比著群眾。「一個男人，就跟那個在這裡批評我們的人一樣。跟那些設下宵禁令，創造規則來控制我們的人一樣。」

跟著她來的那些女孩紛紛點頭，瞪大眼睛看著她。她散發出一種出眾的氣勢，既權威又波希米亞。

就在這時克里斯多夫神父站了起來，當然是在希爾妲的預料之中。

「妳在帶領這些容易受影響的女孩子走向危險的道路，」他說。「偏離天父，偏離善良，偏離自然的秩序。」

「你寧可讓我們跪著活，神父。不只是你。這裡有很多人寧可回到古時候。女人跪在地上擦洗石地板，女人跪在地上請求天主的原諒，女人跪在地上服侍她們的丈夫。」有人驚呼，卻是假裝的。他們又不是沒想到會有這一天。「而現在你們利用這些悲劇、這些反常現象，趁機再把你們的太太女兒姊妹藏起來。譴責他，神父。譴責屠殺了我們的羔羊的男人。讓我們聽聽。」

「一切的罪惡都是被主譴責的，」克里斯多夫神父說。「我不需要說出來。」

「你需要說。這裡有的男人打老婆，我知道是誰。」她往回走，左看右看。好幾個男人迴避她的目光。「這些人有的向你告解他們的罪，神父，然後他們被原諒了。接下來的一個星期他們又故態復萌。他們喝酒，握住拳頭，說著禱告，然後再打老婆。不只是你，其他的宗教也對那些該譴責的人視而不見。這裡有的男人和妻子性交，明知道他們的伴侶不願意，或是生病了，或是太害怕不敢拒絕。這裡有的男人拒絕讓他們的太太避孕。」希爾妲對著人群揮動手臂。「男人告訴他們的太太可以穿什麼，可以有什麼，可以見誰，可以吃多少。而現在你們有絕好的藉口來控制島上的年輕女孩子，她們能去哪裡，幾時可以去。我們今天晚上來就是來說夠了。」

內特拿起筆記，退後一步，雙臂抱胸，等著看事態發展。我倒是挺清楚會是什麼情況的，而且場面一定不好看。

「女巫！」有個女人大吼。「妳在帶她們走上邪路。妳連自己的兒子都不能撫養，妳不應該靠近我們的女孩子。」

「這不是巫術，」希爾妲也大吼回應。我忽而想到她一直就在等著別人這麼罵。「這是在爭取權利。我們彼此尊重，我們關心我們的環境。憑什麼我們不能是自己身體的主宰，是我們自己命運的主宰？」

「那妳怎麼沒能保住另外兩個女孩子的平安？」賽門・巴斯蓋特問她。

希爾妲瞇起眼睛。「沒錯，警員。要我們為強暴、為暴力、為霸凌、為撩裙子、瞪著乳房看負責。問我們為什麼沒有用我們自己的身體和彼此的身體來阻止攻擊。」

「我姊姊被殺是因為凱翠娜傳簡訊給她，要她半夜溜出去，」布蘭登大聲喊，站了起來。羅伯想抓他的手，卻控制不了兒子。「不是男人做的。我不知道是誰殺了她的，但是我知道如果不是凱翠娜．法斯，她就不會死。而現在我們卻得坐在這裡聽妳把她們兩個相提並論？」

「你少污蔑我女兒。」凱翠娜的父親也加入戰局。

「喔靠，」我低聲說。「不好了。」

「妳女兒從我們一到這裡就討厭我姊姊，」布蘭登回道。「那是什麼讓她改變了心意，啊？又是誰讓她改變的？」

「凱翠娜沒有傷害過誰，」一個坐在前排的女人說。「她是無辜的羔羊。」

我想到了路易斯．艾戈，他被騙喝下的草藥害他生病，忍不住想凱翠娜究竟有多無辜。最起碼是個有狂野一面的羔羊。

克里斯多夫神父開始禱告。莉姬哭了起來，希爾妲穩守立場。羅伯．克拉克把布蘭登在空中飛舞的拳頭拉下來。法斯家族彼此擁抱，開始往外走。有個跟我說宵禁之後我不應該在外走動的男人走上走道，抓住了一個女孩的胳臂。相似的五官宣告著是他的姊妹。

「放手。你沒資格管我。」她大喊。

「妳個小賤貨。妳現在就回家，免得害我們的爸媽擔心死。」

她吐口水在他臉上，然後世界變慢了一秒。結局是一個耳光，兄弟打姊妹，接著是另一耳光，這一次是希爾妲摑的。

人群如波浪般動了起來，有的前衝，有的把人往後拉，想掙脫的，想找個好位置看熱鬧的，有人叫好，有人詆毀。

哈里斯．艾戈從舞台上往下跳，拍了拍兒子的肩，叫他回家。男孩照他父親的話做，哈里斯．艾戈直等到兒子脫離了混亂才發脾氣。

「馬上給我安靜！」他大喝一聲，根本不需要麥克風。「每個人都給我回家去。在這座島上只有警察可以執行宵禁令，示威需要事先申請。我們今天來是為了兩個我們失去的女孩子尋找答案的，跟別的事情都沒有關係。」

即使希爾妲也聞言低頭。

「好，慢慢來，免得有人受傷，全部都下樓，離開這裡。還在這裡的人有五分鐘的時間，不然就等著被逮捕——我不在乎你是誰。」哈里斯說。

有人拍我的肩，我轉過去。

「能談一談嗎？」是個男人，我愣了愣才明白我正瞪著芙蘿拉．企德的父親，我上次去找他沒見著。

他女兒完全無人提起，但是我在他的眼裡都看到了。羅伯和伊莎貝拉經歷的椎心之痛全在那裡，凱翠娜的父親承受的心碎全在那裡。儘管過去了數十年，仍像一根針在刺。

「我等妳。」他說。

我往內特那兒走。

「回旅館見，」我跟他說。「我能跟你多住一會兒嗎？」

「妳當然可以跟我住，」他說。「只是幫我一個忙好嗎？如果妳不會直接回來找我，就待在小鎮中央，在照明良好的地方，而且一定要在有燈光的建築附近，方便妳喊救命。」

我考慮要叫他不要擔心了，又突然發現其實我滿想要內特擔心我的。我給了他最能讓他放心的笑容，離開了。

走樓梯下樓時我才想通了貝殼的事最讓我困擾的地方在哪裡。具體來說，兇手使用貝殼這件事是警方不會公諸於眾的細節，因此儘管我的大腦不停抗議，還是有可能說明了何以凱翠娜並沒有受到這種侵犯。模仿犯只會重現他所知的罪行樣貌。

「不可能有兩個，」我走出阿洛思堂時跟自己這麼擔保，一面張望，尋找企德先生。「不然這一座小島也太殘暴了。」

「這裡的殘暴還不止呢，」賈思伯．企德從我後方的陰影中出現。「散散步吧？」

36

我們從港口的正面往外走，保持低調比較好。

「妳進過我家。」賈思伯．企德說。

「我不想惹麻煩。」我停下來，做好心理準備。他是老人，但是我現在的狀況也不佳，完全經不起打架。

「我不是為這件事找妳的。重點是那妳就看過那裡了，妳一定也進了芙蘿拉的臥室。」

「是的。」我們又開始散步。賈思伯．企德是個清瘦的人，不帶一點威脅性。他一直把手插在口袋裡，鴨舌帽壓得低低的。「我知道不對，不過我是去找你的，因為我在看過你有多難過之後有點擔心。也是怕那件案子會和亞德莉安娜的有什麼關係。我發現是有類似的地方。」

「妳以前來過蘇格蘭嗎，李維斯克小姐？」他問我，聲音好輕，連在微風前都很難聽到。

「這是我第一次來。」我說。

我們往南走，他指著前方的公路。

「很美吧？我猜有些風景跟妳家鄉的差不多。」

「你的國家確實是讓人嘆為觀止，只可惜我不是為了觀光來的。我一直都很想到蘇格蘭來。」我說。

「欸，我們這裡有很多觀光客，他們喜歡去愛奧那修道院——妳應該抽空去看一看——還有東北部的卡加利海灘。他們在那裡租農舍住上兩個禮拜，去酒廠參觀。那裡很寧靜。還有冰淇淋和山陵起伏的鄉下。廣告上說的應有盡有。」

「可是？」我說。

「歷史上蘇格蘭人一直被地主和各種外來勢力入侵、剝削、虐待，所以才會讓我們這麼愛國、這麼忠心。我們打造了這些嚴密的社區，告訴我們的孩子多年以前的故事，維護我們的傳統。幾世紀來，我們為了把我們的歷史別在肩上而不斷抗爭，而不是任它消逝，淹沒在漸漸侵蝕的海水中。」

「我了解。」我說。

「不，妳不懂，丫頭。這些不只是島民的故事。妳在旅遊指南裡看到的神話和故事——我們現在還活在裡頭。而且傳說是用幾千個小小的真相組合出來的，是有力量的。妳知道這條巷子的盡頭有什麼嗎？」

我思索著托本莫瑞的地理方位。

「嗯，出城的時候會看到馬爾陶窯，對吧？」

「再後面妳會看到巴利斯蓋特石柱，跟洛赫布伊石柱不是同一批的，而是在托本莫瑞都還不存在之前就有的。還有城堡的廢址，據說女巫會迷惑那些遇上她們的人。海灣的海床上還有一艘船，船上有很多亡魂。在這座島上，妳看見的每一樣東西，都因為它的歷史而存在，妳不能把現在從過去抽離出來。」

「企德先生，我知道你是如何失去芙蘿拉的，我也知道雖然這麼多年過去了，你的傷痛是絲毫沒有減少的。我無論如何都不會想挖出你的傷心事。」

「挖出來？我每天都活在裡面，還用得著挖？」他牽起我的手，用他溫暖粗糙的手握住。「妳覺得今晚看到的事情無傷大雅嗎？那些女孩子跟她們的儀式，她們的半夜嬉戲跟她們的咒語。」

「希爾妲解釋過其實不是咒語，更多是幫助女孩子們認識她們自己，感覺更有自主權。」

「有自主權算是一種解釋吧。我的芙蘿拉很怕她們，知道嗎。她是個敬畏天主的孩子，雖然她母親跟我並不信教。希爾妲的團體——當時是由她的母親領導的——一個月會集會個幾次。妳得了解，在島上會有好幾個月無事可做，所以跟一個女孩子說她有力量，她能駕馭某些魔力來讓她實現她的願望，那在小島上是非常刺激的事情。我能看得出它有多吸引人。」

「芙蘿拉也被拖進去了？」我問道。天氣變冷了，寒風刮著我的臉和手，撕扯我的衣服。賈思伯．企德卻好似壓根就沒注意到四周有狂風呼嘯。

「不，不，她非常有定見。不過別的孩子就一頭栽進去了。如果只是胡鬧，沒有害處，那倒沒什麼。比方說是對著水晶吟誦，祈求未來能在你的夢中呈現。可是萬一是某個已經有嚴重的心理問題的人，卻把它看得太認真呢？相信咒語和魔力呢？」

「企德先生，我的印象是殺害芙蘿拉的人始終沒有落網，你難道是說你知道是誰殺害了你的女兒？」我好冷，卻和風無關。

賈思伯·企德停在一張長椅前，坐了下來。部分的我想要離開。他臉上的表情，那種落寞無助與傷痛欲絕，是那麼的強烈，我都不敢肯定我敢不敢與聞。蘭斯·普拉德福特敘述他報導芙蘿拉命案的經過時說他抵達馬爾島時是個小男生，回家時是個大男人。我走過去坐在賈思伯的身旁，能感覺到蘭斯的體驗壓在我自己的肩上。

「芙蘿拉被邀請去參加那個團體。起初她只是笑一笑，說那只是一些本地的女孩子藉著什麼更性靈的東西來當掩飾，其實就是在星期五的晚上喝酒開趴。她委婉地拒絕了，可是她們不死心。第二次她說得比較清楚，還拿她自己的宗教信仰來當理由拒絕。後來就開始出現屍體。我們的台階上多了一隻死烏鴉，一隻死兔子被扔在我們的屋頂上，一隻死鹿被放在我們的汽車引擎蓋上。

「芙蘿拉雖然一笑置之，可是她不開心。後來情況變得更壞，本地的商店裡有人低聲罵她之類的。我的女兒年輕，脾氣好，卻把每句話都聽了進去。她開始在家裡的屋梁上燒驅逐女巫的符號。有一陣子我和太太由著她，為了讓她安心。後來她開始掛藥草束，讓女巫進不來，我們就禁止她繼續了。就在那時事情開始走下坡了。有一段時間她幾乎不出門，關在房間禱告好幾個小時。我們覺得最好還是隨她去，讓她在自己家裡覺得安全，她愛怎麼樣都沒關係。結果牆壁上、煙囪爐膛裡、窗台上都燒了符號。她的房間裡掛滿了十字架。知道嗎，有人真的把她嚇壞了。」

「太可怕了，」我說。「可憐的芙蘿拉。」

「她恢復正常了，又變回了老樣子。開始在苗圃工作，好像沒事。我們也都忘了。我太太習慣了那些符號。在我自己心裡，那就像是一個她在成長過程中的傻氣階段。只不過她並沒有長大的機會。」

我能在心裡看見芙蘿拉，被一群與她不同的邪惡之人欺凌。理性知道什麼不重要，只要施以壓力和仇恨，邏輯思維就會被丟到窗外。

「她失蹤的時候，我會坐在她的床上好幾個小時，努力在心裡找到她。我想聽她的聲音，我知道聽起來很可笑。他們指認出她的屍體之後，我只能聽到她說：『我就跟你說過，爸。我警告過你了。』」

「她警告過你嗎？」我問道。

「不算是。應該是她沒說出口的話。芙蘿拉燒那些符號時並沒有編什麼故事，只是每天燒，日復一日。她們之中有個女孩特別讓她覺得不安全，我只把它當作是青少年的事情。老實說，我比較關心的是賺更多錢付房貸，而我太太也不想讓我太煩惱孩子的事。我讓她自己把責任擔起來。」他抹去眼淚，我則用力吞嚥，忍住自己的淚水。「現在她們兩個都走了。房貸付完了，卻沒有人跟我一塊分享農場，那裡就跟墳墓一樣冷清，我真希望我也在裡頭。」

「賈思伯，她們不會要你這樣的。發生的事都不是你的錯。」

「我們不聽青少年的話，李維斯克小姐。我不知道我們是怎麼了，我們都年輕過——感受過那種迷惑、恐懼和絕望——可是等我們長大成人，自己的孩子也變成青少年了，我們卻認定他們的感覺只是一個過渡期。誇大其詞。傻裡傻氣的。我們為什麼會這樣？」

「為了應付，」我說。「因為當父母是很難的。」不過他說得對。雖然我沒當過父母，但是當父母對我而言就像是穿著細跟高跟鞋滑雪。是不可能的任務，而且一定會受傷。

「那個女孩子琳恩，不喜歡芙蘿拉拒絕加入她們的團體，她覺得芙蘿拉自以為比她們優越。謠言說她從學走路起就是個頭痛人物，心腸狠毒，當面一套背面一套。後來她認識了一個本島的男朋友，來跟她同居，他們住在一輛旅行拖車上。」

他中斷了敘述，凝望著夜空。

「是他嗎？那個男朋友？」我問道。

「他是被調查的幾個人之一，可是找不到證據。他之後沒多久就離開了，說受夠了大家的閒言閒語，把琳恩也帶走了，兩人再也沒回馬爾島過。她的家人沒多久也搬走了。」

「你為什麼懷疑他們？」

「因為他們往她的嘴裡塞沙子，」賈思伯說。「他們一直塞一直塞，塞到她沒有辦法再呼吸。妳知道女巫在殺人的時候為什麼要那麼做嗎？」我瞪著他，啞口無言。「這樣你才沒辦法說出她們的名字。要是你說出她們是誰，她們對你就沒有了力量。這是古老的民間傳說，幾乎是世界上每一種文化和種族都有的。說出怪獸之名，它就傷害不了你。芙蘿拉死後一年，我什麼也沒做，只是一直在研究。馬爾島上還有別起死亡事件，知道吧。古老的命案很少有文字紀錄，不過馬爾島上的女巫都是這麼做的。」他轉向我，緊緊抓住我的雙手。「那不是無害的玩鬧，知道嗎？它會扭曲，會害人精神錯亂。當然有些人是好的，對她們來說也是無害的，可是總有個不一樣的，會利用它來當作通往黑暗危險的什麼的途徑，控制不了的什麼。」

「你認為是女巫殺死亞德莉安娜的？」

「我認為是女巫說服了她的男朋友對我女兒做出了禽獸不如的事情，動機是仇恨和嫉妒，而且我相信在他們那麼做時，她留下了標誌。我真後悔沒聽芙蘿拉的話，沒有更常在家裡，沒有支持她。」

「真的非常遺憾。」我說。這種安慰就像是在颶風中的一根羽毛，完全無法慰藉那麼浩瀚的悲傷。

「我也是，」他說。「妳找到那個兇手，妳找到他們，而且要確定讓他們為他們的暴行受罰。不過別把這座島的神話都歸因於歷史或是胡說八道，因為我怕那就會是一個非常非常可怕的錯誤。」

37

我都還沒走到門口內特就把門打開了。

「要喝一杯嗎？」他問道。

「現在不要。」我走進去。「你之前說很難想像一個女人能把亞德莉安娜濕淋淋的身體扛著走，但是如果是兩個女人呢？她們可以兩個人抬，對吧？」

「兩個女人，兩個男人，一男一女——有這幾種可能。妳怎麼會想起這個來，莎蒂？」

「我有一點很深的疑惑。我不知道克拉克家為什麼到現在還在付我錢，我簡直就是個廢物。」

「妳是不是腦袋又被人打了？」內特問道。我也不能怪他。「今晚可鬧得真厲害，情緒高漲到極點，我都不敢確定要是真的爆發了衝突，哈里斯．艾戈能不能鎮得住。」

「你打算怎麼辦？」我問道，先打開電熱壺再脫掉鞋子。

「我會回報給重案組，要求他們派駐額外的警員直到調查結束。大會之後妳去了哪裡？」

「芙蘿拉．企德的父親賈思伯想跟我談一談。之前我只在酒吧見過他一次，他那時就很傷心，今晚他好像是認命了，卻心事重重。其實是憤怒。有些事他需要我聽一聽。」我把筆電抓過來，登入WiFi，已經在搜尋賈思伯跟我說的事了。「有了。正名法則，或稱真實之名，從遠古時期即被融入民間傳說、魔法、宗教與神秘主義中，之後過渡到庶民文化中。真實之名是最能夠精確描述或定義某種生物最基本之特性的名稱。說出某生物的真實之名可以阻止它在意圖傷害的被害人身上施展力量。」

內特接著做我剛才丟下的事，倒了兩杯熱水泡咖啡。

「這個有關係是因為？」他問道。

「沙子。我討論過這一點不知道多少次了，大家的共識是這是讓人住口、貶低或是懲罰的舉動，可能是一種非常厭女的行為。歷史上針對的例子有很多。希爾妲沒告訴我的是在馬爾島上把女人的口裡塞滿沙子有個特殊的意義。那是女巫為了阻止被害人喊出她們的真實之名，這樣子被害人才會沒有力量保護自己。我本來以為只有芙蘿拉·企德遭遇這種命運，可是她父親跟我說之前也發生過，在這座島上的古老命案中。他相信芙蘿拉是被一個精神錯亂的女孩子殺害的，她剛好跟本地的異教團體有關，還有女孩的男朋友。他把沙子描述為女巫的名片。」內特遞給我一杯滾燙的咖啡，我小心翼翼地輕啜。

「所以妳才確信是女人殺死亞德莉安娜的？」

「既然樣子像鴨子，又游得像鴨子……」

「妳是認為殺害芙蘿拉的人和她的男朋友在多年之後又回來了？」內特問道。

我思量了一會兒。「不，」我說。「他們在芙蘿拉死後不久就匆匆離開了，再也沒回來過。要是他們最近回來了，一定會引起注意。但是並不表示歷史就不會重演。」

「那磨細的貓骨也有關嗎？也是什麼咒語的一部分？」

「沒有。希爾妲聽了只是一笑置之。她顯然是覺得很荒唐。」我把咖啡放到床頭几上，往後就躺，降服在柔軟的鴨絨被以及溫暖之下，閉上眼睛。

「希爾妲，也是她沒有告訴妳塞沙子是過去的女巫做的事情。妳的情報很多都互相矛盾。」

「我有嗎？」我翻身側躺。「謝謝你收留我，內特。晚上能覺得安全真好。」

「沒事。妳介意分享嗎？要是妳覺得不自在，我可以睡地板。」

「那我就要生氣了。」我跟他說，挪到一邊去，給他足夠的空間，聽著他刷牙洗澡的聲響。我跟自己說再等一分鐘我也要去盥洗。

內特在我旁邊躺下來，沒多久呼吸就放緩了。我想睡覺，雖然下午睡過一覺，我的身體仍渴望休息。可是希爾妲待在我的心裡不走。她在大會上的表現，她對我親切和藹卻在對我說的事情上有所省略。她在保護那個她並沒有一起養育的兒子時的鋼鐵意志，即使是在她挑戰他時也一樣。希爾妲在紀念一個被殺女孩的禮拜上掌摑克里斯多夫神父。

我有問題要問希爾妲，而除非我得到了解答，我是睡不著的。我悄悄爬下了床，摸黑穿衣服，一邊豎起耳朵留意是否驚擾了內特。他會想要我叫醒他，跟他說我的計畫，我知道，可那就得要費一番唇舌了，可我現在沒那個心情。但願我能在他睡醒之前就做完需要做的事，回到旅館。他會生我的氣，不過好像沒有什麼是一聲道歉解決不了的。我還做了更差勁的事，我拿了他的汽車鑰匙，偷溜出房間。這是租來的車子，不過我反正也沒打算開多遠。

幾分鐘後我回到了皮歐拉許湖，停在公路旁，往森林裡走，只憑羅盤和手電筒回溯那天早晨的路。現在是半夜一點，我看見遠處的林間有一抹光。

「希爾妲，」我喃喃嘀咕，很慶幸我又找到了她的家，而她也在家裡。我加快步伐，知道我是不速之客，所以就一邊走一邊大聲喊。「哈囉！希爾妲，妳睡了嗎？我是莎蒂。我們可以談一談嗎？」

那抹光很騙人。她早晨陪我從她的木屋走回營地時，我們繞過樹林中的一處村莊，現在我走的這條路卻被一處陡峭的斷崖給阻斷了，我只好又回頭，向北走，從另一個角度接近燈光。蜘蛛結起了夜間的網，齧齒類忙著找食物。我擦著臉，跳著躲開匆匆忙忙的爪子。

「希爾妲，嘿，希爾妲！我知道很晚了，可我是莎蒂，我有些事情想問妳！」

我站到了她的門前，疲憊不堪，卻知道這麼做是正確的。人類往往傾向於等到早晨，但這種做法卻是錯的。黑暗中才是更誠實的對話發生的時候。如果你要跟魔鬼交易，也會一直到太陽升起才會成交。希爾妲跟我坦誠交換意見的時間已經延遲了。

我伸手敲門，腳趾踢到門下的大木頭。

「什麼鬼？」我低聲罵，還是敲了門，再次大喊她的名字。沒有回應。我正握著門把，忽而想起門是向外開的，不是向裡開的。

我彎腰，盡全力抬起木頭，卻太沉重、太粗大了，讓我很難抓得住。

我放棄了，改而沿著側面走，從窗戶往裡看。爐子裡還有火光閃爍，一定是她從大會回來之後就生的火。我冷不防想到說不定那間臥室有後門。要是她的鎖有問題，那她可能是用那塊木頭來作額外的防範。

「有人在家嗎？」我大聲喊，敲著窗子，很難為情被人發現在屋後鬼鬼祟祟的，她說不定在做什麼事情，只希望她在我們隔著玻璃視線接觸之前聽到我。「我是莎蒂，希爾妲。讓我進去好嗎？」

屋子後面有兩扇窗子，比正面的窗子大，我得踮著腳尖才能看到裡面。樹比較靠近的窗子比較髒，樹葉也把樹汁滴上了玻璃。我看到模糊的動靜，什麼黑黑的東西弓著背在地板上，緩緩移動，輪廓襯著火光。大概是隻寵物吧。

「希爾妲，妳可以開門嗎？」玻璃再怎麼擦也擦不乾淨。我查看了木屋最後面的一側。沒有門。我往回走，試了最後一扇窗，站在樹樁上又揮手又喊叫，想吸引她的注意。

這扇窗比較乾淨。現在屋裡沒有動靜，只有地板上一團黑黑的東西，而且從底下流出什麼來，流速很慢，留下一條水道。我伸長脖子去看個仔細，立刻瑟縮，因為我看到雪白的、乾枯的白色肉體在抓攫、拉拽、抓攫、拉拽自己向前。

「那是……？靠，希爾妲？」我放聲尖叫。「希爾妲，怎麼回事？」那是一隻手，我的眼睛終於看出了乾瘦的手指虛弱的動作，伸長，從身體旁挪開。「不、不、不，拜託！」我又衝到屋子正面，慌亂地掏出手機。森林深處沒有訊號，什麼也沒有。

我努力去把那根木頭拖開，卻白費力氣。所以我用手電筒的可憐微光找石頭，扯掉外套，纏在手上，別開臉，拿石頭砸破了正面的一扇窗子。玻璃並沒有碎得乾乾淨淨，我不知道自己為什麼會以為會像電影演的一樣。窗玻璃上出現了一個星形痕跡，中央只有一個小洞，而我的胳臂已經因為後座力在痠痛了。我再砸了一次，這一次玻璃飛出，留下了崎嶇不平的碎片。我拿石頭把碎片清理乾淨，為了讓傷害減到最小，我從邊緣爬了進去，不過還是把牛仔褲割破了，屁股也被玻璃碴刺到。

「希爾妲，」我大聲喊，一面從窗台往下跳。「我是莎蒂，我來了！」

唯一的反應是一聲低低的呻吟。我拔腿繞過壁爐側面，跑進她的房間，心裡想著——心臟病，可能是中風，也可能是摔跤了。拜託是其中之一。

我繞過轉角，地板變得跟糖漿一樣，每一步都比上一步更花力氣。我知覺到兩條胳臂伸長了要去摸她，一看見她倒地的身體兩邊膝蓋就發抖。

她伏在地板上，頭頂靠著木板，雙手向兩側伸出。我的左手握住了她的右手，跪在她的頭旁邊，把她的頭扳向一邊，她冰冷僵硬的手指讓我的心像被閃電擊中。

我轉動她的頭時，手上沾滿了又黏又熱的童年夏日時光。在海灘上，用海水和沙子，為了要蓋出持久的城堡，而不會馬上就塌陷。只不過這次的混凝土是以鮮血和沙子調合的，她的嘴裡塞滿了東西，黑暗的地板上找不到她的衣物，只有太多太多液體擴散，而且還是溫熱的，仍在流淌。

「喔幹，」我大聲喊。我的大腦，太遲緩，這才明白過來仍在流血的身體代表心臟仍在運作。我雖不情願仍把手指伸進她的口腔裡，摸到了她的鼻孔幾乎無法察覺的顫動，她仍在盡全力吸氧氣。我扒出了沙子，比我想像中還要多。卻太遲了。她的呼吸，她最後的呼吸嘗試，疲倦地嘶了一聲，離開了她的身體。

「不准妳放棄，」我跟她說。「不准妳放棄。」我需要把她翻過來仰天而躺，幫她急救。這是我定期會接受的訓練，但只用過一次，救了一個從很高的橋上跳水的年輕男子。這一次我得咬著牙去對付某個瘋子硬塞進她口裡的沙子，我雖然兩手圈抱住她，把她翻過身來，但這個想法已經害我乾嘔了。

直到這時我才漸漸明白了這可怖的殺戮為這片寧靜的森林帶來什麼後果。她的石板灰洋裝從前襟被撕開，應該有兩隻乳房的，卻少了一個，只剩下血淋淋的一處開放性傷口，被殘忍地屠戮，傷口邊緣不整齊，彷彿是被動物攻擊過。

她的手指抽動，痙攣。

「喔，希爾妲，」我輕聲說，把她的頭放在我的大腿上，放棄了急救的念頭。她的生命之血在地板上淌出了一面湖泊，她的身體被撕成兩半。只有她的眼珠還在動，而且側轉過來鎖定了我的眼睛，仍有意識。

我輕撫她的頭髮，眼淚滴濕了她的臉頰，告訴自己她感受不到痛苦，感受不到恐懼了。她看見的最後一張臉孔必須是充滿了善意的。

「沒關係，」我告訴她。「我會陪著妳。」

我在腦子裡數著秒數直到她嚥氣。

一……沒有了她，彩虹糖會怎麼辦，即使他們母子並不親近？

二……前門的木頭不是希爾妲放的。有人不是要阻止她出去就是要阻止別人進來。

三……他們人呢？還在這裡嗎？我都忘了要先檢查了，而現在我坐在一灘血泊中……

四……我得出去，可是我得確定她走了我才能離開。不能把一個垂死的女人丟下來孤伶伶地瞪著深淵。

五……之後我還是得回去開車。萬一他們埋伏在樹林裡等我呢？

六……我在木屋裡待到天亮會比較好嗎？保持清醒，找個武器，準備好自衛？

七……我看到她被切掉的右乳，凝膠狀的一團，被丟進爐子裡。

八……希爾妲走了。死在我懷裡。

一切的一切，我身處的危險，她在我發現時仍活著的事實，知道殺害她的人仍然在森林裡——說不定在逃跑，說不定躲起來在等我——就像是一把槍抵著我的太陽穴。

38

我決定跑。我得捨棄頭燈不用，因為如果有人埋伏在樹林裡，頭燈就會像燈塔一樣宣告我的存在，可是我又不能冒險迷路。我全身沒有一個地方沒在發抖。我只從希爾妲的廚房抓了一把菜刀防身，來時沒有預料到會有需要武器的可能，我知道我只有一次機會。坐在窗台上，我好想縮回去。可是戶外給了我一個戰鬥的機會。木屋並不安全，隨時可以一把火燒掉或是破門而入。

我的腿恨死我了，起先還抗拒，我做了幾次深呼吸，慌亂地大口吞氧氣，我告訴自己——不跑就等著死。這是我在跑到停車處之前唯一允許自己想到的話。

不跑就等著死。

我從窗戶跳下去，曲膝落地，祈禱淡淡的月光足以為我照路，然後開始移動。雙手伸在前方，躍過倒地的樹幹，兩眼向上判斷前方的樹枝位置，兩眼向下緊盯著落腳之處。

我後方的森林裡有噪音，是比小型哺乳類更大的東西。小樹枝被踩斷了。

不跑就等著死。

我的大腦的自衛機制想要停下來，想張望，想確定是什麼在我後面。我內在的戰士卻命令我逃命。我一向跑得快，快速輕盈，而且腳步穩健。要說有什麼時候需要善加利用這些長處的，那就是此時此刻。我腳下不停，反而提速，暗自祈禱不會被樹枝掃到眼睛或是刺穿我的胸骨，害我只能倒在地上大口喘息。

一隻貓頭鷹從我面前飛過，我咬住嘴唇才沒喊出來，兩手亂揮保護著臉部，隨即低頭，加大步伐。我都忘了我有多少次險些絆倒、險些摔跤了，幸好每一次我都平衡住身體，大步飛奔。不跑就等著死。

接著景色豁然開朗，我終於知道該停下來戒備一下了。我不想停。後面有危險，很有可能，可是我如果莽莽撞撞，前方可能也有危險。從這邊開始到湖邊都是開闊的土地，而汽車就停在之外的公路旁。我在最後的林線陰影中停下，給自己不超過五秒鐘的時間。專心盯著汽車，鑰匙握在右手，左手抓著刀。左看右看，查看是否有動靜或是大面積的陰影。別回頭，別驚慌，跑就對了！

我的右眼最遠的周邊視線有動靜，但是地面不平坦，要是我轉頭去看，我很可能就會摔個四腳朝天。汽車越來越近了，但是我知道我還不能按下自動鎖，得等到我跑到汽車邊。要是有人躲在汽車的另一邊等著爬進車子裡，我就有麻煩了。

腳步聲，我能清楚聽見了。我自己的呼吸聲像打鼓。太近了。五十米。我確定有人就在我後面。我低著頭，雙臂擺動，全力衝刺。二十米。我接近汽車的速度太快，沒能在潮濕的地上停住，結果重重撞上了車身，力道強得我喘不過氣來。

我打開了車鎖，門把卻不肯動，在慢動作的一刻中我簡直要吐了。突然鎖的彈簧咔一聲，拉力結束了。車門打開了，我鑽了進去，立馬關上門，再鎖好。兩秒鐘檢查後座、換檔，瞥了一眼後面的林線，但是大燈打開了，周遭全都一片漆黑隱晦。

行駛中，世界開始震動。我抓緊了方向盤，努力讓車子保持平穩。整整一分鐘之後我才發覺是我在發抖，不止是我的手，而是我的全身，從裡到外。我感覺不到我的腳或是手指。寒冷在我瘋狂的衝鋒之後滲透了進來，我被冷汗濕透了，冰冷的汗水還流進了眼睛裡。

警察局勢必是我的第一站。我在艾瑞路的正門外猛踩煞車，開始捶門，知道案件調查期間艾戈曾下令警局必須二十四小時輪班。

「讓我進去！」我大喊。「救命！拜託……」

門開了，睡眼惺忪的賽門．巴斯蓋特站在那兒瞪著我。

「妳他媽的搞什麼鬼？」他問道。

「你得去希爾妲的木屋，」我喘著氣說。「我剛剛發現了她的屍體。她被殺了，死法和凱翠娜一樣。」我背靠著警局的牆，讓身體向下溜，最後撞到地板。「你會需要封鎖犯罪現場，別碰前門外的木頭——有人放在那裡。我是打破窗戶進去的。」

哈里斯．艾戈出現在裡面的一處門口。

「耶穌基督，妳受傷了嗎？要叫救護車嗎？」他跪在我身邊。

「不用，」我說。「不是我的血。希爾妲被殺了。他們屠宰了她。你得立刻去她那裡。打給內特．卡萊爾，他應該跟你們去。」

「那是她的血？」賽門．巴斯蓋特問道，退後了一步。「全都是？」

「對！我就是在跟你們說這個。我找到她的時候她還活著，後來她就死了，我直接就來這裡了。」

「打給重案組，叫他們立刻派人過來，」哈里斯．艾戈命令道。「我跟著妳。還有，叫醒卡萊爾醫生。」

「喔靠，我開了他的車子，他不知道我開走了。他會需要有人載他。」

賽門．巴斯蓋特已經在打電話組織反應小組了。

「妳今晚偷了卡萊爾醫生的車？」艾戈問道。

「不是！嗯，嚴格上來說是。他睡著了，我不想吵醒他。」

「妳跟那個病理學家睡在一起？」

「什麼？不是，我只是知道要是我跟他說我要去哪裡，他一定會想阻止我的，所以我就趁他睡覺……」

哈里斯．艾戈搖頭。

「那妳究竟是為什麼半夜三更一個人跑去？」

「我有些事要問希爾姐……就，現在真的不是擔心這個的時候。」

「李維斯克小姐，妳確定現在不需要什麼醫療協助嗎？」

「確定，我受到驚嚇，但是……」

「請站起來。」

我乖乖照做，看見我在牆上留下了一塊紅漬，也注意到我兩手上的深紅色。

「嘿，我知道我的樣子一團糟，不過你不需要擔心我。」

「我沒擔心，我是要拘留妳，李維斯克小姐。妳要到我們的牢房去，等我去過犯罪現場，再回來這裡宣告妳的法律權利之後偵訊妳。妳會被告知妳的完整權利，需要的話，會幫妳請律師。」

「你一定是在開玩笑！我才冒著生命危險摸黑來這裡通知你們。她死的時候我把她的頭抱在我的大腿上，不知道我會不會是下一個。」

「把汽車鑰匙給我，還有妳的手機。」

「不，去你的！你沒有權利——」

「好，那我要逮捕妳，罪名是偷車以及無保險駕駛。這樣就夠把妳關到我回來了。鑰匙和手機，快點。」

我交了過去。

「內特・卡萊爾不會為了我偷車控告我的。打電話給他。」

「那是租來的汽車，」艾戈說。「妳並不是從卡萊爾醫生那兒偷的。」他打開了一間牢房的門，把我推了進去。「妳要待在這裡面，一句廢話也不要多說，等我找個鑑識人員過來把妳身上穿的戴的全都採樣過，再仔仔細細查驗過妳的兩隻手。妳的口袋裡還有什麼？」

我上下拍打，緩緩抽出了那把菜刀。

「哎呀，這可不是兇器嗎？」艾戈說。「放在地上。」

我默默服從。他去拿了一個證物袋，把刀子撿起來放進去，貼上標籤，然後就離開了。

我在那裡等，在角落裡瑟瑟發抖，同時懷疑自己到底是做了什麼。

39

他們不肯讓我見內特，那很傷人。我愚蠢地讓他變成了證人，也因此他不能和我接觸，要等到他們控告我或是釋放我。

「我不懂你怎麼可能會以為是我做的。我每次發現了什麼都會來告訴你們。昨晚要不是我直接過來這裡，希爾妲的屍體可能好幾天都不會有人發現。」

鑑識小組進來過了，拿走了我的衣服，剪了我的指甲，抹拭了我身上更多的地方，讓我覺得不舒服，還採了DNA和我的指紋。我拒絕了律師，不過他們還是叫了一位律師到警局來。

哈里斯．艾戈坐在我對面喝著黑咖啡——我也拒絕了咖啡——看著我的樣子活像我是什麼外星異種。賽門．巴斯蓋特堵著門，雙臂抱胸，兩腿分開，顯然是睪丸素太高了。

「妳找到了希爾妲是不是覺得很了不起？」艾戈問道。

「了不起？你說的是什麼屁話？」我奮力壓制脾氣。

「欸，妳找到了亞德莉安娜，感覺一定很好。讓我們像一群門外漢。我們的島，我們的工作，可妳一冒出來那個女孩子就立馬找到了。」

「不是立馬找到的。我在去麥金儂洞之前已經找了四天了。而且我並沒有害你們像白痴，我只是在做我的工作。」

「在那之後戲癮就忍不住了，是吧？」巴斯蓋特問道。

「賽門，我說過，今天只有我一個人問問題。」艾戈跟他說。

巴斯蓋特警員哼了哼，但還是閉上了嘴。

「再說一遍妳是怎麼知道要去哪裡找凱翠娜的。」艾戈說。

「直覺。兇手為什麼會不考慮再次利用同一個地點呢？那裡對他顯然有什麼意義。」

「只不過卡萊爾醫生的推論是殺死凱翠娜和希爾妲的可能是不同的人。我知道他跟妳說過這個推論，而妳似乎也同意。」

「我同意是有此可能，有些部分是說得通，像是凱翠娜並沒有被性侵。所以，對，是可能有另一個兇手。有可能，但並不是絕對是。」

「像是，說不定先殺害凱翠娜再殺害希爾妲的人有不同的動機。說不定他們根本就對第一個兇手用貝殼得到的變態樂趣沒有興趣，說不定是個模仿犯只想要博取注意。」

我的腦袋裡很響的一聲咔。我站了起來。

「不，不行。」我說。

「現在要律師了嗎？」艾戈問道。

「不要，不過如果現在的情況跟我想的一樣，那你就會需要。我沒殺凱翠娜，我也沒殺希爾妲。你沒有證據說是我做的。你以為我找到了她們的屍體覺得很爽嗎？我痛恨她們的遭遇，我也痛恨必須看到她們的慘狀。我來這座島完全是巧合。沒有人會因為想找一點刺激就開始殺人。」

「妳又是怎麼知道為什麼有人決定要殺人的？」巴斯蓋特又插嘴。

「你去死吧。」我跟他說。

「警員，最後警告，」艾戈說。「卡萊爾醫生說妳脖子上的傷痕是因為瑞斯．司徒華試圖吊死妳，後來是希爾妲插手，把妳帶回了她的木屋。」

「沒錯。」我說。

「所以妳知道她住在哪裡。那個地方的格局。知道她是一個人住，而且和鄰居或是路人隔著老遠。」

「所以呢？」我問道。

「只是在釐清時間線。為什麼不舉報彩虹糖？那麼危險的一個人，妳卻決定不在案件調查期間通知我們？已經死了兩個女孩子了，感覺不太對勁。」

我嘆口氣。「你可能覺得沒什麼道理，可是希爾妲說明了彩虹糖的情況。因為我打擾了他父親的遺骨，因為他認為我想要設計他讓他為命案背黑鍋。」

「妳有嗎？」艾戈問道。

「我在他的地下室找到了白骨，他的店裡還有一個不見的貝殼，我相信就是亞德莉安娜・克拉克身上的那個。我的假設合情合理。」

「瑞斯・司徒華說妳宣稱他想殺妳的時候他都在商城樓上的家裡，什麼事也不知道。」

「不然你是以為他會怎麼說？說對啊，沒錯，我打了那個女人的頭，把她綁起來，再把她從樹上推下去，她的脖子上還套了絞索？真的假的？」

「妳在凱翠娜的紀念禮拜上看到希爾妲在教會外面甩克里斯多夫耳光，妳打聽過她。妳是有什麼用意？」

「你沒聽過那句話嗎？敵人的敵人就是我的朋友？」我咆哮了起來。

「喔，原來克里斯多夫神父也是妳的敵人了？他又是怎麼扯進來的？」

「我只是套用了一句俗話。我的意思是他跟我在島上的年輕女性應該要循規蹈矩上有不同的看法。而且他從亞德莉安娜的告解上知道一些事，他不肯透露，那些事可能可以幫我們找到兇手。」

「那他是在遵守神父的分際，而妳卻因為這樣就不喜歡他。」艾戈批評道。

「你是在把我沒說的話塞到我嘴裡。」

「卡萊爾醫生也告訴我們妳在飯店的枕頭底下發現了一個海草皇冠，妳聯絡了他，擔心妳可能被鎖定了。為什麼有人有辦法溜進妳的房間？」

「簡單，那裡是飯店。房務、老闆，任何人都有總鑰匙。我住在一樓，窗子很老舊了。只要有足夠的決心，想進去哪裡並沒有那麼困難。」

「還用說。」巴斯蓋特說。

「不是他走就是偵訊結束，」我說。「我不幹了。」

「我說偵訊結束才結束，」艾戈說。「巴斯蓋特，出去。叫別人進來。」

「喔，得了，這個賤貨說的話你真的信？」巴斯蓋特氣呼呼地說。

「這是有錄音的偵訊，警員，而你在破壞將來的證詞可接受性。聽我的命令，出去！」

巴斯蓋特走了，我雙臂抱胸坐在那裡，狠狠瞪著桌子，直到另一名警員接替他的位置。

「海草皇冠的事妳為什麼不報警？窗戶上或是門上可能會有指紋，妳的房間可能有微量痕跡。既然妳真的認為妳被殺害亞德莉安娜的兇手盯上了，這是個抓到他的機會。」

「那裡是飯店房間。指紋或是微量痕跡可能有幾百個不同的來源，再說那時海草皇冠這一個細節早已經有一堆人知道了，那很可能是惡作劇，或是有個警察決定不想讓我調查，想把我嚇跑。」

「原來是陰謀論啊？」艾戈靜靜地說。

「這裡的人並沒有張開雙臂歡迎我。」

「妳接受過心理疾病或是精神錯亂的治療嗎？」

我閉上眼睛。希爾妲問過我什麼來著？我能心安理得嗎？有什麼話沒有對我愛的人說的？她難道是預見了這一天？為了警察的目的重塑我生命中的這幾個星期？把我相信和支持的一切蒙上羞恥，貶抑輕蔑？我的家人如果聽到我被控謀殺，一定會驚駭莫名。沒錯，我去過每一個犯罪現場；對，我也搶在每一個人之前。可是我他媽的絕對沒想到彩虹糖會把我從樹枝上推下去，只是現在沒有人來證實我的說法了，而我卻像個走火入魔的幻想者。

「沒有，」我平靜地說。「我從來沒有接受過心理疾病或是精神錯亂的治療。」

「妳沒有自殘過或是做出什麼極端的行為博取注意？」

「我認為，」我說，同時前傾。「你過分了。我們就有話直說吧，你究竟是要控告我什麼？」

「李維斯克小姐，妳不能不承認奇怪。妳發現了亞德莉安娜，然後是凱翠娜，現在又是希爾姐。後者是在半夜三更，妳丟下卡萊爾醫生在床上睡覺。要是他沒醒，就可以幫妳提供好幾個小時的不在場證明了。」

「巡佐，我不需要他媽的不在場證明。我直接就來這裡了，來找你。」

「我想相信妳，真的，可是犯罪現場全都是妳。妳的腳印留在希爾妲的血泊裡，妳的指紋到處都是。妳身上的衣服幾乎沒有一處不沾血。是怎樣，妳就坐在那裡把她的頭抱在大腿上，看著她死？」

「不然我還能怎麼辦？她的身體被切開了，她已經流失大量的血液了。我是可以給她口對口人工呼吸，可是她的心臟是絕不可能又開始跳動的，她的血管裡沒有血了。」

「妳這會兒又是夠格的醫療人員了？」

「我的醫療知識夠我判定是不是還有希望。」我說。

艾戈打開了一份檔案，眼睛向下瞄。

「妳兩年前被捕過，被控綁架、非法監禁、攻擊一名叫薇若妮卡・貝爾的十六歲女孩。那可是很嚴重的罪名喔，李維斯克小姐。我們蘇格蘭不喜歡那種事情，聽起來像極了亞德莉安娜和凱翠娜發生的事。妳可得好好解釋解釋了。」

「你們狗急跳牆到這個地步了？」

「是擔心，不是狗急跳牆。」他說。

他這是挾持，可是我別無他法，只能解釋。我不想去想薇若妮卡・貝爾。我討厭她，我為了跟她在一起的每一分鐘痛恨自己，而且我恨哈里斯・艾戈把這件事挖出來。

「好吧，如果你真的想要浪費每個人的時間。薇若妮卡是個海洛因上癮的毒蟲，從她在多倫多的家離家出走了。她十六歲，花了我一些功夫才幫她的單親母親找到了她，因為她母親還得要照顧另外三個孩子。毒販突襲了她們的公寓打劫現金，說是償還那個女孩買毒品的債，之後貝爾太太把薇若妮卡趕出了家門。後來她女兒好幾天都沒有聯絡，貝爾太太擔心了起來，願意用她的積蓄支付，雇用我去把她的女兒平安帶回家。有情報說薇若妮卡在靠賣淫維生和買毒品。」

「聽起來很討厭。」艾戈說。

「這樣說還太客氣了。總之，我找到了她，我假裝也是毒蟲，跟她做朋友，勸她到我的汽車旅館來。她有一陣子都買不起毒品了，毒癮上來了。她的母親說過我可以不擇手段。我決定把她綁起來，用美沙酮幫她克服最難熬的症狀，然後帶她回家。非法監禁的罪名就是因為我把她關在房間裡，攻擊的罪名是在她想咬我的時候把她的嘴塞住。」

「薇若妮卡向警方舉報妳？」

「不是，是她的皮條客和毒販做的，所以你手上的資料才會說我被逮捕，但是後來並沒有定罪。她的母親勸薇若妮卡——那時她恢復了一些理性了——說幫人口交來換毒品算不上是什麼人生選擇。那個毒販被關了起來，我也被釋放了。」

「又一次光環上身。只不過其中使用的手段有些令人質疑。」

「你說得倒輕鬆，又不是你得幫助一個渾身上下都是針孔痕跡的年輕毒蟲，兩隻黑眼圈，大腿上全是自己割的傷疤，近期被人猛踹肚子自行墮胎。我救了她一命。我把她送回了家，沒有收她母親一毛錢，而且我也一點都不後悔。即使是被逮捕。」

他把檔案合上。

「我們得等到完整的警方檔案送到了再說。我想問妳貓骨的事。」

「不行，」我說。「我們談完了。我要說的都說了。要嘛就起訴我，要嘛就放我走。」

「我可以不需要罪名拘留妳二十四小時，」艾戈說，看著手錶。「我不趕時間。」

「我同意在宣讀權利之後接受偵訊是為了要協助警方辦案。我的協助不再提供給你們了。所以你想關就把我關回去，因為我不要再當好人了。你們對真相沒有興趣。今天的事根本就是狗屁，你也知道。」

「說說妳昨晚身上帶的刀子，」他說。「沒有花樣。」

「好，不過這是你最後一個問題了。我需要武器讓我穿過樹林回去開車。我顯然是在兇手離開後立刻就出現的，他可能就埋伏在她的木屋外面，或是在我回去開車的路上。我是從她的窗子爬出來的。刀子就放在她的廚房區的一側，我抓起刀就跑。」

「除此之外妳沒做別的事？」

「沒有，」我說。「我在跑回去開車時，一路上都握著刀子，等我發動汽車之後才放進口袋裡。」

「刀子上的血呢？」

「都是希爾妲的，轉移到我的手上。就跟你說的一樣，我全身都沾了血。」

「妳有沒有被刀子割到？」

「沒有。」我搖頭。

「那麼刀上卡住的細小皮膚碎片也會是希爾妲的？」他問道。

我感覺臉上血色流失，很難呼吸。

「皮膚？」我問道。

「對，卡萊爾醫生證實了刀子上的血是希爾妲的，只有一組指紋，跟妳的吻合，同時刀刃上還有幾片微小的人類皮膚。當然正在檢驗中，推論皮膚是希爾妲的。卡萊爾醫生已經比對過她身上的刀痕，判定妳交上來的刀子就是用來切割她的乳房，因而殺死了她的兇器。」

王八蛋。艾戈故意問薇若妮卡．貝爾的事來分散我的心神——想必是早知道那件案子沒有根據——然後再拿這件事來打擊我。而且成功了。我恍然大悟，牢牢按著胃，彎腰在兩腿間嘔吐。

「我會叫人來清理，」哈里斯．艾戈說。「在那之前，妳仍然由警方羈押。帶她回牢房去，警員。」

就在那一刻我做了一個決定，而這個決定會影響我餘生的每一天每一個小時。

40

「幫我找律師來。」我說。

「她進市區喝咖啡了，大概十五分鐘後回來。」

「沒關係，打電話給她說我想談一談。」

我回牢房裡坐下，穿著慈善商店的二手衣，因為我自己的衣服被拿走了，不知道幾時我才會再見到我的個人物品。內特會監督鑑識過程以及搬走希爾妲屍體的工作，然後他會離開小島去驗屍。而我把一切東西都留在他的房間裡了，我需要拿回來。一分鐘後，一名警員進入牢房區，拎著我的背包。

「妳的？」他問道。

「對，可以給我嗎？我需要上廁所、換衣服，還有些人我需要聯絡。」

「我會先檢查一遍，讓妳知道能給妳什麼。等妳被起訴後，妳的筆電得送到本島去檢查硬碟。」等我被起訴，而不是如果。他又消失了，我能聽到厚厚的門後有人說話。

「內特！」我大喊。「內特，拜託！我得跟你說話。」

門外更多的交談，一個人拉高嗓門——不是內特——一扇門砰地關上。悄然無聲。然後牢房區的門又一次打開。內特出現了，嚴肅，疲憊。我的胃往下沉，羞愧籠罩了我。我搞砸了，而且是一場糊塗，我找不到話來開口。

「妳上次是幾時吃的東西？」他輕聲問。我聳肩以對。「我猜律師正在路上，妳應該要接受她的建議。這件事很嚴重，莎蒂。」

「別管那個。我要道歉的人是你。我害你很難做人。把你變成了對我不利的可能證人。你一直對我那麼好，內特，我不配。」

「馬上住口聽我說。那個警員不顧我的醫學忠告出去抽菸了，他是在賣我一個人情。妳跟我不能再討論案情了。事實上，我們在真正的兇手落網受審之前都不能說話。妳跟我可能最後都會出庭作證，而檢方可不會輕輕放過這件事。」

「那……你不認為是我殺了希爾妲？」

「對，不過這不重要。時間、武器、妳在附近。結果很糟，莎蒂。他們有根據關押妳，再起訴妳。」

「可是殺害希爾妲的人一定也殺死了凱翠娜。」

「沒錯。下刀的位置，傷口本身，雖然使用的是不同的刀子，卻可以肯定行兇者是同一人。」

「可是警方沒有什麼證據可以把凱翠娜的命案推到我的頭上來。」

「妳去過她父親家，進過她的臥室，還在鎮上到處問人。巴斯蓋特警員提到什麼發現妳在石柱那邊，隱藏在灌木叢中監視凱翠娜。妳的電話號碼也出現在她的通聯紀錄上。何況又是妳找到的屍體……」

「卻沒有動機。」

「他們要讓妳接受精神評估，他們在朝自戀型人格異常理論發展。他們說符合妳的工作，屍體是妳找到的，還有妳之前被捕的事。」外面的門又砰的一聲。「對不起，我得走了。我希望妳沒有半夜偷偷離開。要是妳跟我說——」

「不想吵醒你，」我說。不過並不是實話。「我大概是知道你會勸我不要去。」

「我希望妳給過我勸的機會。」

「內特，要是我待在這裡，又會有一個女人死掉。警察現在把心思全都放在我身上，這是我的錯，不是別人的。可是你也知道他們在調查上一點進展也沒有。」

「這點我不能說什麼，」他說。「我得走了，一個小時後我就要離開馬爾了。」

「我只想說我很抱歉。為了我造成的問題。還為了……」我絞盡腦汁尋找著不偏頗的說法。「……為了將來的麻煩。」

「洗清冤枉之後打電話給我，我會盡一切力量幫忙。我很高興可以慢慢了解妳，莎蒂，真希望是在不同的情況下。」

他溫暖的手按住我冰冷的手，我硬是把眼淚忍住。

「我也是，」我說。「嘿，你都還沒回過神來我就會到格拉斯哥看你了。一路順風。」

我盯著他邁了幾步就到了門口，看見他穩定的手推開門，他堅毅的下巴線條對著那個幫他這個忙的警員點了點，然後他就走了。我唯一的願望是我沒有害他欠下太大的人情債。

❖ ❖ ❖

我不喜歡我做的決定，它有違我所相信的一切以及我為工作付出過的一切。但是這似乎是唯一的可行之道。

律師的名字是蘿拉．海姆，聰明，三十幾歲，公事公辦的態度，另外她的一條腿略微在後面拖著。上學時一定飽受譏誚。那些青春歲月，人人都獲邀去舞會，而你告訴自己不要緊，你反正也不怎麼有興趣。而現在她抽到了最倒楣的一支籤，代表一個不想談的女人，她會拒不合作，然後害她的人生也非常辛苦。

馬爾島警局的牢房只有兩間，在一條小走廊上，一端通往櫃檯，另一端連接偵訊室。海姆女士走過我面前，拿著筆記本和檔案，坐進了偵訊室裡，而我則被放出牢房，被押送去見她。我沒有上手銬。這裡是個小地方，我又是知名人物，而且我也並沒有被指控什麼罪名。再者，這裡是個島，我還能跑哪兒去？

律師跟我談了一會兒，她說明了我早就知道的事情。我的權利有哪些，可能會發生的情況，他們關押我的依據。然後她請我說出我的版本。我眼神呆滯，半是演戲半是真的。

「李維斯克小姐，妳還好嗎？要我幫妳倒杯水嗎？」

「我有血壓問題，」我撒謊道。「我的藥在卡萊爾醫生拿過來的背包裡，可是我不確定是放在哪個口袋裡。一切都變得非常模糊。妳可以請警察把我的東西從證物室裡拿出來，幫我找一找嗎？」我低頭趴在手臂上。大概是演得太大了，不過沒有律師會冒險讓羈押中的委託人當著他們的面昏過去卻束手旁觀的。

「沒問題，妳留在這兒。可能需要幾分鐘。」她到走廊上去找那個看管櫃檯的警員。哈里斯和巴斯蓋特都還在犯罪現場。

我抬起了頭，離開偵訊室，貼著牆，跌跌撞撞在走廊上行進——萬一我被發現了還可以裝病。我聽到在遠處的那扇門後我的律師在跟警員爭執是否該找醫生來，他們是否知道我的身體狀況卻沒有通知她。我覺得對不起他們兩個。

我選了走廊上唯一的另一道門，發現是個小廚房，偶爾會有警員拿著馬克杯或三明治進來。那裡有把刀子，尖利但不算大，應該能派上用場。我凝聚起之前並不欣賞的骨氣，走向通往櫃檯的門，一腳踢開。

好，我有三個選擇。拿刀抵著自己的脖子，拿刀指著可憐的海姆小姐，或是威脅要殺死警察。第一個選擇比較好，犯下的罪比較小，卻最不可能達到預期的效果。

我的律師先發現我，輕輕尖叫了一聲，對著年輕警員露出驚慌的神情，而他正忙著翻閱我的隨身物品。

「把手舉高，」我說，荒唐地覺得自己像卡通裡的牛仔。這不是我。「我不想傷害你們兩個。」

警員伸手到櫃檯底下去，想必是去觸動警鈴。萬一他按了，島上的每一個警察單位都會衝過來。

「你還是別按的好。」我說，在他動作一半時攔住了他。

「李維斯克小姐，把刀子放下，」他說。「妳是跑不掉的。」

「閉嘴，別再向警鈴接近了。」我說，繞過了櫃檯，讓我的律師夾在我和警員之間。

「這裡是個島。妳是覺得能躲到哪裡？」他的手又開始往警鈴移動。

「照我說的做！」我大吼，向前一躍，揮舞著刀子。他整個人僵住。

「好，好！」海姆小姐說。「我們會聽妳的。」她臉色蒼白，我用力把內疚嚥下肚，希望以後我有足夠的時間來懺悔。

「兩手舉到頭上，往牢房走，」我命令道。「手機放在桌上，你先走，警員，少充英雄。」

他們動了，比我預期中還溫馴，不過我卻可能頂著兩樁命案的罪名。他們說過會找精神科醫生來，這不是他們第一次發現我帶著刀子，而第一把還覆滿了一名女死者的鮮血。

牢房完全沒有高科技，就是鑰匙跟鎖。

我的本能反應是道歉，不過那就太奢侈了。我還有事情得做，需要自由之身。遲早我就會再一次被捕，到時候我逃獄的惡果就有得我好看了。要是我能宣稱是發現了希爾姐的屍體後自己又被囚禁而誘發的暫時性精神崩潰，我就能減輕罪責，所以說合乎情理的道歉和解釋只會害我陷入萬劫不復之地。當瘋子比當歹徒要好。

沒有時間了，我抓起我的個人物品——背包、我的手機、手錶、昨晚放在口袋裡的羅盤——我離開了，還鎖上了警局的大門。我一面移動一面把手機開機，把我的聯絡人名單從SIM卡複製到手機上，再把SIM卡丟進水溝裡。我把睡袋和野營爐丟進了向托本莫瑞鎮外駛去的大貨車上，無論貨車是要去哪裡，但願這兩樣東西稍後就會被發現，讓他們假設我的動向。

警察會判斷我逃進山區，我也應該要這麼做，但是我既然需要待在托本莫瑞，就沒有理由離開這裡。我抄後路到克拉克家拋下的房子，一路採之字形前進，避開抽動的窗帘和交通工具。我翻過他家的籬笆，跳進花園，從藏鑰匙的地方拿出備用鑰匙，進入屋子，廚房才走了一半我就癱倒了。

我做的每一件事都有違我的本性。我是應該要認命，坐在牢房裡，希望他們決定不起訴我，聽從我的律師給我的一切建言。我不笨，也不莽撞。我拯救生命而不是威脅別人的生命。在我的腦海深處，我和莉姬坐在陶器店的樓上，而她奶奶則幫我們泡茶。她回答我凱翠娜的問題，盡力有問必答，因為她是個好孩子，即使有時會被朋友帶壞。她的奶奶知道，也曾設法幫助我。而現在凱翠娜死了，希爾妲也死了，還有個殺人兇手在島上吃喝玩樂，伺機尋找涉獵異教的女性。莉姬是其中之一，我不能讓她變成下一個。她奶奶不應該坐在紀念她孫女的儀式裡，聽著別人教訓馬爾島上年輕的女孩子偏離了他們所謂的正義之道，自尋死路。

黑夜中曾有一會兒我腦筋糊塗、精疲力盡，時睡時醒，質疑自己是否真沒殺人。洞穴裡的凱翠娜，木屋裡的希爾妲。我開始懷疑自己。是我在森林裡給自己的脖子套上絞索，讓自己從樹枝上掉下去，而彩虹糖純粹是我拿來當藉口的幻覺？是希爾妲發現我在那兒胡言亂語，救了我一命嗎？

不，不，我有這種想法完全是因為看了太多屍體，因為和死神離得太近，在千鈞一髮之際騙過他，因為讀了女巫和咒語的故事，因為聽了沉沒的大帆船和西班牙公主的傳說。

我最需要的是睡眠，但睡眠卻也是我的奢望。我坐在地板上，允許自己幻想一分鐘：床墊，鴨絨被，結實的枕頭，黑色的窗帘，閉緊的門。然後我把自己弄起來，抬高下巴，做了決定。我觸犯法律到了一定會有最嚴重後果的程度，所以我必須要好好利用有限的時間。我有個兇手要逮。而且不止一個兇手。內特說得對。有太多地方讓第一宗命案和接下來的兩宗不同，關鍵就在這裡。從亞德莉安娜跳到凱翠娜，然後是希爾妲。我比別人知道的都多，而且我很接近了。我知道。沒有線索，最多只有直覺，但是我有拼圖裡的每一塊，我只是需要琢磨出該如何組合起來。揪出兇手不僅是對未來的被害人有益，同時也是證明我自身清白的唯一方式。

41

殺死希爾妲的是個男人，這一點我有把握。擱在她門外的木頭太沉重，只有力氣超人的女人才抬得起來。至於屍體，並沒有像洞穴中凱翠娜一樣被擺布過。希爾妲的衣服甚至並沒有被全部剝光，現場一片狼藉。沒有海草皇冠，只有心智失常的殘暴殺戮。所以是他殺死凱翠娜，不慌不忙，思索過想讓她如何被發現，接下來的希爾妲是因為被我打斷而時間不夠，或者只是因為情緒變得太過激動，失去了控制。說不定希爾妲比凱翠娜更早覺察到不對勁，起而反抗。無論如何，既然內特斷定凱翠娜和希爾妲是死於同一人之手，我需要做的就是找出他殺害凱翠娜的動機。

我知道我來到這棟空屋子，不僅僅是因為便利。生與死都是循環裡的兩個點，而對我來說，循環是從這裡開始的。這一家牽涉得太深了。羅伯的與世隔絕，死亡威脅，逃離他們的家國，然後試圖在一座小島上落戶，仍然如驚弓之鳥，保持低調。只有阿蒂除外，她急於有自己的人生、自己的朋友。她找了份工作，讓自己被注意，主動示好，加入了一個施行異教儀示的團體。

我緩步上樓，腦子裡滿是亞德莉安娜，需要進入她的思想、她的皮膚。我躺在她的床上，瞪著她曾瞪過的天花板，在她的鴨絨被上找到舒服的位置，聞著床單上她的香水餘味，盯著柔和的秋天陽光在她的牆壁上移動。

凱翠娜發簡訊給亞德莉安娜，指示亞德莉安娜在那晚的聚會之前刪除訊息。

「算我沒說。」我跟天花板說。我的大腦仍然甩不開人性的弱點——用我們的知識來填補空隙，而不是嚴守事實。從凱翠娜的手機傳了簡訊給亞德莉安娜，然後亞德莉安娜失蹤了。這是冷硬的事實。

早在阿蒂搬來島上之前凱翠娜就是希爾妲團體的一員，說不定凱翠娜在積極召募更多女孩子。這個推論沒能讓我更進一步。如果凱翠娜和阿蒂的死有牽連，那晚又何必冒險在她的手機上留下簡訊？這個念頭在我的腦子裡卡住了，陷入了一個迴路裡。

我翻身拿起床頭几上亞德莉安娜跟布蘭登和露娜的合照，我自己討厭的體臭和帽T底下借來穿的衣服上的霉味飄了出來。

「洗澡。」我嘟嘟囔囔著說，下了床，脫掉衣服，朝亞德莉安娜的浴室走。我把熱水調到我可以忍受的極限，搓出最大量的泡沫，施行魔法。我擦乾身體，瞪著地板上的衣服，不知是否能喧賓奪主，即使只是一下子。我先走進伊莎貝拉的衣櫃，但她不知在何時把衣服都帶走了。不理想，但我隨即查看了亞德莉安娜的衣櫃。我是英國尺碼的十號，喜歡寬鬆一點的衣著，因為戶外運動量大。阿蒂卻跟我的品味不同，當然也跟我較陽剛的體型不同。一天到晚不是滑雪健行就是登山，是有代價的——我的大腿和上臂較一般同齡的女人粗。阿蒂卻是皮包骨。我翻找著吊掛的衣服，尋找比較中性的，極目所及卻全都是六號的迷你裙和露臍裝，我就要放棄希望了。在最遠的角落裡，幾乎被一件冬季大衣遮住，我找到了我要的東西：一件乾淨的灰色帽T，腰部有一根白色帶子，還有一件淡色靴型剪裁牛仔褲。都是十號的。我伸手去拿，卻半途中停頓。

我的心跳得太快，我閉上眼，再張開時，只看到心裡的一張照片，一張我在警方佈告欄上看到的照片，從兩張——或許更多——凱翠娜之前的照片裡組成的。她呼出最後一口氣時就是穿著這一套衣服。始終沒有著落。

直到現在。

在我心裡，我又再次看見她在布洛赫伊的石柱那裡，舞蹈，跟人群說話，揚起雙臂，展現身體。青春美麗，豐滿勻稱，身體比實際年齡要成熟。我甚至懶得去找別的解釋。這些不是阿蒂的衣服，她的衣服有許多仍然有美國的商標和尺碼。這些是在蘇格蘭買的，為蘇格蘭的氣候設計的，是給別的女生裝點增色的。這些衣服清洗過，卻沒有熨燙，不見損傷。俘虜凱翠娜的人說服她（強迫她、威脅她，我的內心聲音糾正我）先脫掉衣服，這才傷害她。

然後帶回這裡。

「你為什麼要這麼做？」我問一個尚未現身的人。

答案就明擺在眼前。這裡是衣櫃，放衣服的地方。把衣服丟進海裡，潮水終會出賣你。丟進垃圾桶，這座島上的每一個人都長了一對鷹眼，就等於是把警察請上門來。丟在小島的中央，健行客或是農夫注定是會發現的。衣服需要清洗，移除血跡，DNA，微量跡證。放在一處任何DNA殘留都可以解釋的地方。而等到亞德莉安娜的衣服終於要打包，送到二手商店的那一天來到，誰也不會注意多出了這些衣服。真聰明。

我換回了自己的衣服，晃到布蘭登的房間去，我曾在這裡為他的損失而哭。失去了雙胞胎，一半的你也死了。他是否在某種深層的心理層面上感覺到她承受的痛苦與恐懼？一個男孩子以為他失去了學校、家、朋友，不會再失去什麼了，結果雙胞胎手足又被奪走，他為始料不及的事情付出了極大的代價。

他的房間是為他的姊姊布置的聖壇。衣櫃裡釘滿了照片，他們去聽演唱會、游泳池邊、吃披薩、搭遊艇、在沙漠中駕駛一輛活頂敞篷車。彼此摟抱，兩雙眼睛一模一樣，什麼都可以分享。在他們被迫走上的陌生道路上，他們是彼此的同伴。

是我給了他武器讓他的報仇師出有名的。我堅持要看手機，我給這家人看簡訊，透露了發送人的身分。是我確認了凱翠娜引誘阿蒂半夜溜出家門。我在麥金儂洞發現布蘭登時，他傷心得精神錯亂，我當時就懷疑過他的心理狀態。這家人有很多秘密，我懷疑過布蘭登可能在美國做過什麼可怕的事情，甚至是犯過罪。可在我得知他們突然需要逃亡的真相之後，我就把那點疑問放下了。即使目睹過他的憤怒和沮喪，我的反應還是太遲鈍。但現在事實擺在眼前，是布蘭登對凱翠娜做出了那種事情，而鑑於凱翠娜的死和希爾妲的死之間的相同點，一定也是他。我在森林中奔跑逃離的是布蘭登。布蘭登清洗了刀子，留在廚房，被我拿了，結果害我成了殺害希爾妲的嫌犯。

我抓起他們家的電話，從手機的聯絡人檔案找出號碼，撥號。

「伊莎貝拉，」我說。「我需要立刻在你們的另一棟屋子裡見妳和羅伯。」

「可是我們——」

「馬上來，」我再說一遍。「讓布蘭登照顧露娜，好讓我們有機會談一談。別告訴別人我會來這裡。」我搶在她爭辯之前放下了電話。

我在客廳裡等，以為他們會從前門進來，結果是廚房門打開了，兩雙腳，沒有說話聲。

「羅伯，」我在他出現時說。「謝謝你來。抱歉，我不能在電話上解釋。我們有很多事要談。」

布蘭登的臉孔出現了，眼睛向下，愀然不樂。我拿指甲戳進掌心，強迫自己不動聲色。

「露娜不肯離開伊莎貝拉，」羅伯說。「布蘭登說他願意一起過來。」

「好，」我緩緩回答。「我需要告訴你我——」

「我們已經知道了，」羅伯說。「警察在妳逃走之後就來找我們，我們說沒看到妳，也沒有妳的消息。我願意聽聽妳的說法再做決定。」

我不敢看布蘭登。我要向他父親揭露的事情，我無從知道他會作何反應，但他確實知道我就要為他所犯下的罪被起訴了。

「我沒有殺希爾妲，」我小聲說。「或是凱翠娜。我想你知道。」

羅伯直視我的眼睛，點點頭，再別開臉。

「那麼是誰？」布蘭登問道。

他的聲音出乎我的預料。今天他很平靜。那晚他高聲叫嚷著對凱翠娜的指控之時的怨毒和怒火都消逝了。

我已經把凱翠娜的衣服封進了乾淨的袋子裡，藏在露娜的床下，等著我能夠指引警察來找的那一天。

比起執行來，我的計畫太簡略了。羅伯和伊莎貝拉應該是要兩個人一起來的，我會向他們解釋他們的兒子，雙胞胎裡倖存的那一個，承受了我認為是因巨大的悲痛而誘發的急性精神病發作。而我本身也是警察追捕的目標以及據稱的暴力犯，這一點我則盡力忽略不管。處理布蘭登的困境，我打算要運用同情心，建議他需要治療。我會建議他們找最好的律師，接受他們的忠告，向警察自首，弄一份精神評估，以布蘭登的心理狀態來協商出認罪條件。我不相信這個孩子在別種情況下會殺人，我也不相信他對誰會有威脅，除非是那些他認為必須為他雙胞胎姊姊的死負責的人。我是希望能說服羅伯和伊莎貝拉布蘭登認罪最終會是對他們兒子最好的決定。

「羅伯，」我說。「這個不是布蘭登應該要面對的事情。我們可以單獨談個幾分鐘嗎？」

「我不是小孩子，」布蘭登說。「如果是跟阿蒂有關，那我就有權利知道是怎麼回事。」

「跟阿蒂沒有關係。」我跟他說。

他張大了眼睛，某種更可怕、比較不像尋釁的光芒從他的眼裡閃過。

「爸，」他說。「要是我們待在這裡，就會被警察找麻煩。她不應該在我們的房子裡。你知道他們叫我們一有她的消息就打電話的。」

「我們的話一說完你就可以報警，」我說。「我甚至可以在你們還在這裡的時候自己報警。」

「我們先聽聽李維斯克小姐有什麼話要說，」羅伯告訴他兒子。「你待在這裡。我們到廚房去。」

我先走，確定羅伯關上了門，走向最遠的一頭，讓羅伯別無選擇，只能跟上來。我喜歡這裡靠後門很近，從後院只需要幾大步就能衝向籬笆，步向安全之地。布蘭登是這對父子中我比較了解的人，羅伯保護兒子的本能可能會比較難預測。

「你知道我沒有殺她們，」我溫和地跟他說。「但是你不知道的是我現在有兇手身分的證據了。」

羅伯搖了一下頭，略瞥了眼我們進來的那道門。就在這時我才醒悟。他知道是他的兒子。知道，或是懷疑。所以他才帶布蘭登來，而不是伊莎貝拉？為了要瞞著她？

「說吧，」他說。「無論妳要說什麼，都不必客氣。」

「聽著，我不是在批評。失去阿蒂對你們所有人來說都是一件極痛苦的事情。有些人是不可能克服這種悲痛的，他們會一蹶不振。」

「可是妳現在擺脫不了干係了，而妳不想要被起訴。對了，警察是抓住了妳什麼把柄？他們羈押妳一定是有什麼強而有力的證據。」

「是那把刀子，」我說。「我拿來自衛。我跑出現場的時候不知道那是用來殺死希爾妲的兇器。」

「我還是不明白阿蒂是怎麼會扯進去的，」羅伯說。「希爾妲和凱翠娜的那種事。完全沒有道理，幼稚——」

「爸，」布蘭登說，打開了他父親後方的門。

我退了一步，伸手到口袋裡，握住了我從背包裡拿出來的防熊噴劑。

「兒子，回家去。這件事我來處理。」

「我覺得我們應該叫伊莎貝拉來，」我建議道。「她應該也參與。她有……懷疑什麼嗎？」

「這是什麼情況？」布蘭登問道。

我都還沒發現羅伯把手伸到牛仔褲的後腰上，就有一把槍指著我的臉了。

「嘿！」我說。「等一下，我不是敵人——」

「爸？」

「布蘭登，這不是你的問題，我來處理。現在我需要你離開，回家去，去照顧你母親。」

「我不會離開你！這是怎麼回事？」

我嘆口氣。「我知道你殺了凱翠娜，布蘭登。還有希爾妲。那位病理學家證實了兇手是同一個人。你很氣凱翠娜，可能要怪我，我不該給你們那麼多資訊。這件事我們可以處理，我保證。找個好律師——」

「什麼？」布蘭登大吼。

「回家去！」羅伯對著布蘭登吼，向我邁近一步。

「你要把她怎樣？」布蘭登問道。

「羅伯，我在阿蒂的衣櫃裡找到了凱翠娜的衣服，我已經在病理學家的辦公室留言了，等他從直升機下來他就會看到。覆水難收了。」

「我們一開始就不該叫妳來的，」羅伯低聲說。「我們從來沒有請妳調查阿蒂以外的死亡案。居然還是我付錢請妳來這樣子對我們家的。」

「我真心相信我可以幫得上忙，」我說。「只要治療，一點妥協——我不認為布蘭登會再對任何人有危險。」

「是我殺的！」羅伯高聲叫，衝到我的面前來，手槍像鏟子一樣揮舞。「妳這個笨東西！」

「不……」布蘭登說，踉蹌退後，撞上了牆。

我向前跨了兩步，羅伯又把我拉回去，胳臂箍住了我的脖子，槍抵著我的太陽穴。

「我知道布蘭登有多憤怒，要是我不為女兒的死報仇，他就會去。那兩個女的活該，她們利用了阿蒂，搞他媽的什麼祭典，她們在那個洞裡犧牲了她！」

「你沒有，」布蘭登哭著說。「爸，說你沒有！」

「是我，我那麼做是對的。那個女孩嚇壞了，她乖乖照我的吩咐做。我答應她只要她服從，我就會放她走。不過那個老的卻是個潑婦，又罵又打。妳現在還覺得她們的午夜儀式是無害的嗎？」他對著我的耳朵嘶嘶地說。「她們從看到阿蒂起就想要她了。她們用貝殼做的事……」

「可是沙子，海草——何必費那麼多手腳？」我問道。

「我一定得弄得像是島上的人殺的才行，」他說。「至於沙子——我只是想讓她們嚐一嚐阿蒂的痛苦。」

「她們的右乳……你太心狠手辣了。」

「他們這裡不就是這樣對女巫的嗎？我研究了好幾個小時才發現的，而現在全被妳毀了。」羅伯說。

布蘭登跌坐在地板上。

「你需要照顧你兒子。」我說。

「太遲了，」羅伯說。「總是太遲了。從我開始拿那些骯髒錢開始。我在賭城就跟魔鬼交易，我一直知道他會來討回每一磅的血肉，應該是我的血肉，不是阿蒂的。他派了他的女巫來殺她。」他把臉貼著我的臉，眼淚也弄濕了我的臉頰。「我毀了我們有過的一切，我奪走了我的家人的一切。我太太甚至不能在她父親生病的時候打電話給他。我的孩子必須失去他們的名字。一切的一切。我們來這裡都是我的錯。」

「爸，不要！」布蘭登哭著說。

我向布蘭登伸出一隻手。羅伯把手槍往我的顴骨戳。

「阿蒂會死都是我的錯。我看見了她的死對布蘭登、對伊莎貝拉和露娜的影響。我就想如果正義得到伸張，我就可以做些補償。」

「羅伯，拜託，把槍放下。我不會報警的。你逃過一次，你可以再逃一次。把全家人一起帶走，消失……」

「不，」他說。「我不會再逃了。事情就在這裡了結。我不想再害他們又來一遍。閉上眼睛。」

「拜託不要。」布蘭登低聲說，瞪大眼睛，他的雙腿間出現了一汪水。

「我必須這麼做，這是為了你們，」羅伯說。「沒得選擇。」

我又想到了希爾妲，終於比較清楚她的意思了，我不由得納悶她是怎麼知道我的未來的。

我閉上了眼睛。

手槍從我的臉上挪開了一吋，扳機扣動，我以為我聽到子彈飛。子彈擊中了目標。

羅伯的額頭向後仰，好像他的頸子壓根就沒有骨頭。聲響好大，好近，我是在頭骨裡聽到的。

然後他的胳臂從我的脖子上鬆開，從我背上滑掉。鮮血，溫暖，帶著銅臭味，噴濺在我們後面的櫥櫃上。

布蘭登放聲尖叫。

我，張大嘴巴，啞口無言。

我伸手去抱布蘭登，他把我的手甩開，把他父親抱在懷裡。羅伯——他的後腦殼碎了——倒在地板上，在他扣下扳機的一瞬間死亡。我把槍輕輕踢開，不知道下一步該怎麼辦。恨不得自己不曾踏上蘇格蘭，不曾聽過馬爾島。

我是會自己打電話給警察的。不過聽到槍聲的一個鄰居搶先了一步。

在我能說出經過之前他們就把我面朝下壓制在地板上了。接下來的二十四小時我坐在牢房裡，被關起來卻心存僥倖，因為我不必向伊莎貝拉解釋。每次我獲准自由地在島上行走，最後我總是會懷裡抱著一具屍體。

42

我那時並不介意坐牢。牢房的封閉，安全，不必看那些哀慟的人的臉：我最好的形容詞是「休養期」。倒不是說我沒有麻煩，不過我不再因為兩件謀殺案而被懷疑了。對於我從羈押中逃獄或是我偷了一把刀，揮舞著刀恫嚇，還把兩個人關起來，哈里斯．艾戈不肯明言要採取什麼行動。不過我是在特別的情況下才有些行為脫序的，大家都知道。財政檢察官——也就是蘇格蘭的地方檢察官的名稱，至於為什麼這麼叫，還真難懂——根據艾戈的說法，正在審查案情。與此同時，他們扣留了我的護照，如果我獲釋，我同意住進內特住的那家民宿，而且有宵禁限制。再一個小時無需罪名拘留我的時間就到了。

通往櫃檯的門打開了，賽門．巴斯蓋特探頭對著我喊。

「李維斯克，有訪客。」

我站了起來。進來的是伊莎貝拉．克拉克，戴著墨鏡，步履緩慢，一手扶著牆壁。她停步，瞪著我的方向。我看不見墨鏡後她的眼睛，但是她文風不動，那種強度，讓我屏息以待。

「我們要走了，」她說。「我請律師跟艾戈巡佐談過，他們同意我們可以到本島去等調查結束。屍體歸還之後會運送回美國安葬。」

「克拉克太太，我真的很抱歉。你們要我到這裡來，我無論如何都沒想到會造成你們更大的痛苦。我甚至不能想像——」

「我一發現凱翠娜死了羅伯就要我叫妳回加拿大去。他想說服我不需要妳了。現在我知道是為什麼了。他不要妳查出他做了什麼。」她摘下眼鏡。我看見她的眼睛是兩個疲憊的深坑，卻沒有眼淚，沒有哭了幾個小時造成的紅腫。「這些事情都不是妳造成的。我的孩子失去了父親是因為他自己做的事。他不是個壞人，在我剛認識他的時候不是。可是後來他變得貪心，整個人也跟著變了。不僅僅貪錢。他非常清楚他是在為哪種人洗錢，他們是如何運作的。」

「我這麼說有幫助的話，他是被悲傷摧毀的。我想他是想為了妳、為了露娜堅強，可是他看出布蘭登每況愈下，他就崩潰了。」我說。

「他怪自己把我們拖到這裡來，怪自己害死了阿蒂。恐怕我也在怪他。我們在經濟上過得很好，莎蒂。他是個好會計師。在他開始違法之後，他知道萬一被捕的代價。在他作證之後，我沒離開他是因為即使我們離婚，那時我們也已經有生命危險了。他作證扳倒的那些人想要報復。我覺得我們合在一起比較安全，而且我也不想讓孩子們離開父親，身心受到煎熬。結果我做的所有選擇都是錯的。」

我沒吭聲，因為我無話可說。伊莎貝拉吃的苦太多了，對我的同情沒興趣，而表達同情也太瑣屑了。

「我已經聯絡了那些想要我先生死的人，我在賭城還是有些有力的朋友的。我們失去了亞德莉安娜，現在又失去了羅伯。他們不會再來找我們了。等這件事結束，我就能回去了。不是回賭城，那個我受不了，不過我們可以去聖地牙哥跟我的家人住在一起。孩子們在那裡適應得也會比較好。」

「布蘭登怎麼樣了？」我問道。

「我可能得等上個幾年才會知道答案，」她說。「我想知道是誰殺了我的女兒。是那兩名死者的其中一個，還是她們兩人聯手，不過更重要的是，我要知道為什麼。無論答案是什麼，我都需要知道。妳會幫我嗎？」

她對我的信心，在這一連串的事件之後，讓我感動得無法呼吸。

「我當然會幫妳，」我說。「可是我不能離開島上，我的行動也受限制，所以妳確定我是最合適的人選？」

「我確定，」她說，又戴上了墨鏡。「我至少得為阿蒂這麼做。」

她舉步要往回走。

「伊莎貝拉，」我對著她的背喊。「我真的非常抱歉妳得承受——」

她一隻手按著門，離開了，我的話都還沒說完。換作是我，我也會。

巴斯蓋特警員交給了我一個塑膠袋，裡頭是我少數的個人物品，還對我歪嘴苦笑。我做個深呼吸，走出了警局，穿過小鎮時不知該期待什麼。我還是被懷疑嗎？我因為跟那個奪走了他們社區的兩條人命的男人有關，所以是不受歡迎人物嗎？因為我的協助而正義得到部分伸張，那我可以再次露臉嗎？

「李維斯克小姐？」有個男人在我站在那兒凝望馬路時問道。

是個陌生人站在重機旁，我猜是六十好幾，體格一般，深灰色頭髮，拿著安全帽，對我微笑。

「我認識你嗎？」

「蘭斯．普拉德福特，」他說，舉高了駕照。「我們通過電話。」他拿了頂安全帽給我，另一隻手朝我握著的袋子攤開手掌。

我沒理會他的手，反而往前走，雙手摟住他的脖子，用力擁抱他。他二話不說就回應，抱住我，發出一聲輕笑。

「你是怎麼知道的？」我問道。

「有條新聞說一名加拿大籍女性協助警方調查，說得語焉不詳。我請我的警察朋友了解情況，他似乎覺得妳在獲釋之後需要一張友善的臉孔。」

「你來多久了？」

「兩個小時，」他說。「一點也不麻煩。正好有理由可以把重機騎出來，搭渡輪玩個一天。馬爾島很美，雖然我對它的回憶不是很好。好，」他把安全帽拿給我，這一次我接下了。

他把我的袋子放進了馬鞍袋裡。「上哪兒？」

我的肚子先回答了。

「我有點餓了，」我說。「今天除了一個難以下嚥的香腸捲以外，我什麼也沒吃。我本來以為我不會再想吃東西了，可事實上，我餓慘了。」

「那就去本地的酒吧，」他說。「抬頭挺胸，喝本地酒廠的威士忌，午餐我請客。」

❖ ❖ ❖

我在閒扯淡的門口停步，不曉得會不會受歡迎，但是蘭斯把我往前推，已經把皮夾從口袋裡掏出來了。

我們一進酒吧，裡面就鴉雀無聲，簡直跟電影演的一樣。我東張西望，尋找熟悉的臉孔，想得到一聲招呼或是一句安慰——隨便什麼開場白——然後蕊秋從吧檯後站出來，握住了我的胳臂。

「進來，甜心，」她說。「你們找個位子，想要什麼我馬上送過來。」這一次遠處角落有人坐了。「妳遭了那麼多罪，需要好好吃點東西。」

「兩小杯里爵威士忌和菜單，」蘭斯說。「我有幾十年沒來了，外面現在沒有像這樣的酒吧了。」

蕊秋拍了拍他的肩，立刻就跟他熟了起來。要不熟也難，蘭斯・普拉德福特是那種老派的迷人男子。

「我們盡量，」她說。「要是我們可以讓大家丟掉討厭的手機，就真的感覺像是古時候了。」

這句話讓我立刻就去拿自己的手機。我得給自己再買一張SIM卡，不過沒充電的話也是無用。

「蕊秋，」我說。「有地方可以讓我充電嗎？抱歉這麼問。」

「沒事，」她說。「他們根本就不應該把妳關那麼久的，妳的家人一定在擔心妳了。我拿到吧檯後面。我們在那裡放了不少充電器。」

我把手機交過去。

「妳做的事，抓到殺害凱翠娜和希爾妲的兇手，我們很感激，」蕊秋小聲說。「我知道妳也很不容易，可是整個鎮都很感激。」

她從另一張桌子拿了菜單過來，靜靜退回吧檯後。

「妳的表情告訴我妳沒想到會這樣。」蘭斯說。

「殺死他們的人是我的委託人。」我低聲說。

「而發現真相的人是妳，是妳阻止了更多的生命損失。對他們來說，這是最好的情況。他們的人裡沒有禽獸，那是個外鄉人，是異族，比起是他們自己的人要好太多了，而現在——儘管非常可怕——他們又能開始癒合了。凱翠娜和希爾妲的屍體可以歸還下葬了，鎮民可以哀悼，思索著回歸正常了。」

「你忘了亞德莉安娜。」我說。

路易斯・艾戈出現了，送上了威士忌，紅著臉，對我害羞地點個頭。「妳辦到了，」他說。「我很高興妳沒事。蕊秋說想吃什麼店裡請客。妳現在快要走了嗎？」

「暫時還不走，」我說。「還有一些問題沒有解答，還有工作要做。」

「因為亞德莉安娜？」他嚴肅地問道。我點頭。「我很高興，應該要還她一個公道。」

我伸手按住路易斯的手，就這麼不動了幾分鐘。看起來鎮上並沒有充滿了不喜歡我的人。想要找出殺害阿蒂的兇手，我需要重新思考我的策略，說不定多用蜜而不是醋。

「妳會有粉絲俱樂部了，」蘭斯在路易斯帶著我們的點菜單離開之後說。「除非妳對殺害亞德莉安娜的兇手的推論讓他們不高興。」

「我一個推論也沒有，」我說，舉起了酒杯。「偷偷跟你說，我也沒揪出是誰殺死凱翠娜和希爾妲的。鎖定對了家庭，卻找錯了人。」

蘭斯瞪著酒杯一會兒。

「我連想都想不到妳有多辛苦，」他說。「想要談一談嗎？」

「不想。還是談別的吧。知道我真正想念的是什麼嗎？布廷。加拿大的經典菜——炸薯條上面加上起司醬，再澆上褐色的肉汁。熱的最好吃，會燙嘴的。那麼多卡路里可以讓你走過兩三呎深的雪回家。改天我做給你吃。」

「聽起來就像是我的菜，」蘭斯說。「等這裡的事情解決了，妳是直接回加拿大嗎？」

「我是希望能先多看一點蘇格蘭，不過我妹的寶寶隨時都會來報到，我需要回去陪她。我會先休息個一陣子，可能新年跟朋友去滑雪。把輕重緩急理一理。」

「阿門，」他說。我們喝光了酒，蘭斯揮手要路易斯再添酒。

「蘭斯，你為什麼來？喔，我可不是在抱怨——我需要朋友——可是你又不認識我。這可不僅僅是客氣而已。」

「我現在是半退休，」他說。「有的是時間，而且我也漸漸感覺到年紀大了，我也很好奇這個莫名其妙打電話給我要求我幫忙的年輕女人是個什麼樣的人。」他停頓。

「還有呢？」我問道。

「芙蘿拉．企德。她一直在糾纏我，我想主要是因為案子仍沒破。我那時年輕敏感，而且我也不覺得以前遇見過真正的邪惡。這件事讓我很不舒服。我覺得幫助妳可以讓我還清老早之前欠下的債。」

「我見過芙蘿拉的父親，他說明了沙子是要阻止被害人說出兇手真實之名的方法。比方說是女巫這樣神秘的生物，可以奪走她們的力量。」

路易斯把新杯子和一瓶里爵放到我們的面前。蘭斯倒酒，我喝了一小口，充滿了泥炭和香草的氣味，直接來自於大地。

「馬爾女巫，」蘭斯說。「那妳是相信那些神話了？」

「我相信在某些地方是有一脈相承的殺人手段的。那些模式幾十年，甚至幾百年來重複出現。在加拿大偶爾會把屍體丟在大熊數量很多的偏遠地區，很好的棄屍手段，尤其是大熊剛好冬眠之後出來覓食的季節。」

「就像是棄屍在密西西比的沼澤地？」

「對。你覺得殺人的手法給了我們一種地理感嗎？」

「我現在相信了。妳介意我寫一篇文章嗎，我不會提到妳的名字，也不會提到妳跟我說的任何殺人細節？」

「請便，」我說。「你為我做了那麼多，我也該有所回報。」

我們的食物送上來了，我們吃了一會兒，聽著周遭的閒聊。所有人的話題都是命案，卻沒有一個提到亞德莉安娜。想當然耳，她現在不只是被害人，她還是那個殺害了他們自己人的兇手的女兒。阿蒂又要被忽視了。

「有件事一直在困擾我，」我說，放下了叉子。「從凱翠娜的手機傳了一則簡訊給亞德莉安娜。先前我以為可能是凱翠娜被某個人纏住，說動了她幫忙把亞德莉安娜引誘出來，後來又反過來對付凱翠娜，殺了她滅口。」

「但現在妳知道了殺死凱翠娜的人是羅伯．克拉克，這種推論就說不通了？」

「沒錯。你看，凱翠娜的手機有安全設定，面部辨識功能，所以她的手機要解鎖必須是她本人在場。就算不是她自己傳的簡訊，她也不可能不知道有人傳送了簡訊。」

「我有個朋友是科技天才，他知道的事情我連聽都沒聽過。」
「你覺得他能幫忙？」
「只要他沒有忙著駭進什麼國際軍火圈或是在逃避俄國黑手黨的話，」蘭斯咧嘴笑道。「我會問問他，再告訴妳詳情，怎麼樣？」
「太好了。你這個半退休的愛丁堡重機騎士還有滿多有趣的朋友的。這一趟讓我學到了建立聯繫和相信別人的價值。」
「啊，蘇格蘭就是這樣的，我們可不是全都是女巫或是殺人兇手。」
「我要為這個乾杯！」
我們吃過飯，謝過蕊秋，拿回我的手機，走回蘭斯停車的地方。
「我該回渡口了。妳一個人行吧？」
「行，」我跟他擔保，從馬鞍袋裡拿出我的袋子。「跟朋友聚一聚好多了。」
「立刻到店裡去買一張SIM卡，然後把新號碼發給我，好嗎？」
我向他揶揄地敬禮，他跨上了重機。
「蘭斯，」我說，走上前去擁抱他，這次沒那麼激動，多了份溫情。「你有把事情變好的魔力，你的朋友都不知道他們有多幸運。」
「妳不就是其中一個嗎？」他微笑道，歪過來在我的臉頰上一個蜻蜓點水的吻，再戴上安全帽。「平平安安的，莎蒂。我很快會聯絡。」

我照蘭斯的話做，第一站就是去店裡買SIM卡、一些水果和一件前襟上有「馬爾製造」的運動衫——在找到比較大的商店之前只能將就了。

之後，我步行到潮變民宿，路途不長，我盡量不去看見羅伯・克拉克的臉，盡量不去聽見布蘭登的哭喊聲，或是在我耳朵裡迴盪的槍聲。在我的心裡，昨天一整天被我迴避的問題現在在要求答案。

我是否能有不同的做法，那羅伯・克拉克就不會死？我的腦筋一片空白。

民宿給了我內特・卡萊爾住過的同一間房，我就是在這個房間裡做出了災難性的決定，半夜跑到希爾妲家去。我沉坐進熱水時手機響了。

來電顯示是我妹妹。儘管我很開心能聽見她的聲音，我卻硬起心腸，不讓她知道我的遭遇。我向來的原則就是不讓家人知道我的查案詳情。散播悽慘並不公平。

「嘿，蓓卡，」我笑著接電話。「對不起這麼久沒打電話！妳肚子裡的——」

「開始了，莎蒂，」蓓卡說。「我知道比預產期早了一些，可是我在收縮了，是真的。媽正要過來送我去醫院。」

「喔，甜心，妳還好嗎？有人陪著妳嗎？」

巨大的損失迎面撞上來。我沒能在那邊握著我妹的手，安慰她，陪著她把新生命帶到這個世界上來，讓世界變得更美好。

「我沒事，我只是……好希望妳在這裡。好想跟妳分享這個過程。我努力想忍到妳回來，真的，我好對不起。」

「蓓卡，不要，都是我的錯。早知道我不能及時趕回去陪妳，我就不接這個案子了。聽著，我馬上就回來，我會搭早晨的渡輪，找到從愛丁堡或是格拉斯哥起飛的班機，我真的很快很快就會陪著妳了。」

「我想妳，莎蒂。妳的外甥女想妳。我等不及妳回來了。」

「我也是，我愛妳，蓓卡。妳要堅強，一有消息就叫媽打電話給我，還有在別人親寶寶之前先幫我親。」

背景有開門聲，我聽見我母親在發號施令。蓓卡掛斷了。

我心裡的空虛讓我招架不住，我為了幫助克拉克家付出的代價大大了。亞德莉安娜在我抵達之前就死了，現在也沒活過來。我沒抓到兇手，我對自己的妹妹食言，我不在全世界最需要我的地方。這份傷心吞噬了我，最後我做了決定，用行動來取代自憐，我查看了渡輪和飛機的航班，通知艾戈巡佐我要離開，把事情都交代清楚。我把新號碼發給內特、蘭斯和伊莎貝拉·克拉克之後，發現我自己眼皮沉重。我向伊莎貝拉做出的承諾——揪出殺害她女兒的兇手——得等一等了。這一次，我自己摯愛的人必須放在第一位。

暮色才剛降臨我就累得不成人形了。我躺下來，閉上眼睛，想像自己在山腰的木屋裡，白雪像搓棉扯絮似地下個不停，世界被包裹在白色和寂靜之中。

我在一片漆黑之中被窗戶上的慌亂敲打聲吵醒了。

「莎蒂，醒醒！我們需要妳幫忙。」

43

我一把拉開窗帘，看到路易斯．艾戈站在雨中，掌心貼著玻璃。我把下層窗戶抬高幾吋。

「你沒事吧？」

「民宿的大門鎖上了，我不想捶門。」

「路易斯，你是怎麼找到我的？」

「我爸告訴我的。妳登記了這個房間號碼和地址當作妳的……妳的宵禁地點，在等待他們決定是不是要起訴妳的期間。對不起。」他一臉難堪，我真後悔問了這個問題。

「沒關係。出了什麼事？」

「我不知道，我爸要我把這個給妳。」他從口袋裡掏出一個信封，從窗戶下塞進來，然後就退開去，在冷雨中摩挲著胳臂。

「李維斯克小姐，」信封上以花體字寫著。我撕開了封口。「請原諒這封信。打不通妳的手機。我知道妳認識凱翠娜．法斯的朋友莉姬，妳也跟她談過幾次。鑑於我見過妳幫助布蘭登．克拉克的情形以及妳對苦惱的青少年的了解，不知妳是否能幫忙？莉姬在麥金儂洞裡，揚言要自殺。她不准我們跟她的奶奶聯繫。妳能來的話，路易斯可以載妳，因為其他的警車都已經派到那裡了。拜託不要和路易斯討論案情。莉姬是他的朋友，我不要他難過。哈里斯．艾戈。」

「你能開車送我去麥金儂洞嗎，路易斯？」

他的表情先是震驚，隨後又充滿了傷心。他可能不知道是誰有麻煩，但是現在麥金儂洞這個地名已經跟悲劇有著糾纏不清的關係了。

「好吧。」他小聲說。

「兩分鐘。」我把「馬爾製造」運動衫套在T恤外，抓起牛仔褲、襪子和健行靴，不到六十秒就著裝完畢。我從窗戶爬出去，用力把窗子往下拉嚴實了，提醒自己我可不需要在回來之後又在枕頭下發現海草。路易斯在月光下面色蒼白，眼圈泛紅。托本莫瑞的人承受太多痛苦了。現在莉姬又有危險。我一直等坐進了路易斯的車子裡，汽車開動之後才詢問他。

「現在是怎麼回事？」他問道。「我爸什麼也不肯跟我說。他是想保護我，當我還是個小孩子。」

「他愛你。哪個做父親的會不想保護自己的兒子呢？你爸跟我雖然不對盤，但是我很欣賞他總是把你擺在第一位。」

「我聽見他叫救護車去那裡。有人在那邊。他有說是誰嗎？」

「他叫我不要跟你討論。對不起。我現在什麼也不知道，不要討論是最好的。」

「妳好像是青少年專家吧？」他似笑非笑，我看得出他在內心掙扎，男孩對抗男人。這個年紀是很辛苦的。一切正常時就很辛苦了，可是現在——玷污和死亡就掉在他們的腳下，像是一隻貓拖著半死不活的老鼠——島上的孩子對於生命會有不同的觀點了。

「我不認為自己是專家，」我說。「我覺得有時候由我出面比較容易是因為我對我處理的青少年來說只是個陌生人。你們彼此太熟悉，每一個人都認識，東家長西家短的，沒有一個秘密能守得住。有時候陌生人是我們覺得唯一能信任的人。要多久才能到？」

「這麼晚了，從這裡大概二十分鐘。我通常不會開這麼快。爸說時速限制就該遵守，不管是什麼時間什麼地點。可是萬一還有什麼事……」他沒說完，喉頭哽咽。

我的手機響了，我打開簡訊。

「手機保全資訊。一醒就打給我。蘭斯。」

現在是半夜，他對於他睡眠時間不像常規人的說法一點也不誇張，不過他顯然以為我是在比較社交的時段才會活躍的人。

「我得打一通電話。」我說。

「拜託別說到今晚的事，」路易斯說。「爸會不高興的。這裡有人一直想要讓他下台，我不想再給他們理由攻擊他。」

「了解，」我說，一面撥號。「嘿，蘭斯，是我。」

我把手機貼著左耳，靠著車窗。訊號很差，斷斷續續的。

「時間掐得真好，我跟妳說的那個駭客朋友過來了，我叫他來講。」

一陣摸索聲，然後是另一個人的聲音，男性，帶美國口音。

「嘿，莎蒂。我是班。蘭斯說妳需要知道如何破解手機上的安全設定？」

「對，你能幫忙嗎？」

「沒問題。妳知道要破解是哪一型的手機嗎？」

「安卓。」我回想著莉姬告訴我的事。

「知道手機有多新嗎？」班問道。

我回想去凱翠娜家的情況，她的居住環境滿貧窮的，她的父親盡量全天候工作，在海上操勞，賺錢養家。

「絕不可能是新的。也不會多貴。可能是二手或是三手貨。」

「如果是老舊的安卓手機，軟體又沒有更新，那麼用一張清晰的臉部照片就可以騙過手機了。安卓有一陣子是有這個安全隱患的，不過他們在最新的軟體更新上已經修復了。」

我瞪著窗外的黑暗。

「真有意思。謝謝你，班。你常常半夜三更到蘭斯那兒嗎？」

「這人是個傳奇人物，」他說，而我能聽到開啤酒瓶的聲音。「從來不會拒絕一個想借用他的IP位址一晚的朋友。」

「確實是傳奇。我能跟他說聲再見嗎？」

「好啊，妳自己保重啊。蘭斯，給你了。」

「有幫助嗎？」蘭斯問道。

「有，」我說。「我就不浪費你的時間跟你說我有多感激了，你早就知道了。」

「聽起來妳是在車子裡，」蘭斯說。「半夜兩點？」

「去幫忙一個朋友。我要掛了，幫我喝瓶啤酒。」我結束了電話。

路易斯專心開車，所以我凝視著窗外，思索著凱翠娜。她在島上一定是在許多不同的社交圈裡活動，也就是說有很多人有她的照片，尤其是青少年最愛把自拍傳到社群媒體上。即使是個陌生人都可能拿到她的照片，騙過她的手機安全裝置。不過他們也得要拿到她的手機，還有足夠的時間發簡訊給亞德莉安娜而無人發覺。

她親密的朋友圈會是嫌疑最重的，那晚在歷史商城裡的那幫女孩子。跟她同謀欺騙可憐的路易斯喝下所謂的「愛情靈藥」的那幫人。

「是誰給你那杯薑茶，那個害你生病的藥，而且告訴你是凱翠娜弄的？」我問他。

他聳聳肩，瞥了我一眼。

「有可能是莉姬嗎？」

「有可能吧。她絕對也在。是她跟我承認茶是做什麼用的，」他說。「怎麼？」

「只是好奇。這些女孩子經常交換手機嗎？一起頑皮胡鬧，拿彼此的手機拍照，諸如此類的事情？」

「有啊，」他說。「她們每天都混在一起。怎麼了？」

「不確定。」我喃喃說，但是亞德莉安娜有一段時間跟這幫女生走得很近。莉姬會有機會拿到所有女生的手機。

「可以再快一點嗎，路易斯？」

「當然，」他說。「我不想又有人死掉。」他踩油門。

良知是一把雙面刃，是一塊發育不良的肌肉，事前阻止大家做某件事，但它往往伸縮得太慢，然後就會痙攣抽搐直到最後痛苦再也無法忍受。若只是在當地的商店裡偷糖果，或是偷穿姊妹最愛的毛衣卻沾到了紅酒，那還沒什麼。可是殺人？良知要如何處理這種事？

我們加速穿過小島，現在已經接近洞穴了，我伸長脖子去找空中旋轉的藍光。我全身發抖，路易斯伸手到後座，拿了件帽T給我保暖。

「來，我穿就過大，所以妳穿會更大。我應該提醒妳要穿外套的。十月越來越冷了。」

我感激地把帽T套上，低頭看著前襟的圖案，儘管我是U2樂團的專輯封面嵌入流行文化之前的世代，還是一眼就認了出來。

「我有這張CD，」我說。「叫『男孩』對吧？」

「對，」他笑道。「我爸給我的。他去聽了他們的第一次大型演唱會，現在還在聽他們的東西。再一分鐘就到了，不過我們得停在馬路邊，走過去。」

仍然沒有警車的燈光，看不到官方的活動讓我想起了一件事情。露娜說她覺得她看見跟亞德莉安娜在一起的人是個爸爸，因為他身上有一個小男孩的照片。不是拿著照片，而是在他的身上。我低頭瞪著在我胸前的圖案。

露娜還說什麼來著？說他們好像在跳舞，說阿蒂一隻手按著嘴唇，叫露娜不要跟她們的媽媽說。在小孩子的眼中跳舞是什麼意思？一個人向前，一個人後退。阿蒂不想讓人看見跟他在一起。

「我停在這裡，我們可以一起走下去。我爸會想要低調一點。」他說。

「好。我可以用你的手機打給你爸，確認我對情況的掌握嗎？」我問道。

「他現在不會接電話，」路易斯說。「他在忙著安慰莉姬。」

「我沒有說是莉姬。」

路易斯毫不遲疑。「妳在路上問起她，所以我就假設是她。」他說。

各種回憶快速嵌合。閒扯淡的老闆娘蕊秋拿走我的手機，到吧檯後充電，跟他們幫所有常客一樣。路易斯在吧檯後，可以拿到凱翠娜的手機，更別說亞德莉安娜在員工室裡的東西了。

「這裡好像一個人也沒有。」我說。

「他們可能都在妳發現亞德莉安娜的洞穴裡。要走一段路，我確定我們會在那邊找到他們。」

他拔下了車鑰匙，下了車，繞過來幫我開門。我下了車，臉上掛著笑容。

「你這麼幫忙真是個好孩子，不過你現在何不回托本莫瑞去？你爸不會想要你看到莉姬那種樣子的。我會請賽門．巴斯蓋特載我回去。」

凱翠娜對路易斯痴迷，然後亞德莉安娜出現了：新來的女生，更漂亮，異鄉人，可以談美國和賭場，見識過馬爾島的青少年只能在夢中幻想的大千世界。

「我把妳平安送到那邊，」他說。「這裡很暗。」

我拍拍口袋想找手電筒，卻發現沒帶。我本以為這裡會有照明。一邊口袋裡放著手機，另一邊是羅盤，此外別無他物。

「我一個人行。我以前也去過，我想我寧可一個人過去。」

我們站在黑暗中，只有路易斯．艾戈和我，以及大海和星辰。

「妳的朋友在電話裡跟妳說了什麼？」他問道。

我考慮要說謊，不過我們都早已經卸下面具了。

「他說只要有一張凱翠娜臉孔的照片就可以開鎖，用她的手機傳簡訊給亞德莉安娜。那個人只需要在凱翠娜看不到的時候拿到她的手機就行了。」

路易斯微笑。

「很多人都能拿到凱翠娜的手機，」他說。「她對於跟誰在一起不是很挑剔。」

「可是她只想跟一個人在一起，就是你。她等了多少……年？從小到大？她最後用上了魔藥，那她對你一定是快到痴迷的地步了。」

「她很可悲，」他只這麼說。「亞德莉安娜的父親殺了她是幫了她一個忙。她最後只會未婚懷孕，生三、四個孩子，永遠也離不開這裡，完全沒有出去的機會。說真的，我甚至不覺得她想離開。」

我把手插進口袋裡，把手機轉為靜音，只憑藉肌肉回憶來偷偷發簡訊。

「不過亞德莉安娜，她就不一樣了，是吧？更見多識廣。更配得上你和你的渴望。她拒絕你的時候一定很傷人。」

「幹，」他說。不是憤怒，他的聲音中沒有絲毫的情緒。只是簡單的一句陳述，雙手放鬆，含笑望著我，彷彿我們才剛認識，在打發時間。

「我只是想了解，」我說。「凱翠娜吃醋，對吧？她恨亞德莉安娜吸引了你的注意力。你是她一心一意想要的人，誰知道另一個女孩子出現了，說話有美國口音，還有不為人知的秘密。莉姬和凱翠娜一開始都不喜歡阿蒂，可是後來她們變成熱絡，熱絡到亞德莉安娜甚至還加入了她們的團體，由希爾妲領導。」

路易斯朝我邁了一步，我一步不退。他只有十八歲，卻比我高了一個頭，肌肉結實，而且絕對比我強壯。短距離我或許能跑得過他，但是距離拉長我就贏不了了，打架也一樣。我很脆弱，他也知道。

「凱翠娜操縱阿蒂，就跟她操縱別人一樣，」他說。「要不是她跟她說我的壞話——」

貓骨，假巫術道具。我真是個大白痴。

「你把它佈置得像是凱翠娜殺了她，事實上你的手法實在是太高明了，讓馬爾女巫成了眾矢之的，害得其中兩個死了。」

「那件事怪不了我，」他說，聲音中出現了波瀾。「人是羅伯．克拉克殺的。是妳給他的資訊，妳把他導錯了方向。凱翠娜和希爾妲會死是因為妳來這裡。妳很聰明，猜出了內情，鼓動了莉姬跟妳說。」

「我是太接近真相了嗎？」我問道。「所以現在我才在這裡？」

「我們剛認識的時候我想來軟的，把妳嚇跑，而不是傷害妳。」他抬高肩膀再放下，兩隻手插進口袋裡，說得像是只是兩個人意見不同，沒有什麼大不了的。雲層掠過月亮，星光也黯淡了。

我想起了路易斯從閒扯淡跟著我，幾乎跟回我的飯店，這才找藉口離開。顯然他是在跟蹤我。

「是你把海草皇冠放到我的枕頭下的，」我說。「為什麼？只是想把我嚇走？」

「大多數的女人都會被嚇跑。」他說。

「大多數的女人？原來是大男人主義啊？所以亞德莉安娜沒有像島上的女孩子一樣拜倒在你的腳下，你才會那麼憤怒？」

「妳知道阿蒂的問題在哪裡嗎？她以為她比我優秀。她不介意調情，讓我接近她，可是她根本就不感興趣。這座島的一切不是『可愛』就是『好古怪』，或是『我朋友絕對不會相信！』」路易斯模仿起美國腔還滿像模像樣的，我趁機尋找附近地面上有沒有石頭。「那個蠢女巫團體是她遇見過最刺激的事情。半夜的儀式，脫光衣服在海邊膜拜大海、擁抱樹木或是別的什麼鳥事。」

「所以你利用了凱翠娜的手機發簡訊給阿蒂，讓她半夜偷溜出來，用你的車載她，假裝你要送她去見凱翠娜，」我說。「假裝成你是在幫大家的忙。」

「她又不是沒有選擇，」他說。「亞德莉安娜是可以不必死的。」

「什麼選擇？扮乖女孩，去裸泳，讓你拿她來滿足你的幻想——或是淹死？這算什麼公平的選擇？」

「我愛她，」他說。「我沒有跟這個地方提供的其他白痴蕩婦鬼混。我為什麼還配不上她？」

我可以跑回車上，鎖上門，不過鑰匙在他的手上。

「你從商城裡偷走了貝殼，也就是說你事先就知道你要傷害她。少假裝什麼她有選擇了。」

他冷笑。

「我已經夠好了，不是嗎？那一堆巫術的玩意。我是說，妳就被騙到了。」

「那芙蘿拉．企德呢？你是怎麼知道她的事的？」

他發出一聲刺耳的笑。「妳是忘了我父親是這裡的警察頭子嗎？我們家裡什麼檔案都有。有一區全部是命案，回溯到幾十年前的。芙蘿拉不是唯一一個嘴裡被塞了沙子的。那個傳統要早多了。而且說真的，妳們這些女的嘰嘰喳喳、耍賤又作怪聲，讓妳們全都閉嘴也不是個壞主意。」

我嘆口氣。他的車子就在我後面，路易斯在我前方，方圓幾哩內一棟房子也沒有。尖叫也只是白費力氣。我不禁納悶亞德莉安娜是否也像我現在一樣虛與委蛇，在她明白不是凱翠娜等著跟她見面時。

「她是自願脫掉衣服跟你去裸泳的嗎？」我問道。

他把頭一歪，陷入回憶。「我想她那時是有點緊張，不過她還是去了。水很冷，不過好玩的也在這裡。」

「很危險，摸黑夜泳，四周又有那麼多的岩石。死的人很可能是你。」

「我從小到大都在這片海裡游泳，」他說。「老實說吧，島上根本沒有別的事可做。」

「你爸知道嗎？他懷疑過嗎，即使只是一點點？」

「我父親在抓酒駕和扒手方面是絕對拿手的，但是只要是比那個複雜一點的，他就跟科學實驗室裡的小娃娃差不多了。他每個月都會有一大堆鑑識和科技上的更新資料，卻拿它當杯墊，我就相反，我還真的滿喜歡讀他的檔案的。他的字也寫得沒我好。知道嗎，妳根本就不該相信那封信的，妳也太糊塗了。」

「把信封口糊上是個高招，走開去讓我私下看也是。不過我也真是傻，我承認。」我發完了簡訊，握住羅盤，緊緊攥在右手心裡，伸縮小腿和大腿肌肉。「我只想要知道一件事：亞德莉安娜死得痛苦嗎？」

他悠哉地邁了一步，拉近我們的距離。

「不到我想讓她嚐的苦頭那麼多。比較像是她想快點死。」

我點頭。「我也會一樣嗎？」

「只要妳不抵抗。」他說。

我直視他的眼睛，什麼也沒有。我本以為會看到狡猾或是仇恨或是類似驚慌的神色。他的皮膚像包裹著一個骷髏頭，眼珠漂漂亮亮地嵌在眼窩裡，牙齒整齊地排列在帶笑的嘴巴裡。但在表相之下空無一物，再如何探索也只是一片真空。

「我猜彩虹糖沒能在樹上吊死我，對你來說實在是一大遺憾。我很驚訝就憑他居然可以想出那個點子來。是你跟他咬耳朵說我想要把命案栽到他頭上的吧？」

「唉呀，妳這可是太抬舉我了。我也不過是告訴他我看見妳到鎮外去了，還說了是哪個方向，萬一他想要跟蹤妳。那條繩子完全是他自己的——」

我揮出一拳，使盡了吃奶的力氣，羅盤增加了打擊的重量，不但是路易斯的臉，連我自己的手指頭都遭殃。路易斯倒下，我對準了他的腎臟使出全力狠踢。他呼出的氣聽在我耳朵裡舒服極了，但是他已經翻滾一圈，跪了起來。我沒辦法再給他一腳，讓他趴下了。

所以我就跑。

路易斯很快就站了起來。

我一邊逃命一邊做決定。

順著公路跑他很快就會追上我。留在空曠地方他會看見我。我必須尋找掩護，也就是說得跑到海邊去躲在岩石後。這一區很遼闊，黑暗中我可以從這塊岩石躲到那塊岩石後，閃避他。

不過，不能跑到麥金儂洞。那裡是他的地盤，他知道如何搶佔洞口，知道最佳藏匿地點在哪裡。說不定這就是他的打算。我不再往地勢朝海灘下降的路徑走，反而往上坡走，尋找到海岸的另一條路。

「妳躲不了的！」路易斯大吼。

我一直跑，兩腳不斷踩踏，慶幸多年滑雪讓我的雙腿強勁有力。我聽得到他在後面追上我的腳步。岬角這裡沒有遮蔽，沒有地方讓我停下來隱藏，沒有機會休息。

我大口吸入氧氣，順著懸崖邊緣跑，我的計畫就是這樣。循著海岸線，盡量拉開距離，讓我在往下攀爬的時候不會被他看見。要是我能藏好，讓他跑過去，他就幾乎不可能再發現我。我的攀岩技巧很厲害，這是我唯一能確定贏得過他的地方。

巨岩不知打哪兒冒出來撞上我的，純粹是走霉運，外加路易斯的苦苦追趕，岩面凹凸不平，削過我的後腦勺，把我撞倒在地，但是我也是鐵了心的。路易斯的獎品是自由，在我卻是生命，而坐在那根樹枝上，無助地等著彩虹糖來殺我教會了我要奮戰不懈。

我立馬跳了起來。檢查傷了哪裡都是浪費時間。前方的小徑上有個凹地，我看得到海水從峭壁下方濺起的噴霧。漲潮了。很好。要是我能消失在峭壁頂的下方，路易斯就沒辦法看到我了。

「妳不是不想受苦嗎！」他大吼大叫。「只要妳現在就停下來，我們可以再商量。我會聽妳說，說不定我們可以商量出一個辦法來。」

他的聲音中浮現出剛才沒有的焦慮絕望，反而讓我更需要往前跑。他以為我是有可能逃走的。他在表示讓步。他洩漏了弱點。我咬緊牙關，邁大步，繼續衝刺，低著頭，雙臂擺動。

擊倒我的是漂流木，而不是路易斯。一定是某人在海灘上找到的，撈上來當紀念品，橫擋在我的路上，絆到我的腳趾。我向前飛跌，重重摔落，喘不過氣來，落地時大喊了一聲。

路易斯並沒有等著被絆倒，他朝我的方向飛撲，落在我的背上，一條胳臂箍住了我的喉嚨，用力收緊。

我手腳亂揮，毫無作用，我的喉嚨仍然因為差點被吊死而脆弱瘀青——不過路易斯再清楚不過了。

我伸長手，找到了害我摔倒的樹枝，把它拖近，直到能牢牢握住，然後我把樹枝向上戳，越過我的肩膀，往他的臉上送。

他受傷動物的慘叫像一曲交響樂。他的胳臂放開了我的脖子。我背上的重量消失了，我轉過上半身，再拿樹枝戳他，聽到也感覺到膠狀物爆裂。

路易斯尖聲慘嚎，空氣中瀰漫著痛苦與憤怒的火花。他攻擊，卻失準，鮮血從他的臉滴到我的下半身上。他用另一手摀著受傷的眼睛。

我把他從我身上推開，他嘶吼哭號，我尖聲咒罵。

我站了起來，手裡仍握著樹枝，只需要拉開一點距離就能躲藏起來等待天光。

路易斯現在就需要就醫，他別無選擇，除非他的那隻眼睛不想要了。

我較緩慢地接近懸崖邊緣，以腳摸路，唯恐路上有更多漂流木。我往南走，知道遲早會有個地方或是房子可以藏身，兩者之中總會遇到一個。小島的好處就在這裡。環島而行表示我早晚會發現人煙。

「救我！」路易斯在我後面慘叫。「我的眼睛。我的眼睛從眼窩裡掉出來了！」

「去死吧，」我喘著氣說。「那是替阿蒂打的。」

我聽見了八聲噪音——連續快速的砰砰踩地聲。他並沒有我以為的那麼後面，也可能是我腳步蹣跚，並沒有拉開多少直線距離。

路易斯用兩手推我的背，我飛了出去，一隻腳落地，卻又向前撲跌，那一推的力道太大，我無力制止，然後我的身下就是冰冷的微風，眼睛裡進了鹹水。

一毫秒的前衝力，緊接著我就往下墜落。

我伸長兩隻手，抓摸峭壁邊緣，草卻從指間溜走，我用力把手指往堅硬的岩石上挖，指甲都剝掉了。

下墜。

我的一隻膝蓋撞上了岩壁，一邊髖部擦過一塊露岩，左手抓住了一枝古樹根。停下來，滑動，緊緊抓牢。

我不敢呼吸，更不敢睜開眼睛。

然後上頭傳來怪叫聲，是在歡呼慶祝。路易斯站在懸崖頂上，相信我摔下去了，並不知道我就在他的幾呎之下，性命懸於一線。

我咬住舌頭，一聲不吭，底下的海浪聲提供掩護，蓋住了我粗嘎的呼吸。露岩可能有半呎寬，我只需要站在上面等待天明，或是等到我有力氣爬上去。路易斯不知在哪裡，這時也安靜無聲。我轉動身體，側面對著岩壁。

「謝謝你，」我對老樹根說，把頭靠著它。「謝謝你。」我對露岩說，掌心抵著我棲息的堅硬地面。

我彎腰去口袋裡掏手機，暗中祈禱剛才那一摔沒把手機摔出去，摸到了硬邦邦的機殼，簡直樂歪了。我用左手敲出求救訊號，儘管希望渺茫，仍希望訊息能夠傳出去，右手則仍死命抓著老樹根。

我在敲訊息時，我的羅盤在我的腿下喀嗒喀嗒響。我都沒發現我在跌落時還握著羅盤，也沒發現它可能會安全落在我旁邊。我本能地伸手去摸，我從來就沒有不帶羅盤過，因為我知道這個簡單的儀器就能帶我回家，與其說它是工具，它更像是一種感情上的慰藉。

我還沒能抓住，路易斯太長的U2樂團帽T袖子就把羅盤掃下了岩架。

扭轉身體、伸長手臂去接完全是直覺反應。

結果重力把我從安全的棲身處拉到空中，拉著我撞上海浪的浪頭，穿透了深深的海水。

而潮水把我往下拽。

而路易斯方才打擊我腦袋瓜的那一記害我在翻滾冰冷的海水中失去了方向感。

我的身體旋轉翻滾，我看見了希爾妲的臉。

「妳覺得心安理得嗎，莎蒂？」她不止一次這麼問我。「說真的？對那些妳愛的人沒有什麼沒說的話？」

太多話沒說了，我心裡想。我第一次錯了。

我好像對我愛的人一個字也沒說過。

就是這份憾恨的重量把我往下拽的。知道自己沒抱過自己的外甥女，沒搖過她睡覺，沒看著她畢業。知道再也見不到我自己的母親，或是告訴亞德莉安娜的母親是誰奪走了她女兒的性命。知道我沒辦法如想像中的樣子親吻內特・卡萊爾，或是說明我覺得他有多聰明，多和氣，多強壯，多有同情心。知道我再也看不到自己的人生展開了。

潮水來來去去，我的身體撞上岩石，我卻一點感覺也沒有。我的頭髮終於碰上了它的海草皇冠了，由大海親自編織的。頭頂上有輛汽車引擎發動，疾馳而去。

傷痛只有片刻，緊接著是疏離；我對於上方以及大海之外的世界的抓握鬆開了。

我從墳墓瞪著上方的月亮，只看見海浪裡無垠的灰藍綠色。

44 小島

莎蒂．李維斯克隨著潮水載浮載沉。從她踏足島上的第一刻起，生命威脅就開始了。眾多眼睛爬梳過她身上的每一吋，有人打賭，男人對男人。八卦從這根舌頭傳到另一根舌頭。她是誰？從哪兒來的？要待多久？

倘若這一批好奇的人審視自己的內心，他們就會注意到吧檯後的那個男孩子無法將視線從他旁邊那名美麗的拉丁裔美籍女孩身上移開。他們就會聽到她拒絕他，總是帶著微笑，用一句玩笑來淡化推拒。有人就會注意到他們在閒扯淡後面的巷子裡，他把她往身上拉，而她則向後退。一個殷切，一個淡漠，跳著這種跨越古今的舞蹈。只有一個小女孩目睹了，卻不可能了解她所見之事的重要。

倘若這一批好奇的人審視自己的內心，他們就會看出凱翠娜．法斯不是什麼愛賣弄風騷的太妹，而是一個太常孤獨的女孩子，父親仍未走出喪妻之慟，每天出海不是去捕魚，而是在潮汐之中縱情傷心。凱翠娜未善盡父職的父親讓羅伯．克拉克太容易把她誘騙進車子裡，以亞德莉安娜為藉口，說他只是想要了解她在島上的生活。凱翠娜，曾經那麼嫉妒亞德莉安娜，在冰冷的洞穴中流盡最後一滴血時曾哭喊著父親，向一個被傷心過度蹂躪的男人抗議她的無辜。

托本莫瑞的鎮民，倘若他們肯睜大眼睛，拋開成見，就會看出希爾妲是他們的祖先最真實的版本，再現了蘇格蘭人的島嶼居民的榮光與鬥爭。這位不濫情的母親既不溺愛也不嬌養，但是她的子嗣卻繁衍不絕。

就是因為這批好奇的人不願意內省才會害了莎蒂的性命。而在同一刻，內特．卡萊爾的心碎了，失去了甚至沒有擁抱過的愛人。蘭斯．普拉德福特餘生會始終質疑他要幾時才學會聽從自己的本能，而如果聽從了，他是否就能救得了莎蒂的性命。

但是小島在一天之內知道的死亡遠遠超過了你一生所會遇見的死亡數。莎蒂不過是其中之一。鹿會摔死，狐狸被射殺，兔子落入陷阱，野鼠被毒死，家鼠被捕捉，螞蟻被踩死，小鳥、魚、蛇、昆蟲——所有的生命，數以百萬計的生靈結束了旅程。小島都感覺到了。

托本莫瑞的鎮民那天晚上穿著內疚上床。他們想起低聲說過的莎蒂壞話，心裡就瑟縮。他們用紙糊住他們散播的謠言的裂縫。哈里斯．艾戈會發現自己每次回想起莎蒂的臉，以及他兒子的邪惡，手裡就會握著一杯酒。

死者不會受苦，受苦是為生者保留的。莎蒂的回憶會延續下去。她的照片會放進相框裡掛起來，在她的身體變成空洞的一個載具之後。而她的善行會永存，不會隨時間稍減，跟亞德莉安娜帶給朋友與家人的歡樂，跟凱翠娜帶給托本莫瑞最沉悶的日子裡的光芒一起留存在大氣中。與芙蘿拉．企德的甜美融合，變得可以觸及，充滿了正面的能量，讓第一次來到馬爾島的遊客讚嘆。混亂的塵世中一處無與倫比的避難所。一個綠洲。

小島歡迎莎蒂回家。

45

我漂浮了一會兒，在我的身體中浮沉，然後我利用身體當木筏，一直到我學會放手，終於能夠漂浮在其上。海浪對我的屍身並不仁慈，岩石割傷它，摔打它，最後連內特都需要費一番功夫才辨認出我的臉來。

那個第一晚漫長闇黑。日出帶來了些許的安慰，但是在我的身體被沖上岸，路易斯的U2樂團帽T被一個卡住的古老的捕蝦籠勾住，牽繫住我，最後有個漁夫看見了我浮腫的屍身爬滿了螃蟹和蒼蠅之時，真正的平靜才來臨的。哈里斯．艾戈是第一個抵達的。

他認出了我身上借來的衣服，那一刻我感受到他的傷痛。還有其他的情緒——應該是混亂吧。他坐在我的軀殼旁一會兒，看著我，再別開臉。我恍然：他有機會脫掉我身上的帽T，毀了它。這是一個機會讓他相信他兒子編造的故事，說什麼喝醉了到樹林裡，不小心從樹上摔下來，沒看到迎面而來的樹枝，結果戳中了眼睛。路易斯——已經在本島的醫院裡，飄入麻醉的迷霧中——早知道他的父親不相信。但是父子倆仍扮演自己的角色——關心的爸爸以及受傷的孩子——等著看還有什麼命運在等待他們。

命運以蘭斯．普拉德福特為形在早晨降臨。我在口袋裡盲目發給他的簡訊傳到了，一開始讓他看不懂。

「路一沙阿的，」是我的簡訊出現在蘭斯螢幕上的句子。他花了一個小時才從我們之前的對話中猜出是什麼意思，那時他已經在打電話給我了，卻打不通。手機掉在懸崖下方的岩架上，而我則在海中漂浮。三個小時後他的警察朋友以三角定位偵測到手機訊號，他們在早上十點找到了我的手機。

午餐時分，哈里斯·艾戈交出了命案的主導權，內特·卡萊爾醫生也請另一位病理學家接手。他們兩人都和案子有牽連，恐怕無法保持客觀。普拉德福特在當天下午又一次來到馬爾島，在麥金儂洞上方的峭壁間小心駕駛，為我哭泣，壓低聲音，帶著尊嚴——他的傷心不是為了失去了多年的老友，而是短時間內萌發的彼此了解，而這份了解是可以維持長期的友誼的。他為我的逝去而哭，為我的逝去給我所愛之人造成的悲傷而哭，為那些馬爾島上太早被奪走、太殘酷地被奪走的女性而哭。

蘭斯·普拉德福特在懸崖頂上開了一瓶里爵威士忌，身邊擺了兩只杯子：一只他的，一只我的。他舉起酒杯，笑望著身邊想像中的女人。他跟我說我有多勇敢，多固執，多說到做到。他跟我說我可以休息了。然後我們兩個一起哭，雖然他看不見我微笑地看著他，感覺不到我倚著他的重量。我跟他說我會看顧他的，雖然並不真的知道對我們兩個而言是什麼意思。

蘇格蘭重案組接替了馬爾島上所有與命案有關的警察。路易斯撐過了手術，但是從麻醉中清醒時卻發現左手被銬在床上，他以後會是監獄裡的獨眼龍。隨之的檢調步驟一一執行。偵訊要等到路易斯康復，然後會由一名律師全程陪同。哈里斯．艾戈辭職了，準備陪著兒子走完審判，儘管他的心碎了，恨不得每晚都把自己淹死在酒缸裡，逃避每一個新的一天帶來的痛苦。艾戈家族黯然搬離了馬爾島，沒有衝突，一去不回。路易斯被判有罪，卻始終沒有一絲悔恨，倒是請律師代為請求警方歸還那件他父親給他的U2樂團帽T。但是這項請求未獲批准。

我全都看在眼裡，並不像在看電影，而是短暫迸發的覺知。死後是沒有年表的，沒有上天堂的人，沒有幸福的團聚，有的是一種逐漸的情感釋放，飄離我們有形的生命越久，釋出的就越多。

我看得到伊莎貝拉、布蘭登和露娜在聖地牙哥定居，沐浴在長長的夕陽之中，在海灘上散步。我看著凱翠娜．法斯的父親過世，知道他的心跳停止時他除了鬆了一口氣的感覺之外什麼也沒有。一個人能承受的痛苦畢竟是有限的。馬爾島恢復了日常生活，首先是街道，但是鎮民在晚上仍然會多檢查門鎖幾次，青少年深夜用手機低聲通話，彷彿入侵的恐怖仍潛伏在某處。

島上為我舉辦了紀念會，也真怪，我生前他們那麼不歡迎我。或許是讓他們的集體內疚感得到些許寬慰，因為我在離家那麼遠的地方走上了死路。鎮民聚集在西北岸的卡加利海灘——我聽說過這裡，卻沒去過——他們是覺得這裡是我在加拿大的家鄉以及我死亡之地的橋梁。內特說了一段美好的輓詞，我差點就以為他是在說別人。他盡力忍住眼淚，把他自己的希望與夢想碾壓進我們心中都有的那個低地。

當然，死亡就會這樣。它把我們的錯處、我們的失敗和毛病清洗得一乾二淨，只留下美好的願景與親切的回憶。他沒有說我們在島上相遇的那晚，我就被他的聰明才智以及寧靜祥和的態度吸引。他也把我們同床卻什麼也沒做的那一晚拋下不提，後悔——如同我在從垂死到死亡的那幾秒鐘一樣——我們沒有時間可以探索我們可能走到哪一步。

我在我的懷疑之後看見了真相。克里斯多夫神父長大的過程，他自己的父親悄悄把妓女偷渡到他們的家裡，給兒子留下了將天底下的女性全都轉變為貞潔烈女的欲望。賽門・巴斯蓋特手上的燒傷痕跡來自於寄養家庭中的惡霸監護人，他欺凌毫無力量的兒童，所以他成人之後才會充硬漢，處處表現出自己的強悍。我感覺到瑞斯・司徒華的恐懼，成人的身體卻是兒童的心性，不足以面對世間的考驗。路易斯・艾戈心中的空洞。那種漸漸內耗的、回聲不斷的、恐怖陰森的空洞，他曾想用跟他見過最完美的女孩建立最完美的關係來填補。可惜她卻不想要。芙蘿拉・企德慘死在一個女孩子手下，有人告訴這個女孩子她有無窮的力量，她卻選擇要用在毀滅上。她並沒有在第一次的殺戮之後停手。

❖　❖　❖

路易斯被判有罪之後，我的屍體被釋出，我母親飛到蘇格蘭來把我帶回家。我火化了，骨灰撒在班夫的滑雪坡上，在水晶似的空中飛揚，滲入雪花中，落入我珍愛的大地。我妹抱著她美麗的、完美的、天使般的女兒——莎蒂——哭得傷心，而她懷中的寶寶則睡得安詳。就算我父親得知我死了，他也沒現身。算是小確幸。

可是我的靈魂，唯一保留了我的意識的細胞，仍留在馬爾島的上空，而我終於知道希爾妲是知道什麼。活生生的、會呼吸的大地的脈動。亙古常存、無邊無際的大海的翻湧。島上來來去去的男女的繁盛和失敗。幾世紀來循環的真理：女巫又一次成了替罪羊，而且以後還是會。

有人建議我們把史書燒掉，從我們珍貴的圖書館裡去除，阻止神話和民間傳說在學校裡教授。我們責怪傳遞故事的人，而不是那些為自己的目的濫用、曲解、質變這些故事的人，錯失了關鍵的一點：女性，無論老少，並不是因為馬爾島的歷史而遭受慘不忍睹的死亡，而是因為我們沒有能從歷史中學到教訓。

我等在那裡，我看著下一個女孩子在這座小島上被奪走性命，準備在她跌落時接住她，安撫她的哭聲，平復她的痛苦。把她口裡的沙子掏出來，治療她被割掉的乳房的傷口。認清真相。認清所有的女人都是女巫。認清馬爾島絕不允許它的神話被交付給過去。

作者的話

不用說也知道《馬爾島謀殺案》是虛構的，只是從我心底打撈上來的一篇故事。不過，馬爾島卻是確有其地，而且——除了地理上與神話上——跟我小說中的馬爾島一點相似之處也沒有。

馬爾島的人民親切熱心、思想開放。我希望他們會允許我借用他們的傳說和歷史，因為實在是太適合把故事背景設在那裡了。小島是個有魔力的地方。沉沒在海灣的西班牙大帆船是真的，馬爾島女巫的民間傳說也是扎扎實實的。

聽我的建議：去馬爾島看一看。在托本莫瑞鎮上漫遊。去看石柱，花時間坐在宏偉的城堡曾矗立的所在，想像一段什麼都必須拚搏的生活。到較少遊人的小徑去健行，到湖泊去打水漂。別錯過麥金儂洞，它的歷史悠久迷人。嚐嚐威士忌。還有，別想碰上什麼命案——馬爾島跟我書裡的小島完全相反。

蘇格蘭是最令人著迷的地方。它大步邁向未來，無畏無懼，懷中抱著它的過去，時時刻刻都在，也時時刻刻熱愛著。所以它才會是小說的理想背景，尤其是要探索人性陰暗面的小說。每次我離開蘇格蘭，我都會把心留下。你在世上的其他地方都找不到可以變成好同伴的陌生人。所以我要向馬爾島的居民道歉——你們不是書裡寫的那種人。你們令人屏氣凝神的風景被我不知羞地偷來了，你們奇異的古早故事和無情的大海也一樣。除此之外全部是幻想。

HS・錢德勒

Storytella **204**

馬爾島謀殺案

The Last Girl to Die

馬爾島謀殺案/HS錢德勒作 ; 趙丕慧譯. -- 初版. -- 臺北市 : 春天出版國際文化有限公司, 2024.06
面 ; 公分. -- (Storytella ; 204)
譯自 : The Last Girl to Die
ISBN 978-957-741-864-7(平裝)

873.57 113005690

ISBN 978-957-741-864-7
Printed in Taiwan

作　者　HS錢德勒
譯　者　趙丕慧
總編輯　莊宜勳
主　編　鍾靈

出版者　春天出版國際文化有限公司
地　址　台北市大安區忠孝東路四段303號4樓之1
電　話　02-7733-4070
傳　眞　02-7733-4069
E－mail　bookspring@bookspring.com.tw
網　址　http://www.bookspring.com.tw
部落格　http://blog.pixnet.net/bookspring
郵政帳號　19705538
戶　名　春天出版國際文化有限公司
法律顧問　蕭顯忠律師事務所
出版日期　二〇二四年六月初版

定　價　450元

總經銷　楨德圖書事業有限公司
地　址　新北市新店區中興路二段196號8樓
電　話　02-8919-3186
傳　眞　02-8914-5524
香港總代理　一代匯集
地　址　九龍旺角塘尾道64號 龍駒企業大廈10 B&D室
電　話　852-2783-8102
傳　眞　852-2396-0050